謎解き勇者の精霊無双

第一章　大図書館の奥地にて

#1

ドォンッ、という号砲と共に、大輪の花が明るい空を埋め尽くす。

大陸の中央に位置する王国ミリューにおいて、花火とは祭りの代名詞だ。起源は百年以上も昔に見つかった秘宝〈夜空を飾る光影《ナイトブロッサム》〉であり、類似品の量産化が叶《かな》った現在ではあらゆる祝い事に採用されている。

しかし今日は、何かしらの式典が予定されていた日ではない。

それなのに花火が打ち上げられている理由は、一つしかなかった。

「うぉおおおおおお！　快挙だ、快挙！　凄《すご》すぎる！」「何十週ぶりの秘宝獲得チームが帰ってきたぞ！」「さっすがアン隊！　国内《ミリュー》1位のチームは伊達《だて》じゃねぇや！」「オレは信じてたぞアンにゃぁあああ！」「よっ、伝説の大英雄!!」

新たな秘宝を手に入れた冒険者たちの凱旋《がいせん》――。

その一報が入ってから、ミリュー王都はお祭り騒ぎだった。英雄を讃《たた》えるべく至るところで宴会が行われ、骨付き肉やアルコールがタダ同然で振る舞われる。

が、それもそのはず――何しろ秘宝とは、紛《まぎ》れもなくお宝だ。

花火だけではない。異国との交流を可能にした槌《つち》も、夜間の犯罪を激減させた街灯や室内照明に使われている燃料も、雨水や海水を飲料水に変える浄水設備も。この世界を支える主要な発明の九割超は秘宝を基《もと》にしているとされる。不思議な力を持つ旧世代の遺物の中で、各ダンジョンに一つしかない最上級の逸品だけを〝秘宝〟と呼ぶのだ。

故に、大騒ぎになるのも無理はない。

王城へ続く大通りでは英雄を迎える即席の花道が整えられ、言葉を理解していない子供ですら浮かれて外へ飛び出すくらいの熱量である。

そんな王都の片隅、一日限定で全てのメニューを〝無料《タダ》〟とした食事処《どころ》のテラス席。

王都を包む熱気に中《あ》てられ――

「これは……失敗したな」

――る、ことなど全くなく、苦い顔で呟《つぶや》いたのは一人の青年だった。

年は十七歳。年齢よりも少しだけ大人びた顔付きと、痩せ型で上背《うわぜい》のある体格。

名をカルム・リーヴルという。

カルムの前には山盛りの骨付き肉の残骸《ざんがい》、つまりは大量の骨と、それから一冊の本が置かれている。前者が外出の理由、後者が溜《た》め息《いき》の理由だ。タダ飯に便乗しようと出てきたのは良いものの、うるさくて読書が一向に捗《はかど》らない。

「……移動するか」

閉じた本を手に取って、カルムは仕方なく立ち上がった。

「ごちそうさま」

「はい、お粗末様！　お代は要《い》らないからね！　英雄に乾杯！」

気前よく告げる女店主の声を背に、王都の喧騒《けんそう》へ足を踏み入れる。

(……さて)

眼前に広がるのは楽しげなお祭り騒ぎだが、そんなものはまるで関係なく、カルムは自らの眼鏡《めがね》をかちゃりと押し上げた。

の王都はどうやら騒がしい。騒がしいのは、タダで飲み食いができるというのは悪くないが、今日
……美味《うま》い食事よりも、秘宝の盛り上がりよりも、読書にとってマイナスだ。

カルムにとっては〝静かに本を読める環境〟の方が何百倍も重要なのだった。何よりも。

(やはり、図書館しかないか……)

行き先を定めて首を振る。

ミリュー王立図書館はカルムの行きつけであり、蔵書数が優れているのはもちろん、王都の外れに位置しているのが最大の特徴だ。普段ならば思わず顔をしかめてしまうほどの距離なのだが、今日に限っては喧騒から離れられるほど価値が高い。

そうして王城前の大通りを横切ろうとした、その時だった。

「む……？」

先ほどとは質の違う盛り上がりに足を止める。

レンズ越しのカルムの視界に映ったのは、凄《すさ》まじいまでの大観衆だ——が、それもそのはず。何しろそこには、まずもって件《くだん》の冒険者チーム一行が揃《そろ》っている。ミリュー国内で随一の力量を持ち、知名度でも圧倒的な〝アン隊〟の四人。もみくちゃにされるべき英雄たちがこの場にいるのだから、熱気の震源は間違いなくここにある。

そして、もう一人。

「——よくぞ、戻ってきてくださいました」

太陽の光を受けてキラキラと輝く色素《しきそ》の薄い金色の髪。

王家の紋章を模《かたど》った髪飾り。

パステルカラーの上品なドレスに身を包む、ミリュー王国の若き姫。

「リシェス様だ……！」

リシェス・オルリエール王女殿下——。

優れた容姿だけでなく冒険者たちの活動を多方面から支援する手腕、一挙手一投足から溢《あふ》れ出《で》る人徳と教養、上品で洗練された立ち振る舞い。国内外から絶大な人気を集めるミリュー王国の華《はな》が、秘宝を持ち帰った英雄たちに声を掛ける。

「貴女《あなた》がたのおかげで、我らがミリューは——この世界は、より一層の発展を遂げることでしょう。国民を代表して、最大限の敬意と感謝を捧《ささ》げます」

極上の金糸をふわりと揺らして、誰をも虜《とりこ》にする笑顔で頭を下げる王女殿下。

「「「うぉおおおおおおおおおお!!!!」」」

その笑顔に撃ち抜かれた男どもの雄叫《おたけ》びが方々《ほうぼう》から上がる。……いや、男に限った話でもないようだ。黄色い声を上げて崩れ落ちる乙女も四方八方にいる。それくらい、リシェス姫の仕草は魅力に溢《あふ》れるものだった。

(王女まで出てくるとは、さすがに大事《おおごと》だな……まあ、僕には関係ないが)

遠巻きにそんな光景を眺めながら、カルムが抱いたのはなかなかに冷めた感想だ。リシエス姫に見惚《みと》れていた時間があるか否《いな》かと問われれば、きっと一瞬たりともないだろう。何故《なぜ》ならカルムは、人混みの中を移動するので精一杯だったからだ。言葉通りの悪戦苦闘、カルムの貧弱な身体《からだ》では押し潰されてしまいかねない。

――と。

そんなことを思った刹那――王女の持つ翡翠《ひすい》の瞳が、真《ま》っ直《す》ぐにカルムを見た。

(む……?)

気のせいかもしれない。勘違いかもしれない。

だがしかし、少なくともカルムの認識において、ミリュー王国の姫は群衆の中でも確かにカルム個人を見つめていた。表情はにっこりと柔らかな笑顔。何か言葉が発せられたわけではなく、身振り手振りが足されたわけでもない。

「………」

その視線の意味を考えること、一割。

残りの九割では右手に持った本の続きを夢想しながら。

紛《まぎ》れもなく〝冒険者〟であるにも関わらずもう何年もダンジョンに挑んでいないカルムは、今日も独りで図書館へ向かうのだった。

＃2

（良い……実に良い。血沸き肉躍る、とはまさにこのことだろうな）

――パタン、と閉じた本から微《かす》かな埃《ほこり》が舞った。

心地良い疲労感と全身を包み込む充足感。一冊の冒険小説を読み終えたカルムは、仏頂《ぶっちょう》面《づら》のまま右手で眼鏡《めがね》を押し上げる。

仏頂面なのは、決して本がつまらなかったからではない。

むしろ逆だ。『槍《やり》使いノエルの武勇録』第七巻――鮮やかな筆致で綴《つづ》られた冒険譚《ぼうけんたん》に魅入られて、カルムは気付けば三時間以上、脇目も振らずページを捲《めく》り続けていた。仏頂面なのは久しく使っていない表情筋がろくに働いていないから、である。

（主人公ノエルが災厄級の魔物に襲われ、仲間と分断された際にはさすがに彼の冒険もここまでかと天運を呪ったものだが……そこで、いつかのダンジョンで救った弱気な少年が割り込んでくるとは。いやはや、見事な伏線回収だ）

深々と感嘆の息を吐《つ》くカルム。

ちなみに現在地《ここ》は王都外れに位置する図書館の二階、窓際の特等席だ。

秘宝〈創造する炎《ディアライト》〉の発見に端を発する特殊燃料の開発から、この世界の照明は飛躍的に進化した。触れるだけで点灯、消灯を完璧に制御でき、風防のガラスのおかげで燃え広がることもまずない。室内灯の明かりは本を読むのに充分だ。

……が、さすがに陽光には勝てないというのがカルムの持論だった。

「ふぅ……」

長時間の読書で凝った筋肉を解《ほぐ》すべく、息を吐きながら伸びをする——と、同時、図書館の窓から〝外〟の光景が目に入った。

（……ほう。今日もやっているのか、精が出るな）

この図書館の裏手には、冒険者ギルドが運営する訓練施設の一つがある。

王都の外れゆえに利用者はさほど多くないが、そんな場所を毎日のように使っている人物がいることをカルムは知っていた。実は名前も知っている。……ただ、一方的に見られるのは気分のいいものではないだろう。すぐに窓から視線を切る。

――その時だった。

「あれ、あいつ……　〝無能《ブランク》〟のカルムじゃないか？」

静謐《せいひつ》な図書館だからこそ響いたその声は、階段の方から聞こえたものだった。

声の主は二人。一人は腰に武骨な剣を、もう一人はローブの背に杖《つえ》を差した冒険者である。ダンジョン攻略の帰りか、あるいは対策会だろう。何せ図書館《ここ》には、冒険者ギルドが発行する情報誌のバックナンバーも大量に保管されている。

「カルムぅ？　……おいおい、マジかよ」

二階の奥に座るカルムの姿をはっきりと捉えて、剣を携えた方の青年がわざとらしく肩を竦《すく》めてみせた。

「こんなめでたい日まで図書館に籠《こも》ってるなんて、さっすが《謎解き担当》クンは勉強熱心だよなぁ？　ま、何に役立つのかは知らねぇけど」

「お、おいバカ、聞こえるだろ！」

「聞こえたから何なんだよ。言っただろ？　あいつの役職は《剣士》でも《魔法使い》でもなく最弱無能の《謎解き担当》だ。喧嘩《けんか》にだってなりゃしねぇよ」

「……確かに、そりゃそうか。【知識】系統にしか適性がないんだもんな」

嘲りと、微《かす》かな憐《あわ》れみすら含んだ言葉が口々に紡がれる。

それは――言ってしまえば、過酷なダンジョンへ挑む者の間での〝常識〟だ。

全てのダンジョンにはたった一つ、世界を書き換える秘宝が眠る。それ以外にも不思議な力を持つ旧世代の遺物が大量に転がっている。後者はモノによって、前者は確実に莫大《ばくだい》な価値を有する……が、ダンジョンには凶悪な魔物が棲《す》んでいて、彼らを打ち倒さなければ秘宝も遺物も得られない。つまり、冒険者の本分は何を措《お》いても戦闘なのだ。

「…………」

現代の冒険者は〝技能〟と呼ばれる特殊な戦闘技術を確立している。

【剣】や【槍《やり》】、あるいは【砲】といった全七種の武器系統。

【炎魔法】や【風魔法】、さらには【光魔法】などが属する全七種の魔法系統。

冒険者の操る技能は全十五系統とされ、残る一種は〝補助系統〟こと【知識】である。

【知識】系統の技能は魔物の生態を看破する――が、冒険者たちの持つ情報は長年を掛けて積み上げられてきた叡智《えいち》の塊だ。自ら看破する必要はない。

【知識】系統の技能はダンジョンの構造を読み解く――が、冒険者には地図がある。

【知識】系統の技能はダンジョン内の罠《わな》やギミックを発見し、対処する――が、ダンジョンにおける主な敵は魔物であり、複雑なギミックは滅多《めった》にない。

――つまり、

「【知識】ってのは雑魚系統なんだよ」

どか、っと椅子に座った剣士がそんな言葉で議論をまとめた。その襟元には所属チームを示す隊章《シンボル》が丁寧に縫い付けられている。

「俺たち冒険者が組むチームは最大五人って決まってる。その中の一人がメイン系統と別に【知識】を持ってるくらいならまだ分かるけど、【知識】専願《オンリー》――《謎解き担当》役職ってのには一体どういう価値があるんだ？　冒険者はチームの仲間に命を預けるんだ、自力で魔物を倒せない役立たずなんか必要ねぇだろ」

「いやいや、そんなこと言うなって」

「あン？　あるのかよ、無能《ブランク》に価値が」

「価値とかじゃないけどさ。【知識】以外の十四系統で到達レベルが全て水準以下……それが《謎解き担当》役職の付与条件だろ？　だからほら、よく言うじゃんか。どんな英雄でもみんな、生まれたときは無力な《謎解き担当》だったって！」

「確かに！　撤回するぜ、赤ん坊たちを敵に回すわけにはいかねぇもんな」

冒険者の間で使われるジョークを交わして悦に入る二人。

それを聞くとはなしに聞いていたカルムは、ひどく落ち込んで――

（やはり『槍《やり》使いノエルの武勇録』は素晴らしいシリーズだな。これは、称賛と応援の手紙を出さないことには気が済まない。うぅむ、しかし明日には超大作『楽天家シャンスは眠らない』の最新刊が……）

——は、いなかった。

カルムの頭を占めていたのは本のことだけだ。この感動をぜひ作者に伝えたいが、とはいえ読みたい本もある。有体に言うなら忙しかった。

（……保留だ。ひとまず、この本の続きを——）

「はい、どーぞ。……相変わらず早いね？　もう読み終わったんだ、そんな分厚いの」

と。

微《かす》かに腰を浮かせたカルムの動きを遮る正確無比なタイミングで、机の上に一冊の本が置かれた。それは、紛《まぎ》れもなく『槍使いノエルの武勇録』第八巻。カルムが探しに立とうとしていた冒険小説の続き、そのものである。

「む……よく分かったな、スクレ？」

「そりゃね。だってわたし、曲がりなりにも司書だもん。千里眼だって使えるのだよ」

適当な調子で嘯《うそぶ》きながらカルムの隣に腰掛ける一人の女性——。

彼女は、ここミリュー王立図書館に勤める司書だった。

肩の辺りで内側に巻いたボブカットの金糸、あどけなく可愛《かわい》らしい顔立ち。制服代わりのエプロンには〝スクレ〟と名札が掛かっている。具体的な年齢は知らないが、見た目の印象としてはカルムより一つか二つ年上だろう。

カルムがここへ通い始めた頃からの知り合いであり、最も馴染《なじ》み深《ぶか》い職員と言える。

「よっと……はふぅ」

さっそく本を手にするカルムの隣で椅子を引き、流れるように腰を下ろし、さらには両手を机に投げ出すような格好で「う〰〰ん」と伸びをするスクレ。

さながら実家でのくつろぎ方。

とてもではないが、仕事中の司書とは思えない。

「……なぜ座る？」

「何故《なぜ》って、そんなの決まってるじゃないか――おサボりだよ、メガネくん」

片側の頬《ほお》をぺたりと机に触れさせたまま、不真面目《まじめ》な司書がカルムを見上げた。

「わたしは優秀な司書だから、キミが探している本をすぐに見つけられた。つまり時間が浮いたんだよ。浮いた時間をどう使うかはわたしの勝手だから、サボったって全然ＯＫってことになるよね。キミもそう思うでしょ？」

「？　まあ、好きにすれば良いとは思うが……」

「うんうん、話が分かるじゃないかメガネくん」

満足げに頷《うなず》いて、司書――ではなくサボリ中のスクレが再び机に突っ伏す。エプロンに包まれた大きな胸が机との間でぎゅむっと形を変えるのが分かった。

「ふむ……」

カルムの知る限り、この司書は仕事時間の大半をこうして過ごしている。……が、言った通りだ。真面目《まじめ》に仕事をしろと文句を付けるつもりはないし、そんなことは最初から思ってもいない。文字通り、好きにすれば良いと思う。

「っと、そういえば……」

そうしてカルムが本の表紙を捲《めく》ろうとした刹那、ふとスクレが声を上げた。

「また悪口言われてたみたいだけど。ほっといていいのかな、メガネくん？」

「……悪口？」

「なんだよぅ、誤魔化《ごまか》すことないじゃないか。さっきのアレだよ、アレ」

くいくい、と顎を突き出すようなジェスチャーをするスクレ。

彼女が示した先には既に誰もいない――が、そこは先ほどまで二人の冒険者が陣取っていた場所だ。となれば〝悪口〟の内容にも見当は付く。

「あの子たち、言ってたよね？　確かほら、キミが持ってる【知識】系統は最弱で、《謎解き担当》役職は役立たずで、あとカルムくんはメガネだって」

「最後のは言われていないが？」

「あれ、そうだっけ？　じゃあわたしが心の中で思ってたやつかも」

しれっと付け加えるスクレ。とはいえカルムが眼鏡《めがね》を掛けているのは何も間違っていないため、少なくともそれは悪口の類《たぐい》ではない。

というよりも、だ。

「確かに蔑まれていたかもしれないが、言い返す理由は何もないだろう」

手元にある本の装丁を撫《な》でながら、カルムは静かに首を横に振った。

「冒険者とは、すなわち魔物を倒すものだ。たとえば『槍《やり》使いノエルの武勇録』の主人公《ノエル》は【槍】系統の使い手。巨大な槍でどんな魔物も一突きにする。『楽天家シャンスは眠らない』の主人公《シャンス》は、周囲には隠しているが実は【闇魔法】の系統に高い適性を持つ《悪魔神官》役職だ。魔物に弱体化《デバフ》をばら撒《ま》き、瞬く間に殲滅《せんめつ》してしまう」

「派手だよねぇ。魔物って、この図書館くらい大きいのもいるんでしょ？」

「ああ、秘宝を狙うならば避けられないだろう。……その点で言うと〝【知識】系統は弱い〟や〝《謎解き担当》役職は無能《ブランク》の代名詞〟という認識は事実だ。仮に僕がダンジョンになど放り出されたら、探索するどころか最初に出遭った魔物に殺される」

何故《なぜ》なら――《謎解き担当》は、戦えない。

カルム・リーヴルは大陸共通冒険者ギルドの中央国家王都支部《ミリユー第1》に籍を置く、正式な冒険者だ。ただし先ほどの彼らが口々に言っていた通り、カルムの有する【知識】系統はいわゆる補助技能。いくら鍛えても魔物を倒す術《すべ》を一切持たない。

だから、事実なのだ。

役立たずのカルムがダンジョンを避けて図書館に引き籠《こ》もっているというのは、紛《まぎ》れもない事実なのだ。

「ふ～ん？」

どこか不服そうな声が上がる。声の主は、もちろんスクレだ。

「その話なら前にも聞いたけど……関係なくない？　悪口は悪口、良くないことだよ。メガネくんには言い返す権利があると思うけど」

「何故だ？　謂《いわ》れのない誹謗《ひぼう》中傷なら正すべきかもしれないが、事実ならば正しようがないだろう。……それに」

「？　それに、どしたの？」

「親しい人間に言われるのならともかく、見ず知らずの他人に貶《けな》されたところで僕には何の支障もない。つまり、どうでもいい」

「うわぁ……またメガネくんの屁理屈《へりくつ》劇場が始まっちゃったよぅ」

呆《あき》れたような声を零《こぼ》すスクレ。

「可愛《かわい》くないなぁ、もう。そこは『僕を馬鹿にするなんて何事だ！　ミリュー王国の法を総動員して一生獄《ごく》に閉じ込めてやる！』くらい騒いでくれないと」

「図書館は大声禁止、私語厳禁だったはずだが？　スクレが司書でなければ、もしくは二階に他の利用者が一人でもいれば、僕はこの会話すら無視している」

「えぇ～？　いいじゃないかぁ、ちょっとくらい付き合ってくれたって。わたし、こう見えても美人司書って言われてるんだよ？　果報者じゃないか、キミ」

突っ伏した顔を半分だけカルムの方へ向けて、口端を釣り上げたスクレは人差し指の先端でツンツンと（ろくに鍛えていない）カルムの二の腕を突《つつ》く。

「美人司書……？」

容姿が抜群に整っていて誰に対しても気さくなスクレが図書館利用者の間で密《ひそ》かな人気を博しているのはカルムも知るところだが、果報者と言われてもよく分からない。二の腕を突かれるのがご褒美だとでもいうのだろうか。

「とりあえず、本を持ってきてくれたことには感謝する。……が、司書に容姿は関係ないだろう。スクレが仮に目を覆うような化け物でも、同じ仕事をしてくれるなら僕にとっては等しく感謝の対象だ」

「……それ、褒めてる？　貶《けな》してる？」

「どちらでもない」

言及を避けていよいよ本の世界へ入り込もうとするカルム。

「んもう、メガネくんは薄情だなぁ……いいよ、わたしはお仕事に戻るから」

そんなカルムの姿を見て、しばしの休憩を終えた司書は微《かす》かに唇を尖《とが》らせながら席を立った。彼女が伸びをすると同時にさらさらと揺れる薄い金色のボブカット。鼻歌交じりに去っていこうとしたスクレが、途中で「あ」と上半身を翻《ひるがえ》す。

「一つだけ言い忘れてたよ、メガネくん」

透き通るような緑色の――あえて言うなら翡翠《ひすい》の瞳がカルムを見つめる。

「さっきの話。確かに、今のキミはちっとも戦えないかもしれないけど……弱いとか、役立たずとか。そういうのは、もしかしたら気のせいかもしれないよ？」

「……？　それは、どういう――」

「教えてあげない。……だって、図書館は私語厳禁だってメガネくんが言うからさ」

人差し指を口元で立て、片目を瞑《つぶ》って悪戯《いたずら》っぽいウインクを決めるスクレ。

「……まあ、いいか」

去っていく司書の背を見送ってから、カルムは改めて手元の本を開くことにした。

♭♭　――《side：スクレ》――

「～～～♪」

ミリュー王立図書館に勤める司書はさほど多くない。

それは偏《ひとえ》に利用者が少ないからだ。大抵はシフト制で各時間帯に一人か二人しか常駐していないが、それでもスクレが堂々とサボ——違う、正当な休憩を取れるくらいの混み具合でしかなかった。大陸随一の規模を誇る図書館としてはやや寂しい。

「よっ、と」

所属を示すエプロンを一気に脱ぎ去る少女・スクレ。

夜、もっと言えば深夜に差し掛かった頃のこと、ミリュー王立図書館はようやく閉館時間を迎えていた。利用者は（スクレが合鍵を渡しているメガネの少年を除いて）全員が退出しており、閉館後の掃除もたったいま終わった。

つまりはお仕事完了、だ。

「それじゃ、わたし帰るからね～！　寂しくても暴れちゃダメだよ～？」

——シン、と分厚い静寂だけが呼び掛けに応えてくれる。

むぅ、とスクレは不服も露《あら》わに腕を組んだ。……ミリューきっての美人司書と噂《うわさ》のわたしが声を掛けているのに返事もしないなんて、一体どういう了見なんだろう？　まあ、どうせ本に没頭して聞こえてもいないんだろうけど。

とにもかくにも、小型のランタンを片手に外へ出る。

ミリュー王都の夜は明るい。秘宝〈創造する炎《ディアライト》〉由来の特殊燃料が街灯の形で夜闇を照らしているため、治安の良さは大陸内でもトップクラスだ。とはいえ犯罪が皆無というわけではなく、少女が一人で出歩くには多少なりとも勇気が要《い》る。

と、そこへ。

「――お待ちしておりました、スクレ様」

涼やかな夜の気配に似た声が見事に薄闇を切り裂いた。

図書館を出たスクレを迎えたのは、すらっと背の高い一人の女性だ。年の頃はスクレよりも少し上。深い紺色のショートヘアに溜《た》め息《いき》が出るほど美しい顔立ち、纏《まと》っているのは実用性と可愛《かわい》らしさの中間を攻めたロングスカートの従者服《メイド》である。

「うん。お待たせ、ダフネ」

ダフネ・エトランジェ――。

彼女は幼少期よりスクレに仕えている専属のメイドであり、今この瞬間に限って言うならば、主《あるじ》を無事に家へと送り届ける護衛役でもあった。

「寒くなかった？　ごめんね、閉館作業がいつもより長引いちゃって」

「寒さについては問題ありません」

短く首を横に振るダフネ。

「ですが、その言い分は奇妙ですね。それではまるで、我が主が真面目《まじめ》に司書の仕事をこなしていたかのようですが……」

「ひどくない!?　わ、わたしだってたまにはちゃんと働くんだから！　……まぁ、長引いたのは途中でサボり過ぎちゃった分のしわ寄せだけどさぁ」

「………」

「『ほぅらやっぱり』みたいな顔してる！　うぅ、いいじゃないか少しくらい！」

「もちろん大丈夫です、スクレ様。我が主《あるじ》に普通の仕事が務まるとは、そもそもこれっぽっちも思っていませんので」

「フォローのフリして貶《けな》してるじゃないかぁ!?」

ぷくぅ、と頬《ほお》を膨らませながら噛《か》み付く（もちろん比喩だ）スクレと、それをどうどうと適当にいなす従者のダフネ。二人の関係性を知らない者なら和やかな姉妹のやり取りにでも見えたことだろう。……逆に、スクレの身分を知る者なら、ダフネの蛮勇に肝を冷やしたかもしれない。

だが、彼女たち主従にとってはこれが平常運転なのだった。

「それにしても……我が主」

――と。

そこで（飽きたかのように）話題を切り替えたのはメイド服の少女だった。彼女は夜空に似た深い紺色のショートヘアを微《かす》かに揺らして、王都の端――つまりは目の前にそびえる図書館を見上げる。

「また、ですか」

「へ？　あぁ、うん。……よく分かったね、ダフネ？」

「何度も目撃していますので」

す、っと静かに目を細めるダフネ。

彼女の持つ紺色の瞳が捉えているのは、図書館の外壁……などではない。二階の窓からわずかに漏れるランプの光だ。大量の書籍を所有する図書館は、火気の取り扱いに充分気を遣っている。人がいないのに明かりだけ付いている、というのは有り得ない。

「全く……」

誰が残っているのか、など、ダフネにとっては聞くまでもなかった。

カルム・リーヴル――誰よりも高い頻度でこの図書館を訪れる冒険者だ。三度の飯よりも、そして睡眠よりも読書を愛する彼は、家との往復時間を嫌って図書館《ここ》で夜を明かすという所業を数え切れないくらいに行っている。

……まあ、それを可能にしているのはダフネの主が渡した合鍵なのだが。

とはいえダフネも、そこに文句を言うつもりはなかった。カルムという少年が火の扱いを誤るとは思えないし、かれこれ七年以上も通《かよ》って何もないのだから犯罪を企《たくら》んでいるわけでもないだろう。

けれど一点だけ、確認しておくべき事柄はあった。

「スクレ様。……良いのですか？　あのような危険地帯に、彼を放置してしまって」

この世界には無数のダンジョンがある――。

不思議な力を持つ"遺物"が、そして世界を飛躍的に進化させる"秘宝〟が眠る旧世代の遺構。大陸全体で数万人に及ぶ冒険者たちはダンジョンに巣食う魔物を屠《ほふ》り、秘宝を持ち帰ることを悲願とする。

そして、

「今さら言うまでもないことではありますが。ここ中央国家《ミリユー》王立図書館は、別名〈祓魔《ふつま》の大図書館〉――世界に七つしかない、特級ダンジョンの一つです」

……特級ダンジョン。

それは、数あるダンジョンの中でも特に〝謎に包まれた〟遺構を指す言葉だ。冒険者ギルドの記録にあるのは〈海底神殿〉及び〈遥《はる》かなる天空の頂〉及び〈遍在する悪夢〉の三つのみ。ただしこれらに関しても偶然迷い込んでしまった事例があるだけで、再現性のある侵入方法もダンジョンの構造もほとんど明らかになっていない。

そして〈祓魔の大図書館〉に至っては、名前以外の情報など完全に皆無――。

スクレの家に残る伝承がなければ彼女自身もここがダンジョンだったとは思いもよらない。存在すら知られていない、難攻不落の特級ダンジョンなのである。

「んもぅ、ダフネは心配性だなぁ」

渋面を浮かべるメイドの隣で、上機嫌のスクレがくるくると人差し指を回す。

「大丈夫だって。〈祓魔の大図書館〉の〝表〟には魔物なんか一体も出ないんだから。それに、時間外利用なんていつものことだし」

「なるほど。……つまり、もしカルム様が明日の朝ボロ雑巾の如《ごと》く無残な死体で発見された場合、我が主《あるじ》が全ての責任を負う覚悟だと」

「そ、そこまでは言ってないけど……え、大丈夫かな？　メガネくん、死んじゃう？」

「知りません」

やれやれ、と深い溜《た》め息《いき》を吐《つ》くダフネ。

主であるスクレの我《わ》が儘《まま》には日頃から振り回されている――が、まあ実際のところ、何かが起こる可能性はほとんど零《ゼロ》だろう。ただし、皆無とは言い切れない。

「……私も、普通ならこのような懸念はさっさと掃いて捨ててしまうのですが」

困ったようにダフネが小さく首を横に振る。

「ダンジョンの〝裏〟が関わっているならば、必要なのは戦闘能力ではありません。そして、我が主の話によると……あの少年、他の系統はともかく【知識】の到達レベルだけは異常に高かったはずでは？」

「そうだよ。……鑑定結果、見る？　ギルドから借りてきてるけど」

いそいそと懐から一枚の紙を取り出すスクレ。

そこに刻まれた文字列を見て、ダフネが「え」と目を丸くする。

「基準値《ノーデータ》越え……？　それも【知識】系統のみ、ですか？」

「うん。武器も魔法も適性0だから、役職としては〝無能《ブランク》〟扱いの《謎解き担当》……でもわたし、知ってるんだよね。ギルドが持ってる秘宝〈秘めたる力を見通す円環《ジャッジリング》〉は、冒険者の技能を〝ギルド内最強クラス《到達レベル5》〟までしか測れない。だってほら、それ以上はお伽《とぎ》噺《ばなし》の世界だから」

「……彼は、その域に到達していると？」

「分かんないよ。分かんないけど、でも……」

七年以上もカルムを見てきた司書、スクレは知っている。

彼が大陸内に存在する全言語どころか、既に失われた古代文字も含めて全て理解していることを。論文も図鑑も資料も絵本も余さず好み、特に物語に関しては、ミリュー王立図書館が誇る圧倒的な蔵書の大半を読み尽くしてしまっていることを。『槍《やり》使いノエルの武勇録』はミリュー国内では正規流通すらしていない、自費出版の輸入品《レアもの》だ。

「……【知識】系統の力を磨く最善の方法は、本を読むことだよ」

王都の夜闇にスクレの声が静かに響く。

「技能の到達レベルは、適性だけじゃなく〝経験〟――たとえば【剣】系統の技能なら剣を使ってどれだけの魔物と渡り合ってきたか――で伸びていく。この二つの掛け算で、冒険者はみんな強くなる。……それじゃあ、ここで問題！」

声は潜めたまま、スクレがパッと片手を上げた。

「一週間に三回ダンジョンに挑む《筆頭剣士》役職の冒険者は、一ヶ月《かげつ》でどのくらいの経験を積めるでしょう？　自主練は毎日二時間くらいで！」

「……えい」

「ひたいひたい!?　にゃんで頬《ほ》っぺたムニムニするんだよぅ!?」

「我が主《あるじ》がやたら可愛《かわい》かったので。……そうですね。一回の攻略を六時間程度と見積もるなら、およそ百三十時間でしょうか」

「えぇ～？　ダフネ、計算速すぎだよぅ。まだ答え分かってないのに……」

「問題を出すなら予《あらかじ》め答えは用意しておいてください、我が主。……それで？　この問答に、一体何の意味があったと――」

「メガネくんは、毎日朝から晩まで本を読んでるよ。一ヶ月なら五百時間以上、かな？」

「…………、な」

ダフネが絶句したのは、カルムという少年の執着に呆《あき》れたから――ではない。

いや、とんでもない、ということに気付いたからだ。

もし他の技能系統における〝修練〟が【知識】における〝読書〟に相当するなら、カルム・リーヴルは並みの冒険者の四倍近い速度で【知識】系統の到達レベルを引き上げている可能性がある。確かに、前人未到の領域に至っている可能性がある。

もちろん、ダンジョンで【知識】など役に立たないが……それは、表の常識だ。

「『ダンジョンには魔王を討ち払う鍵が眠り、次なる勇者がその鍵を手に入れる』……」

歌うような声音で〝伝承〟の一節を口にするスクレ。後ろ手を組んでくるりと身体《からだ》を反転させた彼女は、眩《まばゆ》い金糸を揺らめかせながらダフネの瞳を覗《のぞ》き込《こ》む。

「ひょっとすると、ひょっとするかもしれないでしょ？」

「……はぁ」

そんな主《あるじ》のワクワクとした瞳を間近で見たメイドは、露骨な溜《た》め息《いき》を一つ零《こぼ》して。

「では、ほんのチリ程度には期待しておきます。……我が姫」

自らの主――外出時には〝スクレ〟の名を使い、メイクと技能によって容姿を偽っているミリュー王国の華、リシエス・オルリエール王女殿下にそう答えた。

♭♭――《side：過去回想》――

……ひどく耳鳴りがする。

それは、カルムにとって思い出したくもない記憶だ。蓋をして鍵を掛けて、永遠に封印しておきたいほどに忌《い》まわしい記憶。

「はぁっ……、はぁっ……！」

薄暗いダンジョンの中で荒い息だけをひたすらに零す。

カルム・リーヴルは冒険者ギルドへの登録を済ませたばかりの新米冒険者だ。秘宝に憧れて、冒険に憧れて、未知に憧れて。もちろんダンジョンに危険が溢《あふ》れていることは知っていたが、そんなものは度胸で跳ね除《の》けられると信じていた。

その〝悪夢〟に出遭うまでは。

「逃げて……逃げて、カルムっっ!!」

カルムの耳に届くのは悲痛な願い。

絞り出すような声音で叫んでいるのは、カルムにとって唯一無二のチームメイトだ。いつか、冒険者になったら一緒にチームを組んで、たくさんのダンジョンを攻略するんだと誓い合った幼馴染《おさななじ》みの少女。

そんな彼女が――今まさに、邪悪な黒い影に呑《の》み込《こ》まれようとしていた。

「フィー……ユ……?」

掠《かす》れた声だけが木霊する。

冒険者になったばかりのカルムは、まだ何も知らなかった。この〝影〟が〈遍在する悪夢〉という名の特級ダンジョンであり、あらゆるダンジョンに偶発的に出現する可能性のある天災なのだということも。影に触れた冒険者は問答無用で連れていかれ、二度と戻ってこないということも。

「……あは」

影に呑《の》み込《こ》まれたフィーユが無理やり笑う。

「大丈夫だよ、カルム。わたしは〝カルム隊〟の前衛だから……こんなところでやられたりしないから！」

ほら、と言いながら、お気に入りのコートの胸元を指すフィーユ。そこには数日前に作ったばかりの隊章《シンボル》が、剣と羽ペンが交差する〝勇気の証《あかし》〟が縫い付けられていて。

「だから安心して、カルム」

しかしカルムは気付いていた。

いつも通りに明るく振る舞っているフィーユだが……それは、カルムに対する精一杯の気遣いだ。楽観的なわけでもなければ、何か秘策があるわけでもない。

その証拠に、カルムを見つめるフィーユの瞳は──とっくに赤く腫《は》れていたから。

「っ……フィーユ！」

「ごめんね。……ばいばい、カルム」

別れの挨拶は、一瞬。

カルムが再び立ち上がったその時には、黒い影はフィーユをどこかへ連れ去っていた。

……それからだ。

カルム・リーヴルが、ダンジョンから距離を取ったのは。

◆＃3　〈祓魔《ふつま》の大図書館・裏〉――攻略開始◆

「……なんだ、ここは？」

深夜、ミリュー王立図書館二階。

眉を顰《ひそ》めたカルムの喉から、そんな疑問が零《こぼ》れ落《お》ちた。

まずは、状況を整理しておこう――今日も今日とて馴染《なじ》みの司書・スクレの計らいで図書館の時間外利用を許されたカルムは、図太く翌朝まで居座るつもりで『槍《やり》使いノエルの武勇録』シリーズを読み続けていた。

そんなカルムが寝落ちしたのは、日付が変わってしばし経《た》った頃だ。

睡眠よりも読書を重視するカルムにとって、寝落ちというのは珍しいことでもない。火の不始末には気を付けなければならないが、それ以外の点では寝落ちこそが至高だ、とすら考えている。何せ起きた瞬間に読書を再開できるのだから。

……だが。

（読んでいた本がなくなっている……というか、こ、ここは本当に、あの、図書、館、か？）

明らかに様子がおかしい。様子というより、雰囲気が。

「ふむ……」

眼鏡《めがね》のレンズ越しに辺りを見渡してみる――建物の構造としては、やはり見慣れた図書館だ。規則正しく書架が並んでいて、広い閲覧スペースがあって、外の光を効率的に取り込める大きな窓があって、さらには一階へ続く階段がある。

ただ、それが分かるというのが既におかしい。

時刻は深夜。太陽の光は当然届かず、館内の明かりは机の上に置かれた小さなランプだけ。手元の本を読むのには充分だが、辺り一帯を照らせるほどの光量はない。

「……光っている、のか」

静かに目を眇《すが》める。

それこそが異質な雰囲気の正体だろう――どこから、というわけでもなく、この空間全体が青白い光を放っている。美しさと柔らかさが同居する不思議な光彩。

「この光は、一体どこまで続いているんだ……？」

目下の疑問を口にして、カルムはそっと手を伸ばすことにした。カルムが好んで座るのは窓際の席であり、つまりは手の届く範囲に窓がある。

内鍵を回して、窓を――

「む。……開かない」

——窓は、ぴくりとも動かなかった。

約199万冊の蔵書を誇る大図書館に窓が一つしかない、ということはないし、一階に降りれば立派な扉もある。だがこの段階で、カルムには不思議な確信があった。

……きっと、扉も窓も全て開かない。

……何故《なぜ》なら、ここは。

「ダ、ン、ジ、ョ、ン、なのか……それも、極めて特別な」

すとん、と腹に落ちるような感覚があった。

思い出すのはつい先ほど、夢の中で見た過去の記憶だ。大切な幼馴染《おさななじ》みを奪った特級ダンジョン〈遍在する悪夢〉。まさか、あの夢を見ることが何らかのトリガーになっていたのだろうか？　あるいは全く無関係に、カルムには知る由《よし》もない理由で、この場所へ誘い込まれてしまったのだろうか？

が、何はともあれ。

（マズいことになった……ここがダンジョンならば、つまりは魔、物、の、巣窟だ）

静かに椅子を引き、その場で立ち上がりながら身構える。

……いや、まあ。

身構えるとは言っても、他の冒険者が見たらきっと大笑いするだろう——何故ならカルムは【知識】系統以外の全技能で適性０、武器や魔法の基礎となる体術すら欠片《かけら》も使えない。どう控えめに見ても下手な踊りかジェスチャーの類《たぐい》である。

「…………」

カルムが悪口を気にしないのは性格のせいもあるが、別に間違っていないからだ。ひょろがりな身体《からだ》に筋肉なんてものは付いていない。本だって、長い間持ち上げていたら腕がぷるぷると震えてくる。

(最底辺の魔物が相手でもズタズタにやられかねないが……)

かちゃり、と眼鏡《めがね》を押し上げげながら絶望的な所感を抱くカルム。

ただ、それから息を潜めること一分、二分……やがて五分が経過しても、カルムの警戒に反して魔物は姿を現さなかった。忍び足で移動してみても、一階へ降りてみても結果は変わらない。ただただ静謐《せいひつ》で神秘的な空間だけが広がっている。

——これが一流の冒険者なら。

それこそ秘宝の入手でミリュー王都を沸かせていたアン隊の四名なら、各々の技能を存分に活用して探索を進めていたことだろう。仮に魔物が潜んでいても、見事なコンビネーションで撃退してしまうに違いない。

が、その点。

(……やれやれ、仕方ない)

カルムはと言えば——書架に近付き、暇潰しの本を見繕《みつくろ》おうとしていた。

何しろ全く状況が分からず、外にも出られず、かといって目は覚めてしまったのだから本を読む以外にやることなどあるはずもない。『槍《やり》使いノエルの武勇録』の続きか、それがないなら別の本でもいい。攻略や探索など発想の中にすらなかった。

「ふむ……」

ミリュー王立図書館の書架は綺麗《きれい》に整理されている。

まず、最も大きな括《くく》りが言語依存。多くはミリューの公用語であり、その中でジャンルごとに分類される。カルムが最も頻繁に利用するのは〝物語〟のコーナーだ。先頭の棚に新入荷の本がずらりと並び、その後は作者順に整列されている。

慣れた順路で書架の合間を縫って。

目当ての棚に辿《たど》り着《つ》いた——その時だった。

「……これ、は……」

驚愕《きょうがく》を孕《はら》んだ声が零《こぼ》れる。

そこには、明確な異変があった。具体的には、本が光っている。ただでさえ空間全体が青白い光を放っているのだが、その中でも一際鮮やかな光源。特殊燃料で灯《とも》るランプよりなお明るく、一冊の本だけが煌々《こうこう》と輝いている。

タイトルは『マルシュの遺構探索記』。

現実と違って創作の中ではダンジョン内に罠《わな》やギミックが登場することも決して珍しく

ないのだが、この作品は特に〝罠《わな》〟をテーマに据えた物語だ。主人公マルシュが罠だらけの遺構に迷い込み、知恵と工夫と力技を駆使して苦難を乗り越える。

だが、それが何だと？

「…………」

分からない。分からない、が——無視するには、好奇心が邪魔すぎた。

静かに呼吸を整えて、覚悟を決めて。

光り輝く本に右手を伸ばした瞬間、カルムの身体《からだ》がパッとどこかに転移して……

「——、な」

刹那、頭上から巨大な刃が降ってきた。

一撃で命を刈り取る即死トラップ。ガリガリガリッ、と派手に壁を引《ひ》っ掻《か》きながら、凶悪な刃《やいば》は超高速で落ちてくる。分かったのはそれだけだ。何が起こってどうなって、今がどういう状況なのか。整理する余裕などどこにもない。

ただひたすらに迫りくる死。

そんなものをレンズ越しに捉えたカルムは、静かに目を瞑《つぶ》ってから口を開いた。

「【知識】系統技能・第二次解放——【明滅《スイッチ》】」

——ぴた、っと。

重力以上の加速度を以《も》って落下していたはずの刃が、カルムの頭上で音もなく止まる。

「ふぅ……」

深く息を吐いてから、カルムはゆっくりと足を動かすことにした。不自然な位置で停止した刃の真下から抜け出して、念のためある程度の距離を取っておく。

そうして一言、

「もう動いていいぞ——【明滅《スイッチ》】」

カルムが指揮者の如《ごと》く腕を振り下ろした瞬間、即死トラップもといギロチンは再び落下を開始した。凄《すさ》まじい勢いで風を切り、やがてズドンッと腹に響く破砕音と共に地面を深く抉《えぐ》り取《と》る刃。砕けた瓦礫《がれき》は、カルムの足元にまで転がった。

(……さて)

改めて、状況を整理してみよう。

カルムはミリュー王立図書館の書架にあった〝光る本〟に触れ、その直後、頭の上から降ってきたギロチンに襲われた。

躱《かわ》せたのは〝罠〟を制御する技能のおかげだ。——【知識】系統技能、第二次解放【明滅《スイッチ》】。ギミックの操作は《謎解き担当》役職の数少ない専門分野である。ダンジョンに罠はほとんどない、と聞いていたが……やはり、この場所が特殊なのだろうか？

「…………」

辺りの様子は先ほどまでとは全く違う。

四方を壁で囲まれた小部屋。一辺には扉があるが、大きな錠前が掛けられている。地面には出来たばかりの大穴。それを作ったギロチンの方はと言えば、動きを止めた瞬間に煙の如《ごと》く消滅している。頭上は、暗くて何も見えない。

だが、死の刃《やいば》があれで打ち止めということはないだろう。

(例のギロチンは僕が現れた瞬間に降ってきた。それでいて、今はまるで起動する様子がない……ということは、音がトリガーなのか)

そんな風に結論付ける。……正確には、一定以上の音だ。今だって完全な無音ではないはずだが、転移の瞬間に関して言えば、カルムは確かに言葉を発していた。

つまり——この部屋では、一定以上の音を立てると頭上から刃が降ってくる。

そして、気になることがもう一つ。

(僕は……この場面《シーン》を、本で読んだことがある)

——『マルシュの遺構探索記』第三章。

類《たぐい》まれなる嗅覚と直感を持ちながら軽率な性格でもある主人公《マルシュ》は、勇み足で仲間とはぐれ、罠《わな》だらけの神殿に迷い込む。その中で辿《たど》り着《つ》いたのが〝刃の降り注ぐ部屋〟だ。辺りの様子も含め、カルムの現状とほとんど一致する。

違うのはマルシュが【槌《つち》】系統に高い適性を持ち、力業で脱出経路を作れたこと。

ただ、それでも。

（同じことだ。……出口がないなら、作ればいい）

【知識】系統技能・第四次解放――【鋭敏《ハイセンス》】。

音を発せない状況故にカルムが無言で放ったそれは、自身の五感を極限まで跳ね上げる技能だ。一般的に、各系統技能の〝第四次解放《到達レベル4》〟はいわゆる必殺技クラス。チームの主戦力となり、ダンジョン攻略に大きく貢献できる到達レベルに他ならない。

……もちろん【知識】に魔物を倒す性能などありはしないが。

（見つけた）

第四次技能によって底上げされたカルムの視界は、瞬く間にこの密室を解くための鍵を見付け出す――それは、壁に刻まれた豪快な引《ひ》っ掻《か》き傷《きず》だ。例のギロチンは、落下の際にガリガリと不協和音を奏でていた。要するに、大きすぎるのだ。部屋のサイズに見合っていない。どうしても〝余り〟が発生する。

（……つまり）

不意に、足元に転がっていた瓦礫《がれき》を手に取って。

カルムはそれを、部屋唯一の扉に向かって放り投げた。コントロールこそイマイチだったものの、瓦礫はどうにか扉に当たってゴンっと鈍い音を立てる。

それに反応して、天井から降ってきたのはギロチンだ。

ガリガリガリッと激しい音を立てる刃《やいば》は、先ほどと全く同じように……ではなく、経路の途中にあった扉とその錠前を易々と切り裂いて、それから再び地面を抉《えぐ》り取《と》った。その隙に【明滅《スイッチ》】で刃の起動を止めたカルムは、悠々と扉へ向かって歩き出す。

そして、当然ながら。

「……ギミック攻略、完了だな」

錠前を失った扉は——何の抵抗もなく、容易に開いたのだった。

#4

——ギロチンで両断され、無理やり抉《こ》じ開けられた扉。

経緯を考えれば当然のことだが、その先はミリュー王立図書館へと繋《つな》がっていた。

ただし、異様な雰囲気はまだ変わらない。空間全体が青白い光に包まれていて、扉も窓も相変わらず塞がれていて、そして今度はまた別の本が眩《まばゆ》い光を放っている。

「なるほど……順番に謎解きギミックを攻略しろ、と言いたいわけか」

やれやれ、と肩を竦《すく》めるカルム。

つい先ほど、カルムは光り輝く一冊の本に触れ、その中の一場面に放り込まれた。言い方を変えれば〝本の中に吸い込まれた〟わけだ。この図書館を一つのダンジョンとして見るなら、今切り抜けた即死トラップは出会いがしらの挨拶に過ぎない。次々に冒険小説の中を渡り歩き、適切な方法で危機を乗り越えるのがミッション……なのだろう。

なかなかに殺意は高いようだが。

「……魔物と対峙《たいじ》させられるより、幾分かマシだろう」

この手のギミックならば。あるいは罠《わな》ならば、謎解きならば。

カルム・リーヴルが臆する理由は一つもなかった。


――そこからのダンジョン攻略は、快進撃と呼んで差し支えないほどの速度だった。

たとえば二冊目。

渓谷に掛《つ》かった吊り橋《ばし》を渡って向こう岸まで辿《たど》り着《つ》け、というのがカルムに課された指令だ。吊り橋には〝屋根はないが極めて頑丈〟なものと〝ボロ布が被《かぶ》せられているが非常に脆《もろ》い〟ものがあり、空にも川にも強力な魔物が待ち構えている。

頑丈な橋は絶対に落ちないが、空の魔物に襲われる。逆に脆い橋は空の魔物からは狙われない代わり、高確率で川の魔物の餌になる。

「……【知識】系統技能・第一次解放【解析《アナライズ》】」

しかし、カルムは【知識】系統の基礎技能により一瞬で両者の性質を看破。

それぞれが持つ縄張り意識を刺激するため、近場に転がっていた石を使って脆い橋を即座に川へ落とした。これにより激怒した川の魔物が空の魔物を攻撃し、蒼空《そうくう》の雄《ゆう》が激流へ引《ひ》き摺《ず》り込《こ》まれる形で激闘が勃発することとなる。

(頼むから、僕に気付いてくれるなよ……？)

それを見下ろす形で悠々と——否《いな》、恐る恐る頑丈な橋を渡ったり。


たとえば五冊目。

本の舞台は遺跡の中の巨大迷路だった。スタート地点には一つだけ扉があり、それを開くと次の小部屋へ進むことができる。その部屋には三つの扉があり、以降は縦横無尽に経路が構築されている……という複雑な造りだ。

この迷路を伝ってゴールへ辿《たど》り着《つ》け、というのが攻略までの〝第一〟ステップ。

実は各小部屋の床に意味深な文字が刻まれており、スタートからゴールまで順番に辿ると一つの指示が完成する。それをこなすのが第二ステップ、なのだが、最短ルートで辿らない限り文章にならないし、記法は既に失われた古代文字である。

「【知識】系統技能・第五次解放【追憶《リマインド》】——」

ただしカルムにとっては造作もない。

自身の記憶を正確に辿る技能——ちなみに〝第五次解放《到達レベル5》〟とは冒険者ギルドが定める各系統の上限値《リミット》だ——で迷路内の文字を全て復元し、一連の指示文を生成。肝心要の古代文字に関しては、そもそも完璧に把握していた。何故《なぜ》なら、これを覚えていないと大昔の資料や図録が読めないからだ。

そんなこんなで〝解〟を意味する文字に触れ、あっさり迷路を脱出したり。


たとえば七冊目。

その塔の最上階には、破滅級の魔物が棲《す》むという言い伝えがある。

最上階の一つ前のフロアには見渡す限り無数の武器があり、案内人より〝どれか一つだけ持っていけ〟と指示される。武器はいずれも超が付くほどの業物《わざもの》で、言ってしまえば現実世界には存在しないようなモノばかり。相手の存在を一瞬にして消滅させる杖《つえ》、永遠の束縛を与える檻《おり》、自身を巨大化させる靴……など、選択肢はいくらでもあった。

が、これはいわゆるトラップだ。

ここに棲む魔物は通称〝鏡映し〟と呼ばれ、挑んでくる冒険者の実力を読み取った上でそれに相応《ふさわ》しい姿に変わる。……要するに、強い武器を持っていくほど手が付けられなくなる初見殺しの存在《ボス》、なのだ。物語上では〝後《のち》にうっかり者の青年があっさり倒した〟とだけ描かれていて、その詳細は深掘りされていない。

しかし。

「【知識】系統技能・第六次解放――【先見《デジャヴュ》】」

カルムは〝予行演習《シミュレーション》〟を可能とする未観測技能でこれも読み切り、数多《あまた》の武器の中から自らへの足枷《あしかせ》を選択したうえで最上階へと臨んだ。その結果、カルムの前に現れたのは魔物ですらなく、ひたすら庇護《ひご》欲を駆り立てる可愛《かわい》らしい小動物の類《たぐい》である。

「………………」

まあ、確かに意図したものではあるのだが。

「これほど弱いと思われているのか、僕は……？」

複雑な気持ちを抱えながら、戦うまでもなく勝利判定をもぎ取ったりもして。

そんな風にギミックの攻略を続けること十冊あまり。

「……む？」

とある書架の前で、カルムはぴたりと足を止めた。

相変わらず神秘的な雰囲気の図書館内。これまでと同様に光り輝く本を探していたのだが、今回は少しばかり様相が異なるようだ。まず、書架が随分と端の方にある。収められている本はどれも古めかしく、なかなか仰々しい装丁だ。

中でも光っているのは、

「『ノンブル興国《こうこく》物語』の原典、か……？」

触れる前に自らの記憶を辿《たど》っておく。

『ノンブル興国物語』は、複数人の作家によって書き継がれている大作シリーズだ。作家だけでなく登場人物も世代交代を繰り返しながら一つの国の栄華を描く。とはいえ人類の発展に秘宝は欠かせないため、やはり主な舞台はダンジョンだ。

「…………」

現代語訳された最新版なら読んだことがあるものの、原典となると装丁が古く、文字も欠けていてまともに読める状態ではない。つまり、カルムですら正確には内容を知らないのだ。吸い込まれた先で何が起こるか予想も付かない。

けれど今さら引き返せないし、そもそもそんな方法はない。

「ん……」

──光に触れる。

既に何度も経験した本の中への転移。カルムが移動した先は、どうやら遺跡の中の通路のようだ。一直線の道の途中で、前方には部屋らしき空間が見えている。

「……一応、先に確認しておくか」

くるり、と踵《きびす》を返す。

そうしてカルムが向かったのは後方の〝闇〟だ──これは、離れた二つの部屋を使うギミックなのか、と疑っての行動である。そうでなくとも、攻略に必要な何かが別の場所に隠されているかもしれない。

が、闇を抜けたカルムが辿《たど》り着《つ》いたのは……図書館だった。

「ほう。……なるほど、戻れるのか」

初めての事態に思考を巡らせるカルム。

これまでは、本の中の謎解きギミックを突破するまで決して図書館には帰ってこられなかった。ならば〝闇を抜ける〟のが正解なのかと言えば、残念ながらそういうわけでもないようだ。何せ『ノンブル興国物語《こうこく》』は未《いま》だに光り輝いている。

……やはり、これまでとは少し傾向が違うらしい。

（おそらくこれが最後の謎なのだろう——）

そんな確信を得つつ、カルムは再び古い装丁に手を伸ばした。今度は導かれるがままに通路を前進し、やがて行き止まりの空間に辿り着く。

そこは、小さな部屋だった。

雰囲気としては〝即死トラップ〟が仕掛けられていた最初の部屋にやや近い。通路を背にして正面と左手は壁であり、右手には扉が一つある。……が、扉としての機能はないに等しい。何故《なぜ》ならありったけの鎖やら蔦でぐるぐる巻きにされているからだ。そして今回は、これを断ち切ってくれる豪快なギロチンも見当たらない。

そして、扉の脇には赤文字でこう記されていた。

「〝汝《なんじ》、振り返ってはならない〟……」

失われた古代文字をまたもや平然と読み上げるカルム。

振り返ってはならない。……文字通りの意味だとしたら、カルムは既に通路を逆走して本を出るという禁忌を犯している。何なら今も、つい気になってちらりと後ろを向いてしまった。二度目の違反だ。

が、悩んでいても仕方がないだろう。

「ひとまず情報が欲しいな――【知識】系統技能・第一次解放」

――【解析《アナライズ》】。

魔物やギミックの特性を明らかにし、攻略の基礎を作り出す技能だ。それによって扉に施された封印の詳細が露《あら》わになる。

曰《いわ》く――これは、由来不明の力による厳重な封印術式だそうだ。全ての魔法系技能、および武器系技能を無効化する性質を持ち、外力による破壊は一切不可能。効果時間も非常に長く、最低でも百年は朽ちることがない。

「ふむ……それは、困ったものだな」

素直な感想が口を衝《つ》く。

カルムは【知識】以外の技能を持たないが、仮にギルド内最強クラスの武力を身に付けていてもこの封印は解けないわけだ。室内を見渡してみても、念のため【鋭敏《ハイセンス》】を使って隈《くま》なく調査してみても、扉を抜けるための方法はありそうにない。

唯一の手掛かりは——やはり〝振り返ってはならない〟という文言だろう。

「もしこれが禁止事項で、僕が既にそれを犯しているというなら〝クリア不能〟となっている可能性もあるが……おそらく、違う」

当然の懸念を否定する。

カルムがこの部屋に入った時点で扉は雁字搦《がんじがら》めになっていた。だとしたら最初のUターンが違反だったことになるが、ならば注意書きは通路の壁にあるべきだ。……いわゆる直感の類《たぐい》だが、とはいえ確信ではあった。このダンジョンに仕掛けられたギミックは容赦がない代わりに不公平ではない。突破できる筋を必ず用意してくれている。

たん、っと手近な壁に指を触れさせるカルム。

考える時の癖だ。ペンはないが、書く真似《まね》だけでもした方が思考はまとまる。

「振り返るな……つまり、後ろを向くなということだ。後ろ、背後、背中、後方……いいや、どれも意味は大差ない。であれば、もしや軸が違うのか？」

きゅっ、と縦横無尽に動いていた指が不意に止まる。

——そして、

「なるほど。……僕は、一つ思い込みをしていたようだ」

答えに辿《たど》り着《つ》いたカルムは得心と共にかちゃりと眼鏡《めがね》を押し上げた。

「〝振り返るな〟はすなわち〝後ろを向くな〟の意。そして後ろは空間的な意味だけではなく、時間的な意味でも捉えることができる——後ろとは、すなわち過去。振り返るということは、換言すれば〝時を進めろ〟ということだ」

人間には不可能な所業にも思える……が、実はそうでもない。

カルムが散々体験してきた通り、このダンジョンは〝本の中に入って登場人物の置かれた状況を追体験する〟というのが主な構造だ。つまりこの部屋は、この封印は、このギミックは『ノンブル興国物語《こうこく》』に登場する。

そして『ノンブル興国物語』は登場人物が世代交代を繰り返すほどの大長編シリーズであり、これはその一冊目、しかも原典だ。発行年数も作中時期も非常に古い。最新作までの間に二百年、三百年といった時間が経過している。

その時間経過こそが、謎を解く鍵だ。

「絶対の封印は、最低でも百年は朽ちることがない……だったな」

扉に背を向けながら静かに呟《つぶや》くカルム。

やはり、通路の端から図書館へ戻れる仕様には意味があったのだ。扉の封印は決して解けない。だが『ノンブル興国物語』には世界観を同じくする後継作品が数百年に渡って存在するため、その中にはきっと、全く同じダンジョンを扱った場面《シーン》も登場する。つまりは本を換えることで疑似的に〝時を進める〟ことができる。

——果たして。

図書館へ戻ったカルムが改めて館内を巡ってみると、原典とは別にもう一冊、光り輝く本があるのを発見した。それは『ノンブル興国《こうこく》物語』の最新刊。触れてみると先ほどと同じ通路に転移し、その先には一つの小部屋が存在する。

そして、

「……おお」

扉の封印は——完全に、朽ち果てていた。

その有様を見てカルムの胸には微《かす》かな緊張が去来する。……別に、このギミックが最後だと示されていたわけではない。ないが、この仕掛けはやはり最後に相応《ふさわ》しい。おそらくはこれで〝ギミック攻略完了〟となるはずだ。

（そうなると……どうなるんだ？）

このダンジョンの様相は、カルムの知る〝ダンジョン〟とはかけ離れている。

故に、扉を開けた瞬間に何が起こるのか分からない。秘宝が手に入る？　ダンジョンの外へ出ることができる？　あるいは爆発四散する？　どれも捨て切れない。

けれど、

「……迷っていても仕方ない、か」

そっと、カルムは扉に手を触れた。

力などほとんど加えていない——が、それでも封印の解けた扉は抵抗なく開いた。微かな擦過音《さつか》と共にゆっくりと視界が広くなっていく。

「こ、れは……」

扉の先に広がっていたのは、ひたすらに幻想的で神秘的な光景だった。

一言で表すなら、それは〝光〟だ。

周囲の光を乱反射する煌《きら》びやかな輝き。ここは建物の中で、どころかダンジョンの奥地で、太陽光など届いていないはずなのに優しくて綺麗《きれい》な輝きがそこに在《あ》る。


光の中心に埋もれていたのは、一人の乙女だ。


この世に存在する色では喩《たと》えようがない、あえて言うならダイヤモンドの如《ごと》く複雑な煌めきを放つ透明な髪。長髪という言葉では足りないくらいのボリューム感だが、まるで重力の影響を受けていないかの如くふわふわと漂っている。眠るように目を閉じていて、その顔立ちは思わず息を呑《の》んでしまうほどに美しい。

単に整っている、というだけではない。

オーラがある。強烈な引力がある。いっそ威厳すら感じる、抗《あらが》いようのない魅力。

（……天使……女神……いや、精霊？）

美しさの比喩として使われる語彙を一通りカルムが頭の中に並べ立てた頃。

ぱちり、と。

極上の宝石が——否《いな》、彼女の持つ瑠璃色の瞳が、瞼《まぶた》の裏からこの世界に現れた。

「『…………』」

時が止まったかのように、しばし見つめ合う少女とカルム。

口火を切ったのは少女の方だった。

『一つ、問います——あなたが、わたしを起こしてくれたのですか？』

「——————」

#5

端的に言って、全身の細胞が震えるような思いだった。

今さら再確認するほどの事でもないが、カルムは大陸一の読書家だ。故に数多《あまた》の冒険小説の中で天使や女神といった登場人物《キャラクター》に出会ったことがあり、その度に彼女ら超常の存在が発する声を〝天上の調べ〟だとか〝聖なる福音〟だとか、突き抜けた比喩で描写する様を目の当《ま》たりにしてきた。そこに実感があったと言えば嘘《うそ》になる。

だが、

（こういう……こと、だったのか）

緊張のせいか、自然と喉の渇きを覚えるカルム。

少女の声は、美しかった——繊細だった。綺麗《きれい》だった。可憐《かれん》だった。それでいて迫力があり、厳かであり、自然と居住まいも正された。彼女から目が離せないのと同様に、彼女の声から耳を離せない。不思議な魔法にでも掛けられているようだ。

「……ふぅ」

どうにか息を吐いて思考をリセットする。

それからカルムは、薄い羽衣《ヴェール》のような服に身を包んだ少女に声を投げ掛けた。

「質問を返す形になってすまないが。……起こす、というのはどういう意味だ？　額面通りに受け取るならば、君はあくまで自然に目覚めたように思えたが」

『——なるほど、１０００年前の伝説は既に途切れてしまっているようですね』

ほんの少しだけ悲しげに、天上の声を零《こぼ》す少女。

光に包まれて地面からわずかに浮いている彼女は、改めて瑠璃色の瞳をカルムへ向けると、両手をそっと胸元で組みながらこう言った。

『それでは、自己紹介から参りましょう——わたしの名前は、メイユール。【祓魔《ふつま》】の属性を司《つかさど》る精霊・メイユールと申します。メア、とお呼びください』

「……精霊、だと？」

その言葉を理解するのにはしばしの時を要した。

何しろそれは、お伽噺の中の存在だ。

今から1000年ほど前のこと。現在でこそ〝魔物はダンジョンに棲《す》むもの〟という一種の常識があるのだが、当時はそんな制約など存在しなかったらしい。魔王と呼ばれる頂点に率いられた魔の軍勢は、大陸を支配するべく人間たちを攻め立てた。

その際、人間と共に戦ったのが〝精霊〟だ。

古くからこの大陸に存在していたもう一つの種族。かつて精霊たちは人間と共存関係にあり、人間と手を組むことで強大な力を発揮した。そもそもダンジョンに眠る遺物や秘宝は全て〝精霊の加護を受けた旧世代の人間が遺《のこ》したもの〟だという。1000年前に起こった魔王との大戦争の際も、人間側を勝利に導いたのはまさしく精霊の加護だ。

ただ――少なくとも、現代に精霊は生存していない。

敗れた魔王による最後の抵抗。これにより、人間と精霊の繋《つな》がりは完全に断たれてしまった。つまり、精霊はとっくに絶滅しているのだ。そしてその〝残滓《ざんし》〟だけが、現代の冒険者が技能を行使するためのエネルギー源となっている。

いずれも子供向けの紙芝居の中で語られているような歴史だが……。

「精霊というのは……あの、精霊か？」

『どの精霊を想定されているかは分かりませんが、おそらくは。かつて人間の皆さんと一緒にこの大陸に棲んでいて、一緒に魔王軍を倒した〝あの〟精霊です』

「……だが、精霊は既にいなくなったと」

『おおむね間違っていません。魔王軍の抵抗により人間の皆さんはわたしたち精霊を感知できなくなり、力の弱い精霊は存在を維持できなくなってしまいました。それ以外の精霊は、こうしてダンジョンの奥に身を潜めていたのです』

幾重にも揺らめく白の装束をなびかせて頷《うなず》く少女・メア。

「ふむ……」

対するカルムはかちゃりと眼鏡《めがね》を押し上げる。

細かいことは分からない——というか、分からないことだらけだ。ダンジョンでさえ非現実的だったのに精霊や魔王などと言われても、それを正面から受け入れられるわけがない。呑《の》み込《こ》むのに時間がかかる。

けれど、全容の理解は放棄したうえで、一点だけ引っ掛かる言い回しがあった。

（ダンジョンの奥に身を潜めていた……？　１０００年も？）

じっくりと思考を巡らせる。

それは、単なる逃避ではないだろう。隠れていなければならない理由が、身を潜めてでも生き続けなければならない理由があったということだ。そしてその理由は、過去の大戦を踏まえれば容易に想像ができる。

『お察しの通りです』

真《ま》っ直《す》ぐな瞳でカルムを見つめて、メアがふわりと一つ頷《うなず》いた。

『魔王はまだ生きています。……正確には、この時代に蘇《よみがえ》っています。一人の人間を素体にして魔王の魂を移す〝転生の秘術〟……早急に討たなければ、この大陸は瞬く間に魔王によって支配されてしまうでしょう』

「な……」

『ですが、ご安心ください。わたしは【祓魔《ふつま》】の大精霊・メイユール——ここまで辿《たど》り着《つ》いたあなたに、魔王を祓《はら》う力を授けましょう』

宙を泳ぐような格好でカルムに近付いて、そっと両手を差し出してくるメア。どこか儀式的な、献身的な慈愛と荘厳な神々しさを同時に感じる立ち振る舞いだ。

「魔王を……僕が……？」

けれどカルムは、その手を見つめて呆然《ぼうぜん》と呟《つぶや》く。

メアの言い分が理解できなかったというわけではない。1000年前の魔王が現代に復活していて、彼女はそれを祓う力を持っている。そしてどういう因果かこのダンジョンに迷い込んだカルムは、メアの力を授かる権利を有している。

（だが……）

それは〝無能《ブランク》〟と蔑まれた《謎解き担当》が担っていい責務ではないだろう。

ダンジョン攻略と同じことだ。魔物の一体すらも相手にできないカルムにとって、魔王をどうにかするなど女神や天使以上に実感がない。さらに根本的な問題として、カルムには死力を尽くしてダンジョンに挑む理由も目的もない。

（もっと言えば……とっくに、失くしてしまった）

だからこそ。

「……すまない、メア」

俯《うつむ》いたカルムが絞り出したのは謝罪の言葉だった。

目の前の少女から悪意やそれに類する感情は全く感じられず、瑠璃色の瞳に映っているのはただただ全幅の信頼――なのだが、残念ながら、カルム自身がそれに耐えうる資質を持っていなかった。

「魔王の復活が一大事だというのには同意する。なるほど、確かに討たねばならないのだろう。が……それを果たすべき勇者は、僕でなくてもいいはずだ。僕は戦えないし、戦う意思もない。他に適任者がいくらでもいる」

『いいえ、そのようなことはありません』

「……？　どういう意味だ？」

『あなたの他に、適任者なんていないんです』

どんな楽器でも敵《かな》わない綺麗《きれい》な声音で、メアは真っ直ぐに告げる。

『わたしは――メイユールは、かつて勇者様と契約を交わしていた精霊です。自分で言うのもなんですが、少しだけ特別な存在なんです。そのため〈祓魔《ふつま》の大図書館〉は侵入方法も攻略条件も非常に難しく、資質も才能も技量も全て兼ね備えた方にしか突破することができません。そしてあなたは、ちゃんとわたしを見付けてくれました』

「…………」

『わたしが1000年間待ち続けたのは――きっと、あなたに間違いありません』

「い、いや……そうは言っても、だな」

『……まだ、信じてくださらないのですか？』

ほんの少し寂しげに眉を寄せるメア。……整った容姿故か清純な性質故か、カルムの心がきゅっと罪悪感で握られる。

「信じていないわけではないが、しかし――」

急《せ》かされるように言い訳を述べようとした、その時だった。

「っ⁉」

『――――』

ふわり、とカルムを包む白の衣。

不思議な力で前に進んだメアが、両手を優しくカルムの頬《ほお》に添え、額をこつんと触れ合わせてきた。互いの存在を間近に、どころか一体になって感じられるゼロ距離。甘い果実のような香りときめ細やかな肌の感触に思わず息を呑《の》んだ刹那、重なり合った部分を通じて、とある光景がカルムの脳内に流れ込んできた。

――深々とフードを被《かぶ》った一人の少女が、身の丈を超える禍々《まがまが》しい剣でダンジョンを破壊し尽くし、か細く震える精霊の命をあっさりと絶つ。

一目で分かった。彼女が魔王だと。現代に蘇《よみがえ》った災厄の象徴なのだと。

フードの下から覗《のぞ》くのは凄惨な笑みと、不吉な眼光。

そして全身を包む黒いコートの胸元には、とある刺繍《ししゅう》があしらわれている。

それは、羽ペンと剣が交差する……カルムにとって、ひどく見覚えのある隊章《シンボル》だった。

「フィーユ……!?」

ようやく、自覚した。

メアの言う資質とは、適任とはそういうことだったのだ。カルムがミリュー王立図書館に通い始めて約七年になるが、ここで例の夢を見たのは今日が初めて。それによってカルムは〈祓魔の大図書館〉とやらへの侵入条件を満たしたのだろう。

何しろ……世界を支配せんとする魔王。

その素体になっているのは、転生先に選ばれたのは、他でもないフィーユなのだから。

「……っ……」

ぎゅっと右の拳を強く握る。

大切な幼馴染《おさななじ》みが魔王に〝使われて〟いるというのは、当然ながら度し難《がた》い事態だ。フィーユを失って、魔王が蘇《よみがえ》った。最悪の上に最悪が重なっている。

ただ、それでも。

(朗報だ。……フィーユはまだ、生きている)

カルムの思考回路は普通ではなかった。

もう二度と会えないと思っていた幼馴染み、フィーユ。彼女はまだ世界のどこかで生きている。そして、彼女の苦境を救えるかもしれない力が──目の前にある。

「……メア、君に一つ訊《き》きたいことがある」

ごくり、と唾を呑《の》み込《こ》んだ。

「【祓魔《ふつま》】の大精霊メイユール……君の属性は、きっと〝魔を祓《はら》う〟と書くのだろう。単に魔王を殺すのではなく、その魂だけを滅ぼすことは可能か?」

『可能です。そうでなければ、あなたを〝選ぶ〟ことはできませんから』

「……なるほど」

最後の確認は終わった。……正確に言えば、覚悟のための時間が欲しかっただけだ。フィーユの現状を知った時点で、答えはとっくに決まっていた。

だからこそ。

真正面にある瑠璃色の瞳を覗《のぞ》き込《こ》んだカルムは、自らの意思ではっきりと告げる。

「ならば……僕に力を貸してくれるか、メア」

『はい、もちろんです。だって、わたしは――１０００年間、あなたがここに来てくれるのを、ずっと待ち焦がれていたんですから』


混じりっ気のない笑み。感じられるのは信頼と、それから前向きな志だ。カルムと共に歩き出そうとする確かな意思。その輝きは、幼馴染みを失って図書館に縛り付けられていた少年《カルム》の足を――動かした。

「『…………』」

どちらからともなく、静かに両手の指を絡める。

カルムが知るお伽噺《とぎばなし》の中に精霊との〝契約〟に関しての記述は一つもなかったが……手を繋《つな》いだ美しい少女と何をすべきかは、促されるまでもなく分かっていた。

自分を信頼して目を瞑《つぶ》ってくれている少女。

わずかに背伸びをしている精霊に顔を近付けて、そっと短い口づけを交わす。

『ん……』

（……甘い、んだな）

ぼうっとした頭で感触を反芻《はんすう》するカルム。

——これは、今のカルムには知る由《よし》もないことだが。

ダンジョン攻略とは、本来、そのダンジョンが有する〝裏〟のギミックを全て突破し精霊の力を借りることを指す。各ダンジョンを管理する精霊の心を読み解き、攻略し、契約を交わす。それが〝ダンジョン〟の真なる存在価値だ。

つまりはギミックを攻略することで、謎を解くことで強くなる。

カルム・リーヴル——彼は、無名の《謎解き担当》。

それは〝表〟のダンジョンでは《無能《ブランク》》と侮られた、しかして〝裏〟の攻略においては最大の適性を示す、唯一無二の役職だ。

◆〈祓魔《ふつま》の大図書館・裏〉——第一層・攻略完了◆

♭♭　——《side：魔王》——

「ま、まままま魔王様ァ!!」

——深夜、大陸某所。

上等なスーツを着こなした骨姿の紳士が、大慌てで主《あるじ》の居室に飛び込んだ。

「ご快眠中のところ恐れ入ります！　ですが、緊急のご報告が……ッ!!」

「……申せ」

「特級ダンジョン〈祓魔の大図書館〉第一層が、人間に攻略された模様です!!」

カカッ、と全身の骨が一斉に音を鳴らす。

「信じられません……有り得ません！　特級ダンジョンの攻略はこの1000年で初めての事態！　この私、骨身にも関わらず鳥肌が立ってしまいましたぞ！」

「………………」

「1000年前に魔王様を滅ぼした忌《い》まわしき精霊メイユール……あの者が、よもや再び人間と契りを交わすなど！　腸《はらわた》（※ない）が煮えくり返る思いです！　あれは、魔王様の覇道を阻みかねません！」

手にした錫杖《しやくじよう》で力強く床を叩《たた》く男。

「動じるな、ジルウェットよ」

そんな男——元魔王軍四天王・アンデッドキングの称号を冠する配下に向けて、ベッドの上で身体《からだ》を起こした少女が、もとい〝魔王〟が短く告げた。

「其《そ》の方が我に施した転生の術式には、失った力を過去より取り戻す再帰の術も備わっている。1000年もの時が経《た》っている故、回復には長い時間が掛かりそうだが……幸いなことに、そこら中に〝贄《にえ》〟が転がっているのでな」

――ダンジョンの管理精霊。

魔王は知っていた。かの勇者が魔王《かれ》の復活に備え、精霊たちの力を保存するためにダンジョンを用意していたことを。その嗅覚と行動力には感服するところだが、しかし精霊の力を吸収することで魔王自身の完全復活も近くなる。異質な力を取り込むのに多少の休息は要するものの、1000年前の力を地道に移送するよりはよほど早い。

中でも、重要なのは〈祓魔《ふつま》の大図書館〉を始めとする七つの特級ダンジョン。

そこに封印されているのは、かつて魔王軍を苦しめた勇者一行の契約精霊たちだ。1000年前、彼女たちと魔王軍の力はほとんど拮抗《きっこう》していた。

……では。

特級ダンジョンに眠る精霊のうち、一体でも魔王自身が奪い取れば？

1000年前の大戦以来、新たな精霊は生まれていない。あれが人間側の最大戦力なのだとすれば、もう魔王を滅ぼすことなど不可能となるだろう。

つまり。

「ここから先は、奪い合いだ。……身体を休めろ、ジルウェット。じきに忙しくなる」

「はッ！　魔王様の寛大な計らい、五臓六腑《ごぞうろっぷ》（※ない）に染み渡ります……！」

感涙にむせびながら部屋を後にする骨身の紳士。

「…………」

それを見送ってから、魔王は取り込んだ精霊の力を慣らすべく再び目を閉じた。……およそ七年前に施された転生の術式はすっかり定着している。最初はうるさいくらいに聞こえていた〝素体〟の声も、もうほとんど聞こえなくなってきた。

……だからこそ。

（お願い、カルム――早く、魔王《わたし》を殺しにきて）

そんな少女の悲痛な願いは、誰にも届くことはなかった。

カルム・リーヴル

Calum Revere

スクレ

メガネくん！　チャームポイントはメガネだね。あと、愛想もあんまり良くないよ。

ダフネ

冒険者とは思えないひょろさですね。……意外と身長は高いようですが。

スクレ

わ！　もしかしてダフネ、ドキドキしちゃう？

ダフネ

いいえ、ムカムカします。

uzzle–Solvi
Spiri
Domina

第二章　ダンジョンには精霊が宿る

＃1

「ん……」

窓から差し込む柔らかな陽光で、カルムは目を覚ました。

人生における睡眠の優先度が読書よりも遥《はる》かに低いカルムにとって、ベッドで目覚めるというのは久々の経験だ。大抵は本を読みながら寝落ちしており、そのため腰に多大なるダメージを負っている場合が多い。

（昨日は……そうか、ひどく疲れていたんだ）

靄《もや》が掛かったような思考で昨夜のことを振り返る。

カルムが把握している限り、昨日はとてつもなく不思議な事態が無数に起きた。

いつの間にかダンジョンの中に迷い込み、数々のギミックで殺されかけ、辿《たど》り着《つ》いた最奥で神秘的なオーラを放つ〝精霊〟と出会い、大切な幼馴染《フィーユ》みが〝魔王〟の素体にされていたことを知り、彼女を取り戻すために〝契約〟を交わした。

「………」

何もかもカルムの妄想が生み出した夢だった、と言われた方が納得はできるが。

（この筋肉痛。……ダンジョン内を歩き回っていたからこそ、だろう）

カルムの類《たぐい》まれなる貧弱さが、昨日の一部始終が現実にあったことを証明していた。

さらに――いや、常人ならばまずはこちらが気付きのトリガーになったはずだが、普段と明確に違うところがもう一つあった。

ミリュー王都、大通りから少し離れた平民区。現在のカルムは一人暮らしをしているのだが、数年前までは家族が一緒に住んでいた。中でもこの部屋は寝室であり、家族分のベッドが並べられている。両親のベッドは主に物置きとして活用され、残る一つ――妹のそれは長らく使われていなかった。

「すぅ……くぅ……」

そのベッドに一人の少女が眠っている。

朴念仁《ぼくねんじん》のカルムであっても、さすがに緊張を禁じ得ない状況だ。……何せ、相手はただの少女ではない。この世に比類する存在がいない、まさしく絶世の美少女である。

加えて、かつて勇者と共に魔王を打ち倒したという、伝説の大精霊。

容姿も実力もエピソードも軒並み冒険小説に匹敵する……否《いな》、遥かに凌駕《りょうが》する。

（……結局、昨日は契約を交わしただけで詳しいことは聞けなかったからな）

ベッドから降り、枕元に置いていた眼鏡《めがね》を掛けたカルムが内心で零《こぼ》す。

読書中に寝落ちしてからそのままダンジョンに迷い込んだため時間の経過はよく分から

ないが、最奥に辿《たど》り着《つ》いた頃にはとっくに夜も更けていたことだろう。図書館《ダンジョン》から脱出したカルムは、その後すぐに家へ戻って泥のように眠っていた。

もちろんメアも一緒に、だ。

彼女に訊《き》きたいことならいくらでもあった。ダンジョンのこと、魔王のこと、カルムに与えられた〝力〟のこと。知っておかなければならないことが多すぎる。おそらく今日は朝から質問大会になるだろう。

そう思って部屋を出ようとした、刹那。

「……む？」

視界の端に違和感があって、カルムはぴたりと足を止めた。

廊下へ続く扉の隣、ベッドの上。そこにいるのは熟睡中の大精霊・メイユール。

それはいいのだが……何かがおかしい。

このベッドは数年前にカルムの妹が使っていたもので、サイズとしては子供用だ。そしてカルムはもちろん、メアだって背丈はそう低くない。朧《おぼろ》げな記憶だが、昨日の夜は足の先が収まっていなかったような覚えがある。

けれど現在、メアは快適にベッドを使っている。身体《からだ》をくるんと丸めているせいもあるだろう。が、それにしてもベッドが大きい——違う、メアが小さい。

……メアが小さい？

「ふむ……どうやら、まだ疲れが取れていないらしいな」

もしかしたらこれこそが夢なのかもしれない、と。

ひとまず顔を洗うべく、カルムはボサボサの髪を掻《か》きつつ寝室を離れるのだった。


「さて――」

メアが目覚めたのはそれから三十分ほど後のことだった。

カルム宅のリビング。それなりに質の良いソファに一人の少女が座っている。

髪色はキラキラとしていて透明感のある純白、もとい虹色《プリズム》。窓から差し込む陽光を反射して複雑な輝きを放っている――のはいいのだが、その髪からして既におかしい。カルムの記憶が確かなら、美しい長髪はせいぜい腰くらいまでの長さに留《とど》まっていたはずだ。だが今は、足首の辺りまでふわりと髪が広がっている。同様に、全身を覆っていた神秘的な白の羽衣《ヴェール》は今やぶかぶかになってしまっている。

ただし、完全に別人なのかと言えばそうでもない。

愛らしいと表現すべき顔立ちは確かに昨日の大精霊の面影を残しているし、荘厳なオーラこそなくなったものの〝この世のものとは思えない〟引力は健在だ。瑠璃色の瞳が放つ純粋無垢《むく》な輝きも変わらない。

ただひたすらに、幼くなっている。

「………」

ここ中央国家ミリューは大陸内でもひときわ冒険者の勢いがある方だが、それでも〝若返り〟の効果を持つ遺物など聞いたことがない。

だからこそ、カルムは率直な疑問をぶつけてみることにした。

「一つ訊《き》かせてくれ、メア。君は――……もう少し、綺麗《きれい》ではなかったか？」

「がーん!!」

……カルム・リーヴルにはデリカシーがなかった。

そもそもが極めて自己中心的な性格なのだが、加えて〝気を遣う〟や〝他人に嫌われたくない〟といった感情が欠如している。とはいえ、あえて傷付けようという意思があるわけでもない。言葉選びが下手なのは、単に人との交流を避けてきたツケである。

ともかく――。

〝君の容姿が昨日と変わっている、正確には昨日よりも幼くなっている気がするのだがどういうことだろうか？〟という主旨で繰り出された質問に対し、ソファに座った少女は大《おお》袈裟《げさ》なリアクションを口にした。感情をストレートに表現する第一声。昨日の繊細で上品な旋律ともまた違う、はっきりと子供らしさを残した声だ。

ぷくぅと頬《ほお》を膨らませて、メア（？）はカルムの言葉に異を唱え始めた。

「ひどいです、あまりにも！　それって、それってわたくしが醜いってことじゃないです

か！　泣いちゃいますよ、泣いちゃいます！　いいんですか、人間さんっ!?」

「いや、そうは言っていない。昨日の方が大人びていた、という意味だ」

「んむぅ？　……それっておかしいです、人間さん！　わたくしが一晩で子供になったとでもいうんですか？　【祓魔《ふつま》】の大精霊である、このわたくしが！」

「子供とまでは言わないが……そうだな」

ちょいちょい、と手招きでメアを呼ぶカルム。

「？」

招かれたメアは素直にソファを飛び降りるとカルムの後を付いてきて、やがて部屋の片隅に置かれた姿見の前で立ち止まった。そこに映る自分自身の姿をまじまじと見て、何度か背伸びをして、ジャンプをして、それから瑠璃色の瞳を真ん丸に見開く。

「ち、ち……ちっちゃくなってるんですけど!?」

「だからそう言ったんだ」

かちゃりと眼鏡《めがね》に手を遣《や》って嘆息を零《こぼ》すカルム。ようやく状況の共有ができた。

「……ちなみに、だが」

不可解な状況を解き明かすべく、先に例外的な可能性を検討しておく。

「入れ替わっている、というわけではないのか？」

「んむぅ？　それは……えっと、どういう？」

「昨夜の記憶は曖昧だ。図書館から帰って寝るまでの間に、もしくは睡眠中にメアが別人と入れ替わっていた、と言われた方がまだ納得できる」

「！　ま、まさか、わたくしがニセモノだっていうんですか!?」

ダイヤモンドみたいなキラキラの髪を揺らめかせ、下ろした両手の指先をぴーんと伸ばしながら、メアが瑠璃色の瞳を愕然《がくぜん》と見開く。

「信じてください、人間さん！　わたくし、ほんとのほんとに大精霊ですから！　魔王を倒し、山を作り、海を割り、てんちかいびゃくにしくはっくした――」

「このタイミングでの嘘《うそ》は逆効果だが？」

「――のは、ちょっとした脚色ですけど！　でも、わたくしが【祓魔】の大精霊・メイユールだというのは嘘じゃないです。太鼓判です！」

「自分で太鼓判を押されてもな……」

「んむぅ、人間さんは強情です。こうなったら――……えいっ！」

「！」

一瞬の出来事だった。

両手でカルムの手を取り、それからぐいっと自らの方へ引き寄せるメア。カルムが気付いた時には、既に右手がメアの胸元に押し当てられていた。手触りの良い羽衣《ヴェール》の感触。ぺったんこに見えるものの、ふにっと指が沈み込む柔らかな膨らみ。

「ど、ど……どうですか！」

謎の凶行に及んだメアはと言えば、顔を赤くしながらカルムを見ている。

「これで人間さんも分かったはずです。わたくしの凄《すご》さが、魅力が、偉大さが！」

「凄さ……というのは、なんだ。まさかとは思うが、胸のことを言っているのか？　確かに、見た目よりは育っているようだが……」

「な、何のレビューをしているんですかっ!?　人間さんのスケベ！」

ぱっと振り払うようにカルムの身体《からだ》を押し退《の》けるメア。

微《かす》かに乱れた着衣を直しつつ、彼女は『ふーっ、ふーっ』と荒い息を吐いて続ける。

「ペタペタ触ってみればいい、って言っただけです。大精霊であるわたくしはとっても珍しい〝人型〟ですし、さらにさらに、この通りちゃーんと〝実体〟があるので！」

「なるほど。……だがな、そもそも僕は精霊を知らない。人型だから云々《うんぬん》、実体があるから云々、と言われたところで情報は全く増えないぞ？」

「………………」

「どうした」

「じゃあわたくし、胸触らせ損ってことじゃないですか！　もうもう、もうっ！」

ようやく自分の失態に気付いたらしく、メアがぶかぶかの羽衣《ヴェール》を突き上げるような形でぐるぐると両手を振り回す。

（……今だけは、姿が変わってくれていて助かったかもしれないな）

それを見ながら内心で密《ひそ》かに呟《つぶや》くカルム。昨日のメアに同じことをされていたら、さすがに平然と構えているのは難しかっただろう。

ともかく――カルムの提案で、そこからはメアの〝異変〟について可能な限り検証をしてみることにした。何しろ、だ。荘厳な雰囲気や神々しいオーラが全て消え失《う》せているのだから、変わったのが見た目（年齢？）だけだとは到底思えない。

そんなこんなで、検証開始から十数分が経《た》った頃。

「――あの、人間さん」

一通りの調査を終えたメアが、少しばかり疲れた様子で声を掛けてきた。

そこで初めて引っ掛かる。……そういえば、まだメアに名前を伝えていなかったか。

「すまない、自己紹介が遅れた。僕はカルムという」

「わ、わわ！　そうでしたか。カルムさん、カルムさん、カルムさん、カムルさん、ルカムさん、ルムカさん、ムカルさん……む、難しいです！」

「アナグラムはしなくていい」

「じゃあ、カルムさん。……今から、衝撃の事実を発表します」

瑠璃色の瞳がじっと上目遣いにカルムを見る。

「わたくしは――【祓魔《ふつま》】の大精霊・メイユールは、見ての通り小さくなってしまいました。そして、なんと！【祓魔】の力も、カルムさんに会う前の記憶も、ほとんど失くしてしまっていたのです！」

「ふむ、やはり記憶もか……だが、ほとんどというのは？」

「何もかも忘れたわけではないんです。わたくしが【祓魔】の大精霊で、とっても強い勇者様の仲間で、悪い魔王をこてんぱんに懲《こ》らしめたことは――……ぼんやりと、覚えているのですが。でも、それだけです。【祓魔】の力は一つも使えません」

しゅん、と力なく肩を落とすメア。

弱々しいその声は彼女の不安を示すと共に、カルムに縋《すが》っているようだ。……実は、それだけは昨日から何も変わらない。契約の関係か、あるいは他にも理由があるのかもしれないが、どちらのメアからもカルムに対する全幅の信頼が読み取れる。

「むぅ……なんで力が使えないんでしょう。これが、噂《うわさ》のスランプでしょうか？」

カルムの目の前で、メア（幼女）がぶんぶんと腕を振る。

「…………」

1000年ぶりに目覚めた自称・大精霊は、容姿が幼くなっただけでなく、記憶も力もほとんど失ってしまっているのだという。そうなると、彼女《メア》の発言は全て根拠のない自己主張だ。背伸びしているだけの幼女、と考えた方がしっくりくる。

（だが……さすがに、単なる夢で片付けるには鮮烈すぎる）

図書館の中のダンジョン、精霊、魔王、謎解きギミック。

加えてフィーユが絡んでいる可能性があるならば、無視などできるはずもなかった。

「……とりあえず、図書館で情報収集でもしてみるか」

＃2

中央国家ミリューの王都は広い。

何しろ数万人、いや、最近では十数万人の民を抱えるほどの巨大都市だ。移動するだけでも果てしなく時間がかかる。大通りは馬車が通れるよう整備されているが、普段から乗り物を使うのは王族か貴族くらいのもの。徒歩で移動するとなると、王都の外れに建っている図書館はアクセスが良いとはとても言えない。

（やれやれ……）

カルムの住む家からは、歩いておよそ四十分。

歩く度に、汗を拭う度に強く思う——引っ越したい、と。

「とっっっても大きな街ですね、カルムさん！」

ただし今日ばかりは、すぐ隣にリアクション豊かな同行人がいるため疲労はさほど感じなかった。1000年ぶりに目覚めたからか、あるいは記憶を失っているからか、目に付くもの全てに関心を示すメア。全身ではしゃぎまくる彼女に知り得る限りの答えを返しつつ、カルムは——早くも筋肉痛に苛《さいな》まれながら——歩を進める。

……そして、

「ここが、ミリュー王立図書館だ」

遠路はるばる辿《たど》り着《つ》いた建物を静かに見上げた。

「蔵書数の約199万冊は大陸最大。僕の記憶だと、ミリュー発行の書籍に限らず、他国の物語や歴史的資料も保管されている。精霊の詳細に触れている書物はないのだが……お伽噺《とぎばなし》だという先入観があったからな。再読する価値はあるだろう」

「ふわぁ……」

キラキラとした瞳で図書館を見上げるメア。

ちなみにだが、その格好は既にぶかぶかの羽衣《ヴェール》ではない。あれはもはや服としての機能を失っていたため、家に残っていた妹の服を着せている。フリル多めの清楚《せいそ》な白ワンピース。ところどころに青の装飾が入っていて、首にはチョーカーも付いている。

メアという素材が一級品な上にダイヤモンドのような超長髪がキラキラに輝いているため非常に目立っているが、仕方あるまい。

うずうずとした様子でメアがこちらを振り返る。

「図書館さん！　つまり、ここがわたくしにとって第二の故郷なんですね！　早く行きましょうカルムさん、もうワクワクが止まらな――」

――瞬間。

ドンッッ!!　という爆音と共に、図書館の裏手から豪快な炎の渦が舞い上がった。

「みぅっ!?　……な、ななな、なんですか今の!?　事故です、事件ですっ！」

瑠璃色の瞳を真ん丸に見開いたメアが（カルムの身体《からだ》を盾にしながら）大慌ての口調で騒ぎ立てる。対して、メアに腰をがくがくと揺らされたカルムの方はと言えば、冷静な態度で右手の指先をそっと眼鏡《めがね》に添えていた。

「ふむ……」

「『ふむ……』じゃないんですけど!?　ここにいたら危ないですよ、カルムさん！　こんがり焼かれてしまいます！」

「ああ、すまないメア。危ないのは百も承知なのだが……」

カルムの思考は、一瞬にして状況を整理していた。

第一に、ミリュー王立図書館の裏手には冒険者向けの訓練施設が位置している。王都の外れという立地から人の出入りは少ない方だが、それでも〝技能の使用が許されている場所〟には変わりない。これが【炎魔法】系統の技能なら充分に説明は付く。

（……だが）

第二に、だからこそ往来にまで爆炎が見えるのは妙な話だ。

冒険者ギルドが管理する訓練施設には結界系の遺物を使用した防壁が張られていて、施設外まで技能の影響が及ばないよう細心の注意が払われている。でなければ、街中で心置きなく技能を使うことなどできるはずがない。

そして、第三に——カルムは、この【炎魔法】の遣い手に心当たりがある。

「……行こうか、メア」

「はい、今すぐ離れま——って、あれぇ!? カルムさんカルムさん、そっちは危ない方ですよ！ 安全なのはこっちです、こっち！ ……んむぅ、カルムさんのばか～！」

ぷくぅと頬《ほお》を膨らませ、天に翳《かざ》した両手をぐるぐると回しながら。

大精霊メイユールは、カルム・リーヴルの背中を小走りに追うことにしたのだった。

（やはり、そうか……）

図書館の裏手をメアと並んで進軍する。

爆炎を見た時点で予想できていたことではあるのだが、周囲は異様な熱気（興奮ではなく単に高温の意だ）に包まれていた。風に舞う白煙。さらに、訓練施設の防壁を構築していたはずの遺物が辺り一帯に散らばっている。

一片を拾ってみれば、まるで黒炭の如《ごと》くボロボロと手から崩れ落ちた。

「あ、あのぅ……カルムさん？」

横合いから背伸びするような格好でカルムの手元を覗《のぞ》いたメアが、恐々《こわごわ》と尋ねてくる。

「それ、何なんでしょうか？　真っ黒ですけど……」

「結界の一部だな」

端的に答えるカルム。

「訓練施設の外壁だ。基本的には、到達レベル４程度の技能――多くの冒険者チームで最大火力となる攻撃を受けても壊れない程度の頑丈さはある」

「んむぅ？　……でも、壊れてます。バラバラに」

「壊れているな。結界が劣化したのでない限り、答えは一つしかないだろう」

極めて強力な技能が行使された――。

カルムの回答を受け、傍《かたわ》らを歩くメアがごくりと神妙に唾を呑《の》む。

もちろんカルムの認識は推測であり、何ら証拠のあるものではなかったが……爆炎の中心地へ近付くにつれて、舞い上がる煙や灰は徐々に濃くなっていた。午前中だというのに視界が判然としないほどの煙が周囲を覆っている。

「わ、のわわっ……」

「……ふむ。気が利かなくてすまない、メア。これを使え」

すぐ隣で煙に包まれるメアを見て、カルムはおもむろに懐から一枚のハンカチを取り出した。それをメアに押し付けて、自らは片手で口を覆っておく。……精霊の体組成など知らないが、一酸化炭素が身体《からだ》に良いとは思えない。

「ぁ……ありがとうございます、カルムさん。これでわたくし、無敵です！」

ふにゃ、と笑みを見せてから急いで口元を覆い隠すメア。

そして――煙が濃くなってから一分ばかり歩を進めた頃だろうか。


（……いた）


煙で狭められたカルムの視界に、一つの人影が映り込んだ。

爆炎の中心地。間違いなく、その人物こそが防壁を突き破った張本人だろう。


そこにいたのはカルムと同じか、あるいは少し年下に見える少女だった。

質の良さそうな白いシャツに赤のコルセット、肩には薄桃色の短いコートを重ね着している。赤を基調とするチェック柄のスカート、長めのニーソックスに包まれた足。肩甲骨の辺りまで伸びたセミロングの髪は、確かツーサイドアップという髪型だったはずだ。基本的にはストレートだが、くせっ毛なのか随所でくるんと外側に丸まっている。髪色は夕焼けの如《ごと》く鮮烈なオレンジ――ただし、先端だけは〝紅蓮《ぐれん》〟の赤に染まっている。

そして、それらはいずれも大量の煤《すす》で黒ずんでいた。

「……けほ、ごほっ」

煙の中でぺたんと座り込んで、苦しそうに咳《せき》をしている少女。

その姿は、間違いなく〝薄汚れて〟いる――が、カルムが受け取った印象は、何故《なぜ》かそれとは正反対のものだった。不屈の闘志、あるいは強烈な意思。昨夜、ダンジョンの奥でメアに感じた煌《きら》めきとはまた違う、あまりに力強い輝きだ。

思わず息を吞《の》んで見惚《みと》れてしまう。……が、そんなことをしている場合ではない。

「すまない、邪魔をするぞ――」

言葉を選びながらもカルムが足を踏み出した、その時だった。

「え!?」

呼び掛けられたことで初めて第三者の存在に気付いたのか、杖《つえ》（魔法系技能の行使を補助する武器だ）にもたれた少女が虚を突かれたような声を上げた。地面に尻餅をついたまままきょろきょろと首を巡らせて、やがて彼女はカルムとメアを視認する。

――そして、

「う、そ……あたし、また……？」

みるみるうちに顔を青褪《あおざ》めさせ、声を震わせる少女。

（む……？）

その反応にカルムは微《かす》かに首を捻《ひね》る。

普通なら――否《いな》、この状況が既に普通ではないのだが、それでも一般的に考えれば助けを求めるなり安堵《あんど》するなり、あるいはカルムを狼藉者《ろうぜきもの》とみなして逃げ出すなりが定石だろう。これは、少なくともカルムの想定にはなかった反応だ。

「っ……」

しかし想定外はなおも続いた。

真っ黒の煤《すす》を頭から被《かぶ》った状態で、さらに（おそらくは）腰を抜かしていた体勢から懸命に立ち上がり、ふらふらになってカルムたちの前まで歩み寄ってくる少女。息を切らした彼女は、それでも立派な杖《つえ》を傍《かたわ》らに置き、両手でカルムに掴《つか》み掛《か》かった。

「あ、あなた、大丈夫……!?　怪我《けが》、怪我してない!?」

「怪我……？　僕が、か？」

「ごめんなさい……謝って許されることじゃないけど、本当にごめんなさい。平地なら暴走しないはずなのに、今日に限ってなんで……っ！」

カルムの腕を、頬《ほお》を、薄い胸板をペタペタと触診しながらそんな言葉を捲《まく》し立《た》て、少女はぎゅっと悔しげに唇を噛《か》み締《し》める。……太陽を思わせる紅炎色の瞳。煤に塗《まみ》れているため一目では分かりづらいが、その顔立ちは非常に整っている。

手当ての矛先は、もちろんメアも対象外ではない。

「ひぅっ！　あ、あの、ちょ、わぷ、うにゃ……く、くすぐったいですー～っ！」

身体《からだ》を捩《よじ》らせて楽しげな嬌声《きょうせい》を零《こぼ》すメア。

（ふむ……）

くすぐりという未知の快感にノックアウトされるメアを横目に見ながら、そして心配性な少女に再び手を取られながら、カルムはそっと思考に耽《ふけ》る。

――どうやら、彼女は自分たち《カルム》を〝巻き込んだ〟と勘違いしているようだ。

平地なら暴走しないはずという発言、そしてカルムとメアの怪我を気遣う言動。詳細はともかく、何か想定外の事故で防壁が吹っ飛んでしまったのだろう。

「まあいい。……とりあえず、手は離してもらって結構だ」

「え？　……ぁ。そ、そうよね。ごめんなさい、こんなに汚れてるのに……」

「？　いや、それは全く気にしていないが」

ぱっと手を離して項垂《うなだ》れる少女に端的な否定を返すカルム。

慰めやフォローの類《たぐい》ではなく、服や身体が汚れたところでカルムは何も気にしない。

「重ねて主張しておくが――僕は、いや、僕たちはどちらも怪我などしていない。図書館の前で炎を見かけ、爆発の後でここへ踏み入っただけだ」

「そ、そうなの？　……良かった。それなら、とりあえずは一安心ね」

右手をそっと胸に当て、少女が安堵《あんど》の息を吐《つ》く。……よほど心配していたのだろう。

「………」

夕陽色《オレンジ》の髪を持つ【炎魔法】使いの少女。今になって気付いたが、彼女の衣服や傍《かたわ》らに置かれた杖《つえ》に〝所属チーム〟を示す隊章《シンボル》の類《たぐい》は見当たらない。

「一つ、訊《き》いてもいいか。君は――……、む？」

そこでカルムが言葉を止めたのは、背後から人の気配を感じたからだ。【鋭敏《ハイセンス》】を使っていない時のカルムは冒険者どころか一般人の中でも鈍感な方だが、気配だけでなく足音が聞こえたのだからさすがに気付く。

例の爆炎は大きかったため、通りすがりの誰かが覗《のぞ》きにきても不思議はないが……。

「……ほう」

振り返った瞬間、カルムは予想外の光景に小さく目を見開く。

――そこに立っていたのは、決して通りすがりの一般人などではなかった。

薄っすらと輝きを放つ黄金のストレートヘア。

王家の象徴とされる宝石が嵌《は》め込《こ》まれた煌《きら》びやかな髪飾り。

淡い色合いを複雑に重ね合わせた上品なドレス。

見る者の視線を一瞬にして釘付《くぎづ》けにする美貌と、優しく穏やかで清廉な笑み。

中央国家ミリューの民なら知らぬはずもない、リシェス・オルリエール王女殿下――言ってしまえば、この国の姫君である。

「お取込み中失礼します。……やはり、結界が壊れてしまったようですね」

「……！」

美しい翡翠《ひすい》の瞳で状況を検分し始める一国の姫に対し、この惨状の原因である少女が血の気の引いた顔を浮かべた。理由は、誰の目から見ても明らかだ。リシェス姫のドレスが煤《すす》で黒く汚れてしまっている。

「も、申し訳ありません、リシェス様」

片膝を地面に突いて、少女が深く頭《こうべ》を垂れた。

「私の技能制御が未熟なことが原因です。お騒がせしただけでなく、リシェス様のお召し物を汚してしまうなんて……」

「いいえ、クロシェット。謝る必要はありません」

が、リシェス姫は彼女の——〝クロシェット〟と呼んだ少女の謝罪を一蹴した。それから穏やかに歩を進めると、手袋を嵌めた右手で少女の肩や頭を優しく払う。真っ白だった手袋が汚れていくのと引き換えに、少女が被《かぶ》った煤の方は随分とマシになった。

リシェス姫は続けて言う。

「貴女《あなた》が防壁に細工をするような冒険者でないことは分かっています。であればこの結果は、貴女の過失ではなくむしろ訓練施設の脆弱《ぜいじゃく》さに依《よ》るもの……そして中央国家ミリューにおいて、冒険者ギルド関連の政務はこのリシェス・オルリエールの管轄です。充分な施設が提供できず、大変申し訳ありません」

「！　そんな、こと――」

「――ない、とは言わせません。クロシェットが頷《うなず》いてくれないと、このドレスの修繕費を請求しなければいけなくなってしまいますよ？」

「………はい」

不承不承といった表情で頷いた少女・クロシェットに対し、リシェス姫はミリュー国民全員の憧れと称される柔らかな笑みを浮かべてみせる。

（……クロシェット、か）

脳内でその名を復唱するカルム。

目の前で展開されたやり取りを見る限り、クロシェットなる少女とリシェス姫の間には何かしらの関係性が存在するようだ。単に名前を知られている、というだけではない。リシェス姫の口調には、一国民に対するそれ以上の〝親愛〟が感じられる。

（いや、というより……問題はこちらの方だな）

上品な金糸と翡翠《ひすい》の瞳を併せ持つミリューの華を横目に見遣《みや》る。

カルムはごく一般的な平民だ。冒険者として際立った功績を挙げたこともない。よってリシェス姫に謁見した経験などあるはずもない。……ないのだが、不思議と緊張は覚えないし、何なら距離も感じない。が、まあそれもそのはずだ。

何しろ、彼女は――

「――カルム様。それから、お連れの方」

カルムの思考を断ち切ったのは、リシェス姫の放った一言だった。

洗練された仕草でカルムに身体《からだ》を向ける姫。続けて、清らかな声音が耳朶《じだ》を打つ。

「自己紹介が遅れました。わたしは中央国家ミリューの王女、リシェス・オルリエールと申します。ここへ来たのは〝煙〟を見かけたから、なのですが……それ以前に」

微《かす》かに小首を傾《かし》げて金糸を揺らすリシェス姫。

「図書館を訪れたのは、実は貴方に会うためなのです」

「……僕に？」

「はい。冒険者カルム・リーヴル――昨夜、特級ダンジョン〈祓魔の大図書館〉に単独で挑み、一晩でこれを攻略したのは貴方《あなた》に間違いありませんね？」

「へ……な、な!?」

王女の問いに反応したのは、カルムではなくクロシェットの方だった。

だが、それも無理からぬ話だ。……特級ダンジョンの攻略。それは、冒険者の間では夢見るだけでも馬鹿らしいと一蹴されるような偉業である。攻略難度〝不明《アンノウン》〟の領域、前人未到の最難関ダンジョン。有り得ない絵空事の代名詞――だが、他でもないリシェス姫が保証しているのだから信じないわけにもいかない。

「と、特級ダンジョンの攻略……そんなの冒険者ランキング1桁《トップ》の武勇伝でも、昔のお伽《とぎ》噺《ばなし》でも聞いたことない。もしできるなら、とんでもない武勲が……」

クロシェットの呟《つぶや》きが風に乗ってカルムの鼓膜に届く。

そんな中、リシェス姫は穏やかに続けた。

「詳しいお話を聞きたいのですが、王城までご同行いただいても？」

「……詳しい話なら、むしろ僕の方が聞きたいところだが」

「それも承知しています。きっと、お二人のお力になれると思いますよ」

言葉の途中でカルムから視線を切り、翡翠《ひすい》の瞳と柔らかな笑顔をメアに向けるリシェス姫。……なるほど、カルム以上に情報を持っているのは確からしい。

「行こう」

「ありがとうございます、カルム様。……それと」

カルムの返答に安堵《あんど》の笑みを浮かべたリシェス姫は、そこでもう一度クロシェットの方へと向き直った。ふわりと長い金糸が揺れる。

「クロシェットも興味がありませんか？　もし良かったら、貴女《あなた》も――」

「――いえ。申し訳ありません、リシェス様」

だが。

彼女は頷《うなず》くのではなく、今度こそ首を横に振った。気高い意思を秘める紅炎色の瞳でリシェス姫とカルムを交互に見て、それからきっぱりとこう告げる。

「私の家は……もう、とっくに爵位を失っていますから」

＃3

「では、改めて——初めまして、カルム様。そして【祓魔《ふつま》】の属性を司《つかさど》る大精霊様」

オルリエール城内。

王位継承権第三位・リシェス姫の私室に清純な声が響き渡る。

護衛や侍従の類《たぐい》は一人もいない。個人的な用件であることに間違いはなさそうだ。

「……ふむ」

態度に迷ったカルムは、生返事の後にひとまず片膝を突くことにした。状況はあまり呑《の》み込《こ》めていないが、マナーの何たるかは知っている。……先ほどのタメ口が不敬罪として扱われるなら、それはもう仕方がないだろう。

「あのぅ、カルムさん？」

所在なさげに立ち尽くしたメアが、キラキラと輝く髪を揺らして縋《すが》るような視線を向けてくる。確かに、ずっと寝ていた彼女が人間の礼儀を知っている道理はない。

「僕の真似《まね》をしておけ、メア。……この度は、お招きいただき恐悦の至りです」

「このたびは、おまねきいただききょうえつの……したりがお？　です」

「リシェス王女殿下におかれましては、ますますご健勝のこととお慶《よろこ》び申し上げます」

「りしぇすおうじょでんかにおかれましてはますますますま」

「ぷっ……くくっ、あはははっ！」

——厳かな空気（？）が保たれていたのはそこまでだった。

突如、ゆったりと椅子に腰掛けたまま笑い転げるリシェス姫。その笑い方は国民の前で見せる上品かつ清廉なそれではなく、フランクで気兼ねないモノだ。豹変《ひょうへん》、といっても差し支えない姫の様子に、片膝を突いたメアが目を丸くする。

「んむぅ？　あの、あのぅ……カルムさん？　これは……」

「こういうことだよ、お嬢ちゃん」

言って。

口端に笑みを浮かべた王女は、気取った仕草でパチンと指を打ち鳴らした。

同時、彼女の容姿に変化が起こる——最も分かりやすいのは、髪だ。背中まで伸びていた金糸が肩まで届かないくらいのボブカットに変わり、煌《きら》びやかな光沢がやや収まる。呑《の》み込《こ》まれるようなオーラが霧散して、親しみやすい雰囲気が醸成される。

王家に伝わる髪飾りを外せば、姫たる所以《ゆえん》はもはやない。

目の前に座っているのは、ミリュー王立図書館の司書ことスクレに他ならなかった。

「じゃじゃーん！」

華やかな効果音を奏で、片手で作ったVサインを目元に添える不敵な少女。

「メガネくんとも仲良しな美人司書さんは、なんとこの国のお姫様だったのだ！」

「…………」

「……って、メガネくん？　ちょっとくらい驚いてくれたっていいじゃないかぁ。そりゃあ、メガネくんは最初から気付いてたのかもしれないけど……」

「なるほど。……心臓が飛び出るかと思ったぞ、スクレ」

「うわぁ、お情けに満ちた感想！　わたしミリューのお姫様なのに、メガネくんが全力で馬鹿にしてくるよぅ～！」

じたばたとドレスの裾を蹴り飛ばすリシェス姫――もとい、スクレ。

「……馬鹿にしているつもりはなかったが」

図書館にいる時よりもさらに〝自由〟な司書を前に、カルムは一つ嘆息を零《こぼ》す。

――リシェス姫とスクレが同一人物であることは、以前から知っていた。

仕掛《トリック》けは姫の持つ【鍛魔法】系統技能・第一次解放【付強和音《エンハンス》】だ。自身、あるいは仲間のステータスを引き上げる技能であり、到達レベルが上昇するごとに〝ステータス〟の対象範囲が広くなる。要は〝髪の長さ〟や〝人を惹《ひ》き付《つ》ける魅力〟すらステータスの一種なのだ。王女として人前に出る際、リシェス姫は常にこの技能を使っている。

せいぜい髪型や雰囲気が変わるくらいのものだが、服まで変えればまずバレない。

……という魂胆まで含めて、カルムは初対面で見抜いていた。

「ただ、理由は知らない。……スクレ。君は、僕が図書館に通い始めた頃から既に司書をやっていた。それは、例のダンジョンが関係しているのか？」

「ご明察だよ、メガネくん」

ボブカットの金糸を微《かす》かに揺らして頷《うなず》くスクレ。

「〈祓魔《ふつま》の大図書館〉――さっきも言ったけど、あそこは特別なダンジョンなんだ。侵入方法も攻略手段も分からない特級ダンジョン。だから、ずっと見張ってた。何も起きないように……ううん、ちょっと違うかな」

足を組んだスクレが悪戯《いたずら》っぽい笑みを浮かべる。

「『ダンジョンには魔王を討ち払う鍵が眠り、次なる勇者がその鍵を手に入れる』……わたしは、いつかメガネくんが〈祓魔の大図書館〉を攻略してくれるはずだって本気で思ってたから。今日この日を、前からずっと待ち侘《わ》びてたんだぞぅ？」

「……いや。話が見えないぞ、スクレ」

全体的に意味不明だ。

百歩譲って〝見張っていた〟だけなら理解できるが、それを姫自らが行う理由は分からない。そして誰からも侮られる《謎解き担当《ブランク》》役職のカルムに何年も前から期待を掛けていた、という点については、もはや正気を疑ってしまう。

「もう少し、詳しく説明を――」


「――失礼します、我が姫」


瞬間。

スクレの、もといリシェス姫の私室に外から投げ込まれたのは、涼しげな声だった。

続けて、上品な彫刻の施された扉が外側に開かれる――そこでカルムの視界に映ったのは、片膝を突いて頭《こうべ》を垂れる一人の従者だ。……いや。どちらかと言えば、これまでの方が異常だったのだろう。オルリエール王家の姫ともあろう高貴な人間が単独で客を招き入れるなど、常識では考えられない。

（どうやら僕は謀《はか》られていたわけではないようだ）

一人で城下へ出ている時点で相当なものだが、とカルム。

隣のメアが「わ！」と目を丸くする中、カルムは改めて当の従者を観察する。落ち着いた紺色のショートヘア、ふわりと長いスカートを伴う白黒モノトーンのメイド服。美しい姿勢を保ち続けるその様は、まさしく王宮侍女の振る舞いだ。

一点の曇りもない床に視線を落としたまま、つまりは未《いま》だに顔を上げないまま、頭にホワイトブリムを着けた彼女は淡々とした口調でこう切り出す。

「今朝、枕元に残されていた書置きを拝見しましたが……〈祓魔《ふつま》の大図書館〉を攻略した冒険者に接触するという方針、私は反対です」

「えぇ？　そうだったの、ダフネ？」

「当たり前でしょう、我が姫」

嘆息と共に、ダフネと呼ばれた従者の顔がゆっくりと持ち上げられる。

「我が姫は高く買っているようですが、私からすればどこの馬の骨とも知れぬ謎の男に過ぎません。せめて、騎士団に話を通してからでも——……」

パチリ、と。

深い紺色の瞳がカルムとメアを真正面に捉えたのは、その瞬間のことである。

「……我が姫？」

従者の行動はスムーズだった。

流れるような仕草でスカートの内側から左右各二本の短剣《クナイ》を取り出し、それらを顔の近くで構えながら自らの主《あるじ》へ半眼を向ける。

「神聖なるオルリエール王女殿下の私室に不審な輩《やから》が入り込んでいるのですが、成敗しても構いませんね？」

「待った。話の流れで分かるじゃないか、この二人はわたしが呼んだお客さんだよ？」

「存じております。故に、私が成敗するのは『怒られそうだからダフネには内緒にしておこうっと』と単独行動に走った、我が姫の腐った魂胆です」

「ひどいね!?　まぁ、別に間違ってはいないんだけどさぁ……むぅ」

エッジの利いた従者――ダフネの返答に、拗《す》ねたように唇を尖《とが》らせるスクレ。彼女が一国の姫であることを考えるとなかなかの言い草だが、カルムが察するまでもなく、これは日常的なやり取りだ。きっと、主従以上の関係性が築かれているのだろう。

ともかく。

「……ふぅ」

主の説明で納得したのか、あるいは諦めたのか、ダフネは顔の近くで構えていた短剣《クナイ》を静かに下ろした。一瞬後には、四本の武器が全てスカートの中に消えている。

「改めて……お初にお目に掛かります、お二方」

そうして、ダフネの両手がスカートの裾を瀟洒《しょうしゃ》に摘《つま》んだ。

「私はリシェス・オルリエール王女殿下の付き人をしております、ダフネ・エトランジェと申します。ここへお越しになった経緯は存じ上げませんが――おそらく、大方、十中八九、我が姫がご迷惑をお掛けいたしました」

「ねぇダフネ？　ひどくない？」

「言葉は選びました。我が姫の横暴に巻き込まれた二人に対する私なりの気遣いです」

澄まし顔で首を振るダフネ。整った顔立ちはスクレよりもやや大人びていて、主従というより姉妹の方が表現として近いようにも思える。

「うぅ、ダフネが意地悪だよぅ……」

いつの間にか反転させていた椅子の背もたれに顎を乗せてぶーぶーと不貞腐《ふてくさ》れるスクレを横目に、カルムも遅れて自己紹介を返すことにした。

「カルム・リーヴルだ。こっちが、自称・大精霊のメイユール」

「自称じゃなくて本物の大精霊です、カルムさんっ！」

言い終えた途端、隣のメアがぷくぅっと頰《ほお》を膨らませる。

「１０００年前に勇者様と力を合わせて魔王を打ち倒した【祓魔《ふつま》】の大精霊・メイユールです！　メアと呼んでください、リシェスさん！　ダフネさん！」

花が咲くような、とでも形容すべき満開の笑顔で言い放ったメアは、キラキラと輝く髪を持ち上げてふわりとお辞儀をしてみせた。足元まで届く幻想的な超長髪。いかにもボリュームたっぷりだが、やはり重さは一切感じさせない。

「特級精霊……本当に、解放されていたのですね」

——そして。

メアと対峙《たいじ》した従者・ダフネの反応はと言えば、喩《たと》えるなら夢でも見ているかのようだ

った。信じがたい存在を前にして、自らの目を疑っているような。

「……失礼ですが、触っても？」

「？　えと……はい、もちろんです！　好きなだけ揉《も》みくちゃにしてくださいっ！」

恐る恐るといった声音で尋ねたダフネに対し、気前よく頷《うなず》いたメアはととっと軽やかな効果音が付きそうな歩調で彼女の下へ歩み寄った。そうして〝さあさあ！〟とでも言わんばかりの無防備さで大きく両手を広げる。

「………………」

ごくり、と唾を呑《の》み込《こ》んで、静かに両膝を折るダフネ。

紺色のショートヘアを揺らした彼女は、目の前のメアに向かって手を伸ばし――

「え。……ひぅっ！　んむぅ？　ふにゃぁ!?」

――ぺたぺた、ぷにぷに、むにむに、さわさわ、と。

純白の手袋を付けた両手で、否《いな》、途中から我慢できなくなったのか手袋を捨て去った素手でメアの頬《ほお》を、髪を、身体《からだ》を隈《くま》なく触る。まるで官能小説の一場面でも見せられているかのような気分だが、ダフネの表情は真剣そのものだ。

「凄《すご》い……本当、なのですね。疑いようもなく、本物の特級精霊……貴女《あなた》こそが……」

「は、はい！」

文字通り揉みくちゃにされたメアが嬉《うれ》しそうに頷く。

「見ましたか、聞きましたかカルムさん！　これが正しい反応です。わたくし、とっても偉い大精霊なんですか――みぅっ!?」

「まるで人形のようですね……我が姫への忠誠が危うく揺らぎかねないほど、あまりにも可愛《かわい》すぎます。何ですか、この生き物は？　一緒にお風呂へ行きませんか??」

「か、カルムさん～！　助けてください、わたくしピンチです！」

ダフネの追撃（？）により鼻を高くし損ねるメア。

「ふむ……」

そんな尊い犠牲の傍《かたわ》らで、カルムは静かに思考を巡らせる。

まず、確かなこととしてスクレたちは〝精霊〟の実在を知っていた。特級精霊、という言葉に覚えはないが、メアを指すものと見て間違いないだろう。加えて、図書館のダンジョン――〈祓魔《ふつま》の大図書館〉についても何かしらの情報を持っている。それは紛《まぎ》れもなくフィーユを助けるために必要な〝知識〟だ。

と。

「――我が姫」

そこで声を上げたのは、ようやくメアを解放してくれた従者・ダフネだった。紺色のショートヘアをさらりと揺らした彼女は、真っ直《ます》ぐな視線を主《あるじ》へ向ける。

「特級精霊が解放された、という事実については確認できました。……ですが、本当に明かしてしまうのですか？　ダンジョンに隠された〝秘密〟を」

「そのつもりだよ。ダフネは、まだ反対？」

「反対、とまでは言いませんが……正直なところ」

紺色の眼光がカルムを射抜く。

「私はまだ、カルム様の実力を測りかねています。ですから、疑っているのです。そこらの街娘よりも遥《はる》かにちょろい我が姫を、この男が巧妙な手練手管《てれんてくだ》を以《も》って誑《たぶら》かしているだけなのではないか――と」

「えぇ～？　そんなにちょろくないよぅ……多分」

ちょろい自覚があるのか、スクレの反論は弱々しい。

「………………」

ダフネの瞳に宿るのは、言葉通り疑念、あるいは警戒というニュアンスの感情だ。根拠なく敵視されているわけではないようだが、とはいえその疑いを拭う術《すべ》などカルムにはない。何故《なぜ》なら、状況が呑《の》み込《こ》めていないのはこちらの方なのだから。

――が、しかし。

「ふっふーん！　そんなダフネに朗報だよ」

椅子の上によじ登ったスクレが悪戯《いたずら》っぽく口角を吊《つ》り上《あ》げたのは、そんな折だった。

「わたしはメガネくんに〝裏〟の世界を説明したい。で、ダフネはメガネくんの実力を確かめたい。……こんなこともあろうかと、オルリエール城の地下にはギルドに報告してない極秘のダンジョンがあるんだよ。メガネくんがその〝裏〟を攻略できれば、実力的には文句ないでしょ？　ついでに秘宝も手に入るし！」

「な――……正気ですか、我が姫？」

　それを聞いたダフネの声が一瞬にして固くなる。

「地下ダンジョン〈天雷《てんらい》の小路《こみち》〉の存在は私も把握しております。ただ〝表〟ならばともかく〝裏〟に立ち入るなど……あまりにも、危険すぎます」

「でも、ダフネは〝試験〟がしたいんでしょ？　それなら実戦形式が一番手っ取り早いって。それに……」

「それに？」

「今まで誰も入れなかった〈祓魔《ふつま》の大図書館〉を初見で捻《ね》じ伏《ふ》せた《謎解き担当》が、その辺のダンジョンで手詰まりになんてなると思う？」

「……そうですか。どうやら、退《ひ》いてくれるつもりはないようですね」

　はぁ、とわざとらしく溜《た》め息《いき》を吐《つ》くダフネ。

「カルム様」

　次いで彼女は、静かにカルムの方へと向き直って言葉を紡ぐ。

「不明な点も多々あるかと思いますが、この先のお話はダンジョンの中で行います――無論、命の危険も伴うでしょう。それでも首を突っ込みますか？」

「？ ……ああ」

少しばかり突き放すような問い掛けだが、カルムの返事は決まっていた。

「悪いが、僕にとって重要なものが懸かっている。何も聞かずに帰る選択肢はない」

「そうですか」

端的な相槌《あいづち》。

ダフネは静かに目を瞑《つぶ》って、やがて観念したように頷《うなず》いた。

「分かりました。では――ダンジョン内で不測の事態があった場合、全て我が姫の責任とさせていただきますので。一生、お小遣いなしと心得てください」

「うん！ ……って、そんなぁ!? き、キミも何とか言ってくれよぅメガネくん！」

＃4

◆〈天雷《てんらい》の小路《こみち》・表〉――攻略開始◆

――しばしの後、カルムが案内されたのは王城の隅に位置する倉庫だった。

中は薄暗く、雑多なものが置かれている。家具に衣服、小物に書籍。特定の用途に縛られない、いわゆる物置きなのだろう。

「こっちだよ。ちょっと暗いから気を付けてね、みんな？」

特殊燃料で光るランプを片手に先導するのはスクレだ。

つい先ほどまで淡い色合いのドレスを着ていたが、さすがに動きにくいからという理由で普段着——肩出しのトップスに超ミニのホットパンツという何ともラフな格好だ——に着替えている。色々な意味で、リシェス姫との落差が凄《すさ》まじい。

ともかく、そんなスクレが立ち止まったのは部屋の端に設置された戸棚の前だった。藁《わら》半紙《ばんし》や巻物などカルムの興味をくすぐる書物が大量に保管されているようだが、それを抜きにすれば、何ら変哲のある棚ではない。

……が、

「よっ、と……」

スクレが戸棚の脇に手を添えた瞬間、重量感のある棚が何の抵抗もなく静かに横へとスライドした。隠し扉の一種——どうやら、戸棚の四隅に小さな車輪《キャスター》が仕込まれていたらしい。退《ど》かされた棚の後ろに現れたのは、地下へと続く階段だ。

「わぁ……！　凄《すご》い、凄いですっ！」

派手な仕掛けを目の当たりにして、メアのテンションが目に見えて上がる。

「カルムさん！　わたくしの部屋もこれと同じ入り口にしたいです、格好《かっこ》いい！」

「……残念ながら、僕の家にはまず地下がない」

あったとしても毎日やっていたら飽きそうだが。

そんな答えを聞いてもワクワクが止まらない様子のメアと共に、スクレの背を追う形で足を進める。その最中《さなか》、カルムは傍《かたわ》らの壁に意識を向けた。

気になるモノが二点ほど。

一つは、戸棚の側面に描かれた紋章だ。二重円の背景に〝階段〟を図式化したようなマークが重ねられている。……入り口の在《あ》り処《か》を示すヒント、だったのだろうか？　だとしたら、戸棚の表面に描かれていても良さそうなものだが。

そしてもう一つは、階段を下りる道中の壁に古代文字で刻まれた但し書き。

（〝頭上に気を付けろ〟……？）

ダンジョンを進むうえでの道標《みちしるべ》、かもしれない。ひとまずは思考の隅に留《とど》めておく。

とにもかくにも、重厚な造りの階段はやがて終わりを迎えて。

「――ここが〈天雷《てんらい》の小路《こみち》〉だよ」

オルリエール王城、地下。

階段の出口に当たる小さな部屋で、くるりと振り返ったスクレが両手を広げた。

「お城の地下を覆う形で広がってる分かりやすいダンジョン、って感じかな。秘宝以外の遺物はもう狩り尽くされちゃってるけど、変に枝分かれもしてないし、規模もそこまで大きくない。ギルドの基準で言えば〝初心者向け《進入制限ナシ》〟で、何より王城《いえ》から徒歩ゼロ秒！　お試しには打ってつけの体験版ダンジョンなのだよ、凄《すご》いでしょ？」

「ほう……」

――ダンジョン。

昨日の図書館も特殊な〝ダンジョン〟だったということだが、こうして自覚的に足を踏み入れるのは久方ぶりだ。煉瓦造《れんがづく》りの王城地下。スクレの持つ携行ランプと等間隔に灯《とも》された蝋燭《ろうそく》が行く先を仄《ほの》かに照らしている。スタート地点の部屋に繋《つな》がっている通路はどうやら一つだけのようだ。まずは、あの先へ向かうのだろう。

（……だが）

そもそもの疑問が残っている。

「スクレ。君は……僕に、このダンジョンを攻略しろというのか？」

「もちろんだよ、メガネくん。何せ、わたしのお小遣いが懸かってるんだから！」

「……今のうちに土下座の準備でもしておいたらどうだ？　悪いが、僕は全く戦えない」

「うぅ、メガネくんまでイジめてくるよぅ……」

先ほどの話題を持ち出したカルムに翡翠《ひすい》のジト目を向けてくるスクレ。

しばし唇を尖《とが》らせていた彼女だったが、やがて『でもね』とわずかに口元を緩める。

「心配しなくていいよ、メガネくん？　だって――……」

その刹那。

「ひうっ⁉　わ、わ……わひゃぁああ～⁉」

悲鳴を上げたメアが思いきりカルムの腰に抱き着いてくる――が、無理もない。

それは、端的に言えば〝敵襲〟だった。

初めに通路の奥から聞こえてきたのは不吉な音だ。バチバチ、ヂヂッと本能的な恐怖を掻《か》き立《た》てる音。もちろん音だけが飛んできたわけではない。薄暗い地下で鮮烈に輝く複数の光源、極めて高速で宙を舞う殺戮者《さつりくしゃ》。

最低推奨ランク・4桁上位――登録名称〝雷光コウモリ〟。

（魔物……ッ⁉）

長らくダンジョンを避けていたカルムだが、彼らに対する知識は人一倍持っていた。

蝙蝠《こうもり》に似た姿を持つ小型の魔物・雷光コウモリは、冒険者ギルドが規定する最低推奨ランクにおいて〝4桁上位〟に分類されている。これは総数10000弱の冒険者チームの中で4桁上位、つまり5000位以内のチームであれば対処可能であるという意味合いだが、それはあくまで〝単体で出遭ったなら〟という仮定の話。

（雷光コウモリの厄介な点は雷撃、移動速度……加えて、この数だ）

間近に感じた死の気配にごくりと唾を呑《の》むカルム。

目の前の光景を見れば一目瞭然だが、雷光コウモリという魔物は体内で〝電撃〟を生み出す特性を持つ。この電撃を爪や羽に纏《まと》わせた麻痺《まひ》攻撃、加えて凄《すさ》まじいエネルギー放出から実現される高速滑空。それらが〝群れ〟として襲ってくるため、ランク上位の冒険者チームからも常に疎《うと》ましがられる魔物の一種である。

「…………」

当然、カルムに為《な》す術《すべ》などあるはずもない。

利那の思考でそう判断し、せめてメアを背中に庇《かば》おうとした……その時だった。

「【風魔法】系統技能・第三次解放【風神の領域】──」

すぐ近くで零《こぼ》されたのは静かな声。

それと同時、カルムたちを囲むように轟《ゴウ》ッと凄まじい風が渦巻き始めた。喩《たと》えるならば堅牢《けんろう》な盾。不純物など何も含まれていないはずなのに、空気のうねりだけで円状の結界が張られていることがはっきりと分かる。

──そして、

（！　ほう……）

分厚い風の向こうでメイドがひらりと宙を舞ったのは、その瞬間のことだった。

「【剣】系統技能・第二次解放──【ウェーブ・ブレード】」

風に煽《あお》られて微《かす》かに揺れるショートヘア。

両手に各三本、計六本の短剣《クナイ》をスカートの内側から取り出したダフネが、身体《からだ》を一捻《ひとひね》りさせる間にそれらの凶器を投擲《とうてき》する。範囲攻撃を可能とする【剣】系統の第二次技能。人が密集する場所では扱いが難しいものの、結界があるなら話は別だ。

だからこそ――、

「――お怪我《けが》はありませんか、皆さま？」

すた、とダフネが地面に降り立つ頃には、全ての雷光コウモリが絶命していた。

「ふむ……」

その強さは〝圧倒的〟の一言だ。……冒険者の常識に照らし合わせれば、複数の技能系統をカバーしているだけで充分に有能。どちらも実戦レベルとなると相当な手練《てだ》れと言っていい。加えて彼女は、負傷どころか疲労さえしていないように見える。

「……カルム様？　まさか、どこか怪我でも？」

「ああ、いや。……すまない、少し見惚《みと》れていた。あまりに華麗に戦うのだな、君は」

「主《あるじ》の前で口説かないでいただけますか。……まあ、ともかく」

嘆息と共にそう言って、身体の前で両手を揃《そろ》えるダフネ。

「カルム様の実力を見るのはもう少し先です。露払《つゆはら》いは私が担当いたしますので、決して勇み足を踏むことなく後ろから付いてきてください」

「……もう少し、先？」

僕にダンジョンを攻略させたいのではなかったのか、とカルムが首を捻る中――。

いよいよ〈天雷《てんらい》の小路《こみち》〉の探索が始まった。

＃5

メアは大精霊たる力だけでなく、自身の記憶もほぼ全て失っている。

故に家から図書館までの道中であらゆるものに興味を示していたのだが、その好奇心はダンジョンの中でも遺憾なく発揮された。

「見てください、カルムさん！」

くい、っと服の裾を引っ張ってくるメア。

彼女が持っているのは一枚の紙だ。通常は畳んで持ち歩くものだが、広げるとそれなりにサイズがある。外見だけなら歴史的な資料といった風情《ふぜい》だが、残念ながら物語や詩歌が刻まれた書物というわけではない。

代わりに描かれているのは図形、何なら線。

それは、冒険者用探索補助秘宝加工品《ダンジョンマップ》――縮めて〝探索図《マップ》〟と呼ばれるモノだった。

「凄《すご》いんです、この地図！　リシェスさんからお借りしたのですが、わたくしたちが歩く度に自動で辺りの様子が書き込まれていくみたいで……便利すぎます！　こんな素敵なものを持っているリシェスさんは、とっても凄い人ですっ！」

「えっへん、やっぱりそう——」

「いや。便利なのは同意するが、その地図は王女の権限などなくとも普通に手に入る。秘宝〈足跡を記憶する筆《オートライター》〉を原料とし、冒険者の足取りを追い掛けて自動で地図を作り上げる……さらには遺物、秘宝を感知して薄く発光する機能も併せ持つ〝探索図《マップ》〟だ。脱出を保証する〝帰還粉《ミスト》〟と同様、もう何十年も前から冒険者の必需品と言っていい」

「——うぅ、ひどいじゃないかメガネくん。せっかく自慢してたのにぃ～」

「？　すまない、悪気はなかった」

むぅ、と頰《ほお》を膨らませたスクレにジト目を向けられ、端的な謝罪を述べるカルム。その間もメアは自動で描かれる探索図《マップ》に夢中だ。……1000年前のダンジョン攻略事情は知らないが、きっとここまで便利な地図はなかったのだろう。

（とはいえ……）

この〈天雷《てんらい》の小路《こみち》〉は、地図など要《い》らないくらい単純な構造をしているようだ。

何しろ最初の部屋を出てから数十歩くらいの一定間隔で右、左、右、左、と交互に折れ曲がっているだけ。枝分かれはなく、どの角《かど》も綺麗《きれい》に直角だ。オルリエール王城の地下を斜めに進んでいることが探索図《マップ》を見ずとも感覚で分かる。

そして、

「…………」

先ほどからカルムが注目しているのは、天井に刻まれた謎の模様。

そう――薄暗いダンジョン内だが、よく見ると（正確には【鋭敏《ハイセンス》】を使ってじっくり見ると）稲妻のようなジグザグ模様が所々に描かれているのだ。角を折れてから次に曲がるまでを一つのエリアと見るなら、模様があるエリアとないエリアに分けられる。

単なる装飾の類《たぐい》かもしれないが……しかし、このダンジョンの入り口には〝頭上に気を付けろ〟なる但し書きもあった。意識しておいて損はないだろう。

ちなみに、カルムがのんびり上を向いていられるのは、そこに危険が及ばないから。

「【風魔法】系統技能・第二次解放――【飛天の煌《きら》めき】」

……言い換えれば、ダンジョンの奥から飛来する雷光コウモリの群れが、先行するダフネによってザクザク殺されているからである。

（この二人は……スクレとダフネは、僕に何をさせたいんだ？）

改めてそんな疑問が頭をもたげる。

魔物と対面してみてはっきりと実感したが、やはりダンジョンというのは戦士たちの主戦場だ。七種の武器系統、七種の魔法系統。いずれかで敵を殲滅《せんめつ》できなければ生き延びることすらできない。

つまり、戦えなければ意味がない。

「…………」

カルムが何とも言えない感覚を抱いた頃だった。

「んむぅ？　……あれ、もしかして行き止まりでしょうか？」

メアの声ではっと我に返るカルム。

彼女の言う通りだった。最初の部屋を出てからここまでずっと単調な道が続いていたのだが、ここにきてようやく〝通路〟ではなく〝部屋〟に繋《つな》がった。

出発地点と似たような正方形の小部屋。

異なるのは上へと続く階段がないことと、通路側から見て対面の壁に一枚の扉が設置されていることだろう。複雑な紋様があしらわれ、中央には真円状の窪《くぼ》みが二重に彫られた扉。それ以外に目立つものは特にない。

「――お疲れさま、二人とも」

ふわり、と。

そんな部屋の真ん中で小気味よくターンを決めたスクレの金糸が、微《かす》かに揺れた。

「ここが〈天雷《てんらい》の小路《こみち》〉の最奥……この扉を開くと、一体の魔物が襲ってくる。ダンジョンの主《ぬし》みたいなものかな」

「ダンジョンの主……それは、強いのか？」

「当たり前です、カルム様」

嘆息交じりに断言するのは大活躍中のダフネだ。

紺色の瞳を扉へ向けた彼女は、あくまで落ち着いた声音で詳細を告げる。

「この奥に棲《す》むのは〝毒牙の大蛇《カース・サーペント》〟――最低推奨ランク3桁上位《500位以内》、熟練の冒険者チームでない限り『一目散に逃げろ』と教えられる強敵です。雷光コウモリのように群れるしか能のない雑魚《ざこ》ではありません。私でも、多少の気合いが必要です」

「……今までは気合いも入れずに戦っていたのか？」

「小物如《ごと》きに消耗させられていたら我が姫を守り通せませんので」

ショートヘアを揺らして平然と言うダフネ。

「毒牙の大蛇《カース・サーペント》は難敵です。体液が全て毒であり、間接的にでも触れてしまうと猛毒に侵されます。さらに、このダンジョンは毒牙の大蛇《カース・サーペント》にとって理想的な棲み家……何故《なぜ》なら、かの蛇の太さはおおよそ通路の幅に一致しているからです」

「んむぅ……？　一致していると、どうなるんですか？」

「必然的に〝顔〟と向き合い続けることになります。……つまり、回り込むことができません。弱点である腹を隠し、侵入者へ牙を向け続けることができるのです」

「なるほど……それは、とんでもないな」

「……そうですか？」

淡々と告げられる絶望的な情報に素直な感想を示したところ、当のダフネから意外そうな返答が飛んできた。

「確かに毒牙の大蛇《カース・サーペント》は手強《てごわ》いですが、とはいえ〈天雷《てんらい》の小路《こみち》〉は――我が姫が隠していてもギリギリ許されるくらい――小規模なダンジョンです。本来ならこれと同じくらい強力な魔物が何体も立ち塞がるのが定番で、それをまとめて切り伏せるのが〝ダンジョンから秘宝を持ち帰る〟ための極めて標準的な道のりでしょう」

「……そう、だったな」

当然ながら、知識としては知っている。

ダンジョンに棲《す》む魔物たちは一定の知性を持っている。故に遺物を隠したり、あるいは守ったり、時には囮《おとり》に使ったりして冒険者を〝排除〟しようと動くのだ。強力な遺物ほどそれに見合う魔物を集めてしまうため、入手は困難になる。そして秘宝ともなれば、およそダンジョン内に生息する全ての魔物をまとめて相手にする必要がある。何故《なぜ》なら秘宝の獲得と共にダンジョンは〝単なる場所〟に戻り、同時に魔物も消滅するからだ。

秘宝の獲得とは、故にこそ非常に難しい――。

この大陸に冒険者ギルドが設立されてから軽く数百年は経過しているが、その総力を以《も》ってしても、今までに獲得された秘宝はたったの五十一個に過ぎないのだ。世界の在り方すら書き換える秘宝がそう簡単に獲得できるはずはない。

「うんうん、ダフネの言う通り。……だけど！」

と。

そこで、目の前に立つスクレがわずかに雰囲気を変えた。リシェス姫（公的モード）のように清楚《せいそ》で穏やかな様相ともまた違う。この世の秘密を打ち明けるような、悪戯《いたずら》っぽくて愉《たの》しげで、隠し切れない期待を孕《はら》んだ笑み。

とんっ、と一歩こちらへ近付いて、上目遣いの体勢でスクレが続ける。

「メガネくん、キミに攻略してもらいたいのは毒牙の大蛇《カース・サーペント》じゃない……それなら、ダフネの方が適任だもん。キミの役目はそんなモノじゃない」

「……どういうことだ？　毒牙の大蛇《カース・サーペント》がこのダンジョンの主なのだろう」

「〝表〟の、ね」

意味深な口調でそう言って。

「ここからが本番だよ？　――全てのダンジョンには〝表〟と〝裏〟がある」

……〈天雷の小路〉最奥。

至近距離でカルムの顔を覗《のぞ》き込《こ》んだスクレが、冒険者の常識を平然とぶち壊した。

「今わたしたちが通ってきたのは〈天雷の小路〉の〝表〟の部分。いつも冒険者《みんな》が挑んでるダンジョンそのものだけど、本当は仮の姿でしかない」

「仮の姿……？」

「そ！　本来のダンジョンは、もっともっと危険なんだ。だから、普通は入れないように隠されてる。それが、ダンジョンの真の姿……裏ダンジョン。簡単に言えば、とんでもなく難易度の高い〝裏面〟みたいなこと、かなぁ。秘宝狙い《ベリーハード》の上位互換、裏面攻略《エクストラ》って感じだよ。なんせ裏ダンジョンを完全攻略したら、表の秘宝も譲ってもらえるんだから」

「…………」

思わず返答に窮するカルム。

スクレが語ったのは全体的に突飛な話だ。無数の本を読んできたカルムだが、ダンジョンに裏面が隠されているなどという記述には出会ったことがない。……が、疑う理由がないというのもまた事実だった。仮にも一国の姫ともあろう人間が、一市民を騙《だま》すためだけにここまで手の込んだ芝居を打つ必要がない。

(では……真実、なのか)

全てのダンジョンには〝表〟と〝裏〟があり、後者は巧妙に隠されている――。

得心するカルムに対し、説明を引き継いだのはダフネだった。

「我が姫の話にもあった通り裏ダンジョンは通常〝隠されて〟いますので、普通の方法では挑むことができません。ダンジョン固有の侵入ギミックを発見し、それを解く必要があります。……そこで、カルム様」

挑むような、あるいは試すような。

そんな意図を確かに乗せた紺色の瞳が、ショートヘアの下からカルムを見た。

「まずは〝裏〟への入り口を見つけてください。これ以降の手順は私も、というか誰も知りませんが、きっと我が姫ほどちょろくはないでしょう。カルム様が匙《さじ》を投げるまで、何日でもお付き合いしま――……あの、カルム様？」

「ふむ……」

ダフネの話を聞き終えるより早く、カルムは扉へ向かって足を進めていた。

元来、カルムは人の話が聞けない性格ではない。……話を聞くより本を読んでいた方が楽しいと感じることはあっても、あえて相手の機嫌を損ねようとするほど協調性がない部類ではない。相槌《あいづち》くらいは大抵打つ。

が、しかし。

（昨日もそうだったが……ワクワクしてしまうな、どうにも）

――カルム・リーヴルは、数ある本の中でも特に〝冒険小説〟が大好きだ。

大切な幼馴染《おさななじ》みを失った時から離れていたものの、かつては憧れたダンジョン。数百年前からダンジョンと共にあるミリューにおいて、いや世界において、冒険と言えばダンジョン、なのだ。戦えないながら、高揚せずにはいられなかった。

（ダンジョンとは恐ろしいものだと思っていたが……）

やはり、それだけではないのだろう。

「……メア」

「はい、カルムさん！」

カルムの端的な呼び掛けに、隣のメアが意気揚々と応えた。まだ用件を伝えていないにも関わらず、彼女は純真な笑顔で言い放つ。

「任せてください！　わたくしは本物の大精霊ですから、きっと奇跡も起こせます！」

「？　いや、ちが――」

「ダンジョンさ～ん！　真の姿を見せてくださ～い！　お願いします～っ!!」

「………………」

ランプの光でキラキラと輝く髪を揺らしながら懸命に呼び掛けるメアだが、残念ながら奇跡とやらは起こらない。……確かに、これで〝裏〟への入り口が現れていたらなかなか神秘的だったのだが。

「すまない、僕の言葉が足りなかった――探索図を貸してくれ、メア」

「……？　はい、カルムさん。こちらをどうぞ！」

メアが大事そうに抱えていた地図を手渡してもらう。〈天雷《てんらい》の小路《こみち》〉の探索図《マップ》。最奥《ここ》まで辿《たど》り着《つ》いたことで、自動書記の機能がダンジョンの全貌を露《あら》わにしている。

その地図を。

「ふむ……」

カルムは、片手で扉の窪みに押し付けた。

「んむぅ？　――……ひゃわぁっ!?　な、な、何事ですか!?」

瞬間、生じたのはダンジョン全体を揺るがすような凄《すさ》まじい音と振動だ。

ズガガガガガッ、と絶え間ない衝撃。地鳴りと共に土埃《つちぼこり》が高く舞い上がり、瞬く間に視界が封じられる。……伏せておくべきだった、と後悔するカルムだが、近くにいたメアの盾になれただけマシかもしれない。けほ、こほ、と何度か咳《せき》をする。

煙が晴れたのは、それからしばし後のこと。

そして――部屋の真ん中には、さらに地下へと繋がる〝階段〟が現れていた。

「な……っ!?」

「やはりそうか。……さて、裏へ向かうとしよう」

「はぁ!?　や、ちょ……お、お待ちください、カルム様！」

「む？」

「む、じゃありません」

階下へ向かおうとしたカルムの腕を後ろから取ってくるダフネ。振り返ると、刺々《とげとげ》しい色を交えた紺色の瞳がこちらを見つめている。

「私の話を無視《シカト》して謎の行動を取った挙句に土埃《つちぼこり》で我が姫の御身を砂まみれにして、突如現れた階段に何の説明もせず『さて行こうか』じゃないんですよ」

「……それは、確かに。すまない」

列挙されると悪魔の所業だ。

反省するカルムに「いえ……」と零《こぼ》してから、ダフネが改めて質問を口にした。

「今、何が起こったのですか？」

「ふむ……そうだな」

頭の中を整理するべく、カルムはかちゃりと眼鏡《めがね》を押し上げる。

「裏への入り口を探せと言われたので、まずは辺りを観察した。この部屋にあるのは扉だけだ。そして、扉には〝二重円〟の紋様が刻まれている」

――そう。

カルムが目を付けたのは毒牙の大蛇《カース・サーペント》が棲《す》むダンジョン最奥の部屋へと続く扉だ。その中央には緻密な真円が二重に彫り込まれている。

「この二重円は、ダンジョン始点の戸棚にも描かれていた――あの時は〝戸棚の奥に階段があること〟を示すサインなのだと思ったが、時系列を考えれば実情は全くの逆。戸棚を動かし、例の紋様が現れたことで階段もまた現れた」

「！　つまり、この図形は内部に描かれた何かを実際に出現させる魔法陣のようなものだと。……ですが、カルム様。戸棚と違って、扉の二重円には〝中身〟がありません」

「その通りだ。故に、この先へ進むには階段の図形が必要だった」

言って。

「あ……」

カルムが広げてみせたのは、つい先ほどまで円形の窪《くぼ》みに押し付けていたダンジョンの地図だ――秘宝〈足跡を記憶する筆《オートライター》〉の効果により、冒険者の足取りを正確に写し取る探索図《マップ》。そこには、見事な〝階段〟が描かれている。

呆然《ぼうぜん》と目を見開くダフネに向けて、カルムは解説を続行した。

「〈天雷《てんらい》の小路《こみち》〉は入り口から終点まで右、左、右、左、と互い違いに折れ曲がるような構造だ。これはまさしく階段の形に他ならない――つまり、最奥《ここ》まで辿《たど》り着《つ》いた冒険者の手には確実に〝階段〟を示す図形が握られていることになる。裏ダンジョンへの侵入ギミックとするには打ってつけだろう」

「……よく、あの速さで思い付きましたね？」

「？　いいや、実はもう少し前から予想していた。……道中、ダフネに守られていたおかげで暇を持て余していたからな。【追憶《リマインド》】で意味深な点を振り返りつつ、色々と考察を巡らせていたんだ。何も一瞬で解いたというわけではない」

「【追憶《リマインド》】……？　聞き覚えのない技能ですが、それも【知識】系統ですか？」

「ああ、第五次解放だ」

「――――ごっ」

カルムの返答に今度こそ絶句するダフネ。……第五次解放、と言えば、その時代で数人しか遣い手が現れない各系統の神髄だ。通常なら第三次解放《到達レベル3》で一人前、第四次解放《到達レベル4》でチームの柱。これが【知識】系統でさえなければ、カルム・リーヴルはとっくに最強クラスの冒険者になっている。

……いや。

この手の謎解きギミックに限って言うならば、あるいは――。

「ふっふっふ……」

カルムが不思議な感覚に支配される中、ダフネの隣に立っていた高貴なる王女、もといスクレがいかにも嬉《うれ》しそうな笑みを零《こぼ》した。そうして彼女は、人差し指をそっと自身の唇に触れさせながらパチリと可憐《かれん》なウインクをしてみせる。

ボブカットの金糸がさらりと揺れた。

「今のうちに予言しておくよ。表《ここ》まではダフネの独壇場だったけど――裏《ここ》からは、メガネくんがあっという間に攻略しちゃうから！」

ｂｂ ――《side：？・？・？・？》――

『きゅー……きゅー……、きゅあ？』

オルリエール王城地下ダンジョン〈天雷《てんらい》の小路《こみち》〉。

その〝真の姿〟への挑戦権を獲得した人間が現れた瞬間、彼女は目を覚ました。

彼女、と言っても人間ではない——ただし、魔物でも有り得ない。

マスコットじみた二頭身の白い身体《からだ》に、ぺたりと地面へ垂れる薄紫の長い耳。うさぎを思わせるモコモコとした毛並みを覆うのは、耳の色に似た紫電である。半透明で幻想的な容姿は、その生き物が〝お伽噺《とぎばなし》の中の存在〟であることを如実に表していた。

続けて声、あるいは鳴き声、あるいは〝音〟が紡がれる。

『ティフォンに、お客さん？　……吃驚《きゆう》。これは、しばらくぶりの事態かも、かも？』

——裏ダンジョン〈天雷の小路〉の最奥。

共に目覚めた無数のギミックを眺めながら、歓喜した彼女はふるりと身体を震わせた。

『歓迎《きゆきゆ》。……ティフォンが、いっぱい遊んであげる』

#6

◆〈天雷の小路・裏〉——攻略開始◆

ギミックにより出現した階段を下り、秘められた裏ダンジョンへと突入する。

最初に覚えた感覚は、昨日のそれに似たようなものだった。〈祓魔《ふつま》の大図書館〉の中で感じた神秘的な空気。何らかの〝力〟が充満しているような気配だ。

「わぁ……！」

最後の一段をぴょんっと両足で飛び降りたメアが、着地するなり歓声を上げる。

「何だか懐かしい感じがします！　これはまさに、そう！　……ぜんぜん良い喩《たと》えが浮かばないですが、とにかく懐かしいですっ！」

「あ、やっぱり？　実は、メアちゃんならそう言うかもって思ってたんだよね」

「んむぅ？　どういうことですか、リシェスさん？」

「懐かしくて当然ってこと。だって、裏ダンジョンには必ず〝精霊〟がいるんだから！」

……スクレ曰《いわ》く。

全てのダンジョンには〝管理精霊〟と呼ばれる存在がいるらしい。

ミリュー王立図書館、もとい〈祓魔の大図書館〉にメアがいたように、この〈天雷《てんらい》の小《こ》路《みち》〉にも一体の精霊が宿っている。それも、ただ〝存在する〟だけではない。精霊の持つ力は、裏ダンジョン全体に及んでいる。

「だからね、裏ダンジョンの攻略は管理精霊との知恵比べ、もしくは力比べなんだよ」

両手を広げたスクレが歌うように言う。

「〈祓魔の大図書館〉には、きっと魔物だけじゃなくてたくさんの謎解きギミックがあったでしょ？　それは、ダンジョンを管理する精霊――メアちゃんの力によって実現されてたの。……今は、なんでか力も記憶も消えちゃってるみたいだけど」

「ふむ……なるほど、つまり精霊の力が〝ギミック〟として表出するわけか」

表ダンジョンとは随分と仕様が違うようだ、と腕を組むカルム。

その辺りで、ふと気が付いた――スクレの近くに控えているダフネが妙にピリピリしている、あるいは怯えているように見える。しばし視線を向け続けていると、彼女はこれ見よがしに嘆息し、やがて不承不承といった様子で口を開いた。

「元は我が姫の横暴が原因ですので、カルム様を責めるつもりはありませんが……」

言って、手袋をした指先で〝無の空間〟を指差すダフネ。

示された先には何もない。……つまり、上へ繋《つな》がる階段が跡形もなく消えている。

「裏ダンジョンは、厳密には現実世界ではありません。ここの真上は確かにオルリエール王城ですが、城に地下二階などないのです」

「どういう意味だ、それは？」

「言葉通りの意味です。……昨夜、図書館は自由に出入りできましたか？」

「……？　いいや、結界のようなものに阻まれて出られなかった」

「はい。それが裏ダンジョンにおける最重要の共通事項です――裏《ここ》には〝入り口〟があっても〝出口〟はありません。より正確に言えば、完全攻略するまで決して外に出ることができないのです。私たちの退路は、今まさに断たれました」

複雑な感情を孕《はら》んだ声が地下の通路に反響する。

「……それは」

非常に大きな問題だ。

冒険者がダンジョンに挑む際、それが〝絶対に負けられない戦い〟であることはあまりない。秘宝〈誰にも見えない花《ゴーストフラワー》〉から作られる補助アイテムこと帰還粉《ミスト》があれば確実にギルドまで生還できるため、命の危険を感じたら逃げの一手が最善策だ。

また、全てのダンジョンには〝自己修復〟という性質がある。これはダンジョン内の環境を維持するための機能であり、そのため魔物の絶対数は決して減らない――が、重要なのは周期《ラグ》があることだ。短い期間なら与えたダメージは蓄積する。

故にこそ、冒険者の作戦は〝積み重ね〟が肝要なのだ。一時的に魔物の数を減らし、立ち回りを工夫し、好機を窺《うかが》い続けることで相当量の危険を削減できる。

――ただし〝裏〟はそれができない。

退路を断たれた一発勝負。そのうえ、即死トラップや謎解きギミックが無数にある。

「つまり、怖いということか」

「……何ですか？　私が失禁しているところでも想像されたのですか、カルム様」

「していないが」

「変態ですね」

「していないと言っている」

ジト目に晒《さら》されながら首を振るカルム。……が、意外だったのは事実だ。少なくともカルムの視点では、ダフネは〈天雷《てんらい》の小路《こみち》・表〉を余裕で踏破していた。あれだけの強さを以《も》ってしても裏ダンジョンは御し切れない、ということか。

「ふむ……」

手元の探索図《マップ》を覗《のぞ》き込《こ》む。

秘宝〈足跡を記憶する筆《オートライター》〉産の地図はカルムの認識よりずっと便利だったようだ。あまり期待していなかったのだが、羊皮紙の裏面に新たな地図が描き始められている。表ダンジョンの最奥が裏ダンジョンの入り口に対応していて、ここから地下二階を逆走……つまり、最初の倉庫方面へと戻っていく形だろう。

（その道中に、精霊の力を基《もと》にしたギミックがあるとのことだが……）

辺りを見渡してみる限り、何かが起こっている様子はない。

進んでみないと分からないか。

「……では、参りましょう」

再びダフネに先導される形で〝裏〟の探索を開始する。

全体的な様相は〈天雷《てんらい》の小路《こみち》・表〉にそっくりだ。数十歩おきに曲がり角と遭遇する一本道の通路。材質の関係か演出の都合か〝表〟よりも少し古びていて、床には煉瓦《れんが》の破片が点在している。天井を彩るのは二重の円形が連なるお洒落《しゃれ》な紋様だ。……二重円、というのがいかにも意味深だが、外枠《それ》だけでは何も起こらない。

そして、一番の違いは雷光コウモリたちが一切飛んでこないという点だろう。

「…………」

スカートの内側から短剣《クナイ》を取り出したダフネが常に警戒を張り巡らせているが、件《くだん》の魔物が放つ不快な雷鳴はどこからも聞こえない。

そうして、ある曲がり角へ差し掛かろうとした時だった。

「待て」

不意にダフネの手を取るカルム。

「……なんですか？」

足を止めたダフネが怪訝《けげん》な表情と共に振り返る。彼女が首を傾《かし》げると同時、紺色のショートヘアがさらりと揺れた。

「いきなり女性の身体《からだ》に触れるのはデリカシーがないと思いますが」

「すまない。だが、声を掛けるだけでは危険だと思ってな」

「危険……？」

ダフネの眉がいよいよもって顰《ひそ》められる。同じく、左側からとんっと肩をぶつけてきたスクレからも『説明してして！』という無言の圧が飛んでくる。

（……仕方ない）

故に、ダフネから手を離したカルムは、おもむろに腰を屈《かが》めると床に転がっていた煉瓦の破片を手に取った。見据えるのは、角を曲がった先のエリア一帯。そこへ、特に狙いを定めることもなく、小さな欠片《かけら》を放り投げる。

瞬間。

──ドゴォオオオオン!!　と。

耳を劈《つんざ》くような爆音と共に辺り一帯を染め上げたのは鮮烈な〝白〟だった。……雷が、落ちたのだ、と理解できたのは、事前の心構えがあったからに他ならない。角を曲がってから次に曲がるまでのエリア全体に、無数の落雷が発生した。

「わー！　きゃー！　ひゃー!!　だ、だだだいさんじですっ!!」

「……、な」

両手で耳を塞ぎながら大騒ぎするメアと、反対に呆然《ぼうぜん》とした表情でその場にすとんと尻餅をつくダフネ。荒れ狂うような落雷の余波は数秒間に渡って空間を揺らし続けていたものの、やがて幻の如《ごと》く雲散霧消した。

「うひゃぁ……こ、殺す気満々のトラップじゃないかぁ」

目を丸くしたスクレが素直な感想を口にする。

「メガネくん、なんで罠《わな》があるって分かったの？」

「〝頭上に気を付けろ〟だ。……このダンジョンの入り口にそんな注意書きがあった」

かちゃり、と眼鏡《めがね》を押し上げるカルム。

「見ての通り、裏ダンジョンの天井には無数の二重円が描かれている。階段を出現させたギミックを思わせる紋様だが、しかしこれでは不完全だ」

「うんうん。出現させたいモノの図形《マーク》を重ねなきゃいけないんだもんね、これ」

「ああ。逆に言えば、それさえあれば魔法陣は完成する。……覚えているか？〈天雷《てんらい》の小路《こみち》・表〉の天井には、雷を模したジグザグの模様《マーク》が描かれている箇所があった。そして僕たちは今、表ダンジョンの真下を逆順に辿《たど》っている」

「あ……なんか、分かっちゃったかも！」

ボブカットの金糸を揺らしたスクレがびしっと通路の天井を指差した。

「つまり裏ダンジョンの天井には〝二重円〟があって、その真上に当たる表ダンジョンの天井には〝雷マーク〟があったりなかったりするんだ？それが重なった瞬間、要は雷マークが描かれてた通路に入った瞬間、問答無用で雷が落ちる！」

「おそらく間違いないだろう。雷地帯、とでも呼ぶのが分かりやすいか」

そう言って、カルムは再び手近な瓦礫《がれき》を放り投げる。

放物線を描いた瓦礫は先ほど投げた破片——雷の影響で黒焦げになっている——にぶつかり、その後ころんと転がって床に触れた。同時、またもや凄《すさ》まじい爆音と共に真っ白な雷撃が辺り一帯に降り注ぐ。

（瓦礫が領空を侵犯しても〝雷〟は発生しない……つまり、床に触れるのが罠の発動条件か。そして、雷の範囲は数十歩分の通路全体。回数制限もどうやらない……）

その後も何度か実験を重ねてから、状況を整理するべく静かに呟《つぶや》く。

「なるほど……これが、裏ダンジョンか」

——雷地帯。

それこそが〈天雷の小路・裏〉の攻略を阻む謎解きギミックだ。

上の階で雷光コウモリに襲われていた頃とは、確かに毛色も難易度も全く違う。何しろ雷光コウモリは——カルムなら即死だが——多くの冒険者が対処できる。

だがこれは、戦闘能力さえ高ければ切り抜けられるという代物《しろもの》ではないだろう。まさに精霊との知恵比べ。足を踏み入れたら即死の雷地帯をどうやって抜けるか、その方法を捻《ひね》り出《だ》さない限りここから一歩も進めない。

（たとえば……）

ダフネは【風魔法】系統の技能を使える。

故に、彼女単体ならば第二次解放【飛天の煌《きら》めき】で地面に触れることなく向こう岸まで浮遊できるだろう。が、三人を連れてとなるとそうはいかない。

たとえば、カルムが得意とする【知識】系統には〝罠《わな》〟を強制起動、あるいは停止させる【明滅《スイッチ》】という技能がある。が、床を踏むたびに雷が降り注ぐのだから、いちいち止めていたらキリがない。

他にも、たとえば《盾使い》役職の冒険者がいれば、頭上に壁を――

「……ふむ。その筋は、悪くない」

【知識】系統技能・第四次解放《到達レベル4》――【鋭敏《ハイセンス》】。

思考の過程でとある仮定に行き着いたカルムは、技能を以《も》って自身の五感を一時的に強化した。縋《すが》るのは、主に視力だ。屋外なら王都の果てまで見通せるほどの眼力で、裏ダンジョンの天井を隈《くま》なく検分していく。

そして、

（……見つけた）

カルムの視界が捉えたのは不自然な〝覆い〟だった。

薄暗いため一見しただけでは分からないが、ちょうど雷地帯へ差し掛かる辺り――つまりは二つのエリアの境目《さかいめ》に、薄い紙か布らしきものが貼られている。

「ダフネ」

未《いま》だに腰を抜かしたままのメイド少女に声を掛けた。

「どの技能でもいい。今から僕が指を差す場所に向かって攻撃を飛ばしてくれないか」

「……構いませんが」

手品のように短剣《クナイ》を取り出すダフネ。

そうして彼女は、カルムが示した場所へと正確に得物を投げ込んだ——ひゅんっ、と金属が風を切る音。同時に天井に貼られていた何かがダフネの短剣《クナイ》に貫かれ、切り刻まれて粉々になり、はらはらと床へと落ちてくる。

「わ……っ！」

メアが歓声を上げたのは、他でもない。

ダフネによって切り刻まれた覆いの下には、とある魔法陣が隠されていたからだ。二重円の内側に〝屋根〟を示した図形《マーク》。となれば結果は必然だ。〈天雷《てんらい》の小路《こみち》〉に存在するルールに従って、ガガガガ……と透明な屋根が通路の両側からせり出してくる。

「……ほう」

落雷を防ぐ大きな屋根——。

それは、雷地帯を抜けるには充分すぎる〝盾〟だった。

——このダンジョンの管理精霊は、どうやら対等《フェア》な勝負を望んでいるらしい。

薄暗い通路を進む中でカルムが下した結論はそんなものだ。例の屋根は【鋭敏《ハイセンス》】を使って見つけたが、そうでなくとも虱潰《しらみつぶ》しに探索していればいつかは解ける。雷が降り注ぐ罠《わな》についても、一応は〝表〟の段階から宣告されていた。

ただし雷地帯は、屋根だけで完封できるほど甘いギミックではなかった。

「……んむぅ？　カルムさん、なにか……どこかで、ミシミシ言っていませんか？」

メアが〝異変〟に気付いたのは三つめの雷地帯を通過している最中《さなか》のこと。

絶え間ない落雷を生じさせながら急いで通路の端まで移動し、安全地帯から天井の付近を見上げる。……変化は如実だった。これまで頭上を守ってくれていた透明な屋根、それが大きく〝削れて〟いる。

「ふむ……思ったよりも早かったな」

天井を睨《にら》み付《つ》けながらカルムは告げた。

「裏ダンジョンの天井に描かれた二重円の模様。ずっと同じサイズに見えるが、徐々に半径が大きくなっている――これが〝雷〟の威力に影響するならば、いつかは屋根が耐え切れなくなると思っていた。が、まさかもう壊れかけているとは」

「うわぁ……最後まで屋根で攻略できるわけじゃないんだね。さっすが裏ダンジョン、稽古の時のダフネより手強《てごわ》いよぅ……」

スクレが唇を尖《とが》らせる。

そんな言葉を交わしながら辿《たど》り着《つ》いたのは通算四つめの雷地帯だ。やはり、頭上の二重円はさらに大きくなっている。先ほどの有様を思い返せば、この辺りで屋根の強度が限界を迎える可能性は極めて高いと言えるだろう。

だからこそ、

「なるほど。……死んだな」

かちゃりと眼鏡《めがね》を押し上げたカルムは、いつも通りの冷静な口調でそう呟《つぶや》いた。

「はぁ。……ええと、カルム様」

傍《かたわ》らのダフネが困惑に眉を顰《ひそ》める。

「死んだ、というのは？　独特な比喩表現か何かでしょうか」

「いや、そのままの意味だ。【先見《デジャヴュ》】でシミュレーションを行ったところ、勢いを増した落雷が屋根を貫いた。おかげで、下にいた僕たちは丸焦げだ」

「丸焦げ……ちなみに、カルム様。既に予想はできていますが【先見《デジャヴュ》】というのは？」

「【知識】系統の第六次技能だ。行動の結果を正確に予測することができる」

「……やはり、未観測の到達レベルですね。どうなっているのですか、このメガネ……」

物言いたげなジト目と共に露骨な溜《た》め息《いき》を吐《つ》くダフネ。

が、ともかく――【先見《デジャヴュ》】の結果は絶対だ。これまでカルムたちの頭上を守ってくれていた屋根は増し続ける落雷の威力に耐え切れず、ここで無残に砕け散る。ならば、以降の雷地帯についても、同じく屋根は使えないのだろう。

「じゃあどうするんですか～！　……はっ！　まさか、ここでわたくしの覚醒が!?」

ぱぁ、っと顔を明るくするメアだが――

「残念ながら、違う」

屋根亡き後の雷地帯の抜け方なら、既に見当がついていた。

「先ほどまでと同様に屋根を出してくれ、ダフネ。魔法陣はあの辺りだ」

「屋根を……？　ですが、盾が壊れてしまったら取り返しがつかなくなるのでは」

「問題ない。僕が説明するより、実際に見た方が早いだろう」

「……かしこまりました。あとから文句を付けないでくださいね、カルム様」

渋々という態度で頷《うなず》き、それから華麗に天井の覆いを貫くダフネ。

魔法陣の出現と共に通路の両脇からせり出してきた屋根を確認してから、カルムは一歩足を進める……のではなく、手近な瓦礫《がれき》を雷地帯へ放り投げた。

「ひゃぁっ!?」

その瞬間、眼前で起こったのは〝ズガァンッ！〟という爆音を伴う激しい崩壊。

予想していた通り、ついに透明な盾が壊れたのだ。凄《すさ》まじい落雷に貫かれ、バラバラになったガラスの破片がそこら中に散らばる。頭上の屋根はもう跡形もない。唯一の防御手段が紙くずになった瞬間である。

――だが。

「この状態なら、そもそも雷が発生しない」

ガラスが飛び散った床を見つめながら、カルムはあっさりと断言した。

「初めて雷地帯に出会った際、僕は瓦礫を一つ投げ、その上から新たな瓦礫を投じた。この際、二度目の落雷が発生したのは〝瓦礫が瓦礫にぶつかった瞬間〟ではなく〝瓦礫が床にぶつかった瞬間〟だった。つまり落雷の判定は、衝撃ではなく接触だ」

「！　で、では、まさか……バラバラになった屋根の上を渡っていく、と!?」

「そういうことになる」

唯一の防御手段が失われたのは確かだが、無駄になったわけではない。

薄っぺらい破片でも、床を覆い尽くしてくれるなら――雷を封じる〝橋〟になる。

「スクレにはメアを、ダフネには僕を抱えてもらおう。各々で歩くのはリスクが高い」

「……格好《かっこう》よく謎解きギミックの攻略方法を見つけたかと思いきや、さっそく前言を撤回したくなるほど格好悪い提案ですね。私はともかく、我が姫を文字通りお姫様抱っこしてヒーローになろう、という気概はないのですか？」

「僕がふらついたら全滅だが？　ちなみに僕は、メアすら持てない」

「完璧な采配です。早く乗ってください、カルム様」

不貞腐《ふてくさ》れたような表情で腕を広げるダフネ。

そんな彼女に抱きかかえられながら――隠れ巨乳と噂《うわさ》されるスクレよりも遥《はる》かに立派な

胸元に視界の全てを遮られつつ――カルムは、思考を巡らせる。

(裏ダンジョンを構成する各種のギミック……それは、精霊の力によって実現される)

――そこまではいい。

おそらく〈天雷《てんらい》の小路《こみち》〉の管理精霊は〝雷〟属性の力を持っているのだろう。メアの方はよく分からないが、属性が【祓魔《ふつま》】なのだとしたら、様々な冒険小説を飛び回るあの図書館は〝勇者選抜〟を意図したものだと理解できないこともない。

だが、そうなると一つ疑問がある。

「スクレ。先ほどの話だが……精霊がダンジョンにいるというのは、何故《なぜ》だ?」

「えぇ～? メガネくん、それ今聞くの? わたし、力仕事の真っ最中なんだけど……まあ、メアちゃん軽いから大丈夫だけどさ」

よっ、とガラスを踏んだスクレが、軽く唇を尖《とが》らせつつも答えてくれる。

「お伽噺《とぎばなし》の内容ならメガネくんも知ってると思うけど。……昔は、精霊がすっごく身近にいたんだって。そして精霊は、人間と心を通わせることで特殊な〝力〟を使うことができた。だから、強大な魔王にも負けなかったみたい」

「はい、はい！ それが【祓魔】の大精霊、わたくしの逸話ですっ！」

「そゆこと。でも魔王は、死ぬ間際の抵抗として人間と精霊の間にあった〝繋がり《リンク》〟を切っちゃったの。大問題なんだよ、これ。力の弱い精霊はあっという間に消えて、強い精霊たちですら人間からは感知できなくなっちゃった。このままじゃ、精霊は歴史の中に消える。……そこで勇者が作った仕組みこそがダンジョン、ってわけ！」

翡翠《ひすい》の瞳でパチンとウインクをするスクレ。

足場が不安定なためカルムが同じことをしていたらとっくに丸焦げだが、彼女はメアを抱えたまま危なげなく前へ進む。

「言ったでしょ？　裏ダンジョンのギミックは精霊の力を体現したもの。ならさ、ギミックを全部攻略するっていうのは、文字通り〝精霊の心を読み解く〟行為になるんだよ。魔王に断ち切られた繋《リンク》がりを取り戻す唯一の方法……裏ダンジョンの謎解きギミックを解き明かせば、そこの精霊はメガネくんの虜《とりこ》になっちゃうの」

「……ほう」

なるほど、と思った。

道理で難易度が高いわけだ。裏ダンジョンの攻略というのは、一人の精霊と深く心を通わせる行為。全ての謎解きギミックを突破して完全攻略を果たしたとき、初めて繋《リンク》がりが成立する。精霊との契約が完了し、力を借りる準備が整う……ということだ。

だとしたら、メアの力が戻っていないのはやや不可解だが。

「つまり……メア、君は僕の虜だったのか」

冗談で尋ねてみたところ、

「……？　はい！　もちろん、カルムさんのことは大大大好きですっ！」

「む。……そ、そうか」

非の打ち所がない満面の笑みが返ってきて、珍しく返答に窮するカルムだった。

#7

最後の雷地帯を慎重に――カルムは抱えられていただけだが――抜ける。

〈天雷《てんらい》の小路《こみち》・裏〉。表ダンジョンと全く同じ形をなぞる地図はほとんど完成し、残すはゴール地点に相当する小部屋のみとなっている。上の階では部屋から直接通路へ繋《つな》がっていたはずだが、今回は部屋と通路を分断するように重厚な扉が置かれていた。

「……ここにも毒牙の大蛇《カース・サーペント》がいるのか？」

「おそらくですが、違うでしょう」

つい先ほどまでカルムを抱えていたダフネが、ホワイトブリムを微《かす》かに揺らす。

「今のところはギミックの強烈さだけが目立っていますが……一般的に、裏ダンジョンの魔物は〝表〟とは比べ物にならないほど強いです。我が姫をお守りするためにも全力は尽くしますが、きっと私では相手になりません」

「ダフネでも……か」

静かに唸《うな》る。……が、考えてみれば当たり前だ。かつて魔王に断ち切られた繋《リ》が《ン》り《ク》を取り戻すための、人間と精霊が心を通わせるための最終ギミック。簡単に乗り越えられるような障害では理屈に合わない。

「情報が秘匿されているのも無理はない、といったところだな」

「やっと分かった？　メガネくん」

悪戯《いたずら》っぽい笑みを浮かべて、スクレが翡翠《ひすい》の瞳をカルムに向ける。

「最終ギミックだけじゃないよ。キミ、ここへ来るまでに何度も超人技を使ってるんだから。【鋭敏《4次》】に【追憶《5次》】に【先見《6次》】？　そんな技能を使える冒険者、メガネくん以外にいるわけないじゃないか。わたしとダフネだけならもう死んでるってば」

「それは、そうかもしれないが……では、なぜ〝裏〟に挑もうとする？」

「放置もできないんだよぅ。だって……例の魔王はもう、現代に復活してるんだから」

スクレが零《こぼ》した言葉に「！」と瞠目《どうもく》する。

同時、カルムの脳裏に思い出されるのはメアに見せられた幼馴染《おさななじ》みの姿だ。……転生の秘術により魔王の魂を植え付けられたフィーユ。確かに、魔王は既に復活している。１０００年の時を超え、この時代に蘇《よみがえ》っている。

「魔王は、精霊の力を取り込んで全盛期の力を取り戻そうとしてるの。冒険者ギルドの上層部と協力して情報統制してるけど、実はもういくつかのダンジョンが魔王に潰されてるんだよ。管理精霊がいなくなったせいで魔物が街へ侵攻した例だってある。だから、裏ダンジョンは人間側《こっち》で攻略しなきゃいけない……特に勇者一行の仲間だった〝特級精霊〟が宿る七つの特級ダンジョンだけは、絶対に死守しなきゃってわけ！」

「……矛盾していないか、スクレ？　精霊の情報を隠していたら、裏ダンジョンはいつまで経《た》っても魔王の独壇場だ」

「うん。だから、間を取ることにしたの――それが精霊秘匿裏機関、通称ユナイト。他の冒険者にはバレないように、こっそり裏ダンジョンを攻略して精霊を解放していく少数精鋭のスペシャリストなのだ！」

「ほう……なるほど、少数精鋭の攻略チームか」

「うむ！　多分、メガネくんが思ってるよりずっと〝精鋭〟だよ？　なんたって冒険者ランキングの国内トップ3は、全チームが〝ユナイト〟の仲間だもん」

「！」

衝撃の事実を口にするスクレ。

冒険者の実力を表す最も一般的な指標こと大陸横断冒険者チームランキング。中央国家ミリューのトップ3と言えば、つい昨日新たな秘宝を持ち帰ったアン隊を始めとする〝ランク1桁〟の面々に他ならない。冒険者ギルドに所属する1000チームの頂点、生ける伝説、世界中の憧れ、当代の英雄……である。

「それだけの力がなければ裏ダンジョンには挑めない、と？」

「う〜ん……っていうか、実は〝表ダンジョンで秘宝を手に入れる〟っていうのが裏ダンジョンに立ち入るもう一つの方法なんだよね。別ルート、って感じかな？　表でたくさんの魔物を倒さなきゃいけない代わり、道中のギミックをすっ飛ばして最終ギミックに招待されるの。……ま、結局最後は【知識】が要《い》るんだけど」

「……なるほど。秘宝を狙えるチームは、いずれ〝裏〟の存在を知ってしまうのか」

「そ！　で、そんな貴重な戦力が何も知らずに〝裏〟へ迷い込んじゃったら困るから、先に事情を明かして口止めしたり、ユナイトの仲間に誘ったりしてるってこと。だから自然とランク１桁の猛者《もさ》ばっかりになっちゃうんだ」

「…………」

精霊秘匿裏機関〝ユナイト〟――。

どう控えめに見積もってもカルムには縁のなさそうな組織だ。武器も持てなければ、魔法も使えない。習熟している系統はただ一つ、最弱と称された【知識】のみ。

だが、それでも。

「わたしは、キミこそが〝ユナイト〟を引っ張ってくれる存在だって信じてる。……キミの力を見せてよ、メガネくん？」

悪戯《いたずら》っぽい声音でそう言って。

流し目でウインクをしながらカルムに背を向けたスクレは、静かに最後の扉を押し開けた——扉の向こうに広がっていたのは、それなりに大きな正方形の部屋だ。ダンジョンの最奥ということで、肌を刺すくらいに不気味な雰囲気が漂っている。

……そして。

『——————』

部屋の真ん中には、一体の魔物が立っていた。

その姿はおおよそ人型。ただし、体長はカルムの倍近くあるだろう。身体《からだ》全体が黒色の流体で形作られており、足元にはドロドロとした水溜《みずた》まりができている。少なくともこの距離で匂いは感じないが、形容するなら〝どす黒い〟という言葉になるだろう。

流体ゆえに明確な輪郭は存在しない——が、その魔物は人間と違って〝四本の腕〟を持っていた。長さも太さも不定形の四本腕。そこに剣やら斧《おの》やら槍《やり》やら鞭《むち》やら、まるで統一感のないバラバラの武器を握っている。

「…………、な」

真っ先に反応を零《こぼ》したのはダフネだった。

主《あるじ》であるスクレを守るべく数本の短剣《クナイ》を抜いていたメイド。紺色の瞳で状況を見て取った彼女は、畏怖の表情でショートヘアを揺らして告げる。

「無理です、我が姫……〝アレ〟は、災厄です」

反抗でも意地でも蛮勇でもなく、はっきりとした諦観が滲《にじ》んだ声。

「登録名称〝黒き流体の四本腕《ナイトメア・ナイト》〟──最低推奨ランクは2桁上位《50位以内》、正真正銘の化け物と言っていいでしょう。不定形の流体で全身が構成され、技能耐性はあらゆる魔物の中でもトップクラス。物理攻撃は完全無効、魔法も足止めにしかなりません。さらに厄介なのが不定形ゆえの分裂性能で、短時間だけなら〝本体から切り離した流体の一部〟を自由に操ることも可能です。加えて、剣術の腕は【剣】の第四次解放《到達レベル4》を凌《しの》ぎます」

「ええ!? そ、そんなに強いの、あれ……!?」

「はい。我が姫などあっという間に三枚おろし、さらには微塵切《みじんぎ》りです」

硬い声で告げるダフネ。

「………………」

出会うのは無論のこと初めてだが、カルムにも知識はあった。黒き流体の四本腕《ナイトメア・ナイト》は確かに化け物だ。倒すのではなく躱《かわ》すことを第一目標にすべき凶悪な魔物。どんな冒険小説でも、大抵は〝見かけたら逃げろ〟と説かれている。

（しかし、逃げろと言われても……）

ちらりと後ろの扉を見遣《みや》るカルム。……唯一の出入り口は、どす黒い流体でガチガチに固められていた。どうやら、逃がしてくれるつもりはないようだ。

「最後尾のメア様が部屋へ入った時には既にそうなっていました」

悔やむような声音でダフネが言う。

「極めて高い耐性を持つ黒き流体の四本腕《ナイトメア・ナイト》ですが、唯一〝雷属性〟の攻撃だけは明確な弱点となっています。まともにぶつければ本体も分体も余すことなく蒸発するでしょう。だからこそ、雷地帯への誘導を遮ってきたものかと」

「そこまで知能があるのか？」

「おそらくはカルム様の想像以上に。最低推奨ランク2桁上位《50位以内》と言いますが、準備がない状態ならばそれこそミリューのトップ3を連れてきてようやく〝話になる〟レベルの相手なのです。何しろ〝雷魔法〟などという技能系統は現代に存在しませんので」

　絶望的な情報ばかりが紡がれる。

『――――』

　件《くだん》の黒き流体の四本腕《ナイトメア・ナイト》は微動だにせずカルムたちの動きを窺《うかが》っている。特に仕掛けてくるつもりはないようだが、だからと言って隙があるわけでもない。悠然とした構えは圧倒的な〝強者〟のオーラを感じさせる。

「……我が姫、それにメア様」

　短剣《クナイ》を仕舞《しま》ったダフネがくるりと後ろを振り返った。

「時間だけはあるようですので……最期《さいご》に、撫《な》でさせていただけないでしょうか？　すべすべと、むにむにと、あんなところやこんなところも――」

「……待て、ダフネ」

「なんですか、カルム様？　今生《こんじょう》の別れなのですから、少しくらい我が儘《わがまま》を言ってもいいではありませんか。ちなみに、カルム様は見てはいけません」

「今生の別れにする必要がない、と言っている」

唇を尖《とが》らせるダフネに小さく首を振ってみせる。

そうしてカルムが指差したのは、正方形の部屋の奥……黒き流体の四本腕《ナイトメア・ナイト》を超えたさらに先にある壁だ。あまりに大きすぎて最初は気付かなかったが、そこには見上げるほど巨大な二重の円が描かれている。

この〈天雷の小路《てんらいのこみち》〉ではあまりに見慣れた図形――。

すなわち、あれは魔法陣だ。

「んむぅ？　……って、あ！　分かりました、カルムさんっ‼」

それを見たメアが、ぴょんぴょんと飛び跳ねながらはしゃいだ声を上げた。

「階段です！　あそこに大きな丸が描かれていて、わたくしの手元には完成した裏ダンジョンの探索図《マップ》……！　わたくし、名推理です！　あれだけ大きな魔法陣なら天まで届く階段が作れるかもしれません！　みんなで無事に逃げられますっ！」

「良い発想だが、少し違う。……地図を貸してくれ、メア」

詳しい説明はすっ飛ばしてメアから探索図《マップ》を借り受けるカルム。

そして、

「――スクレ」

傍《かたわ》らに立つ司書に、あるいはミリューの姫に声を掛けた。

「君の【鍛魔法】で僕の身体能力を可能な限り引き上げて欲しいのだが……その前に、一つだけ確認しておきたいことがある」

「？　なぁに、メガネくん？」

「先ほど、魔王の話が出ただろう。僕は昨日、メアにそれを教えられた――かつての魔王が、人間を素体にして現代へ蘇《よみがえ》ったのだと。スクレがどこまで知っているのかは分からないが、その〝素体〟は僕の幼馴染《おさなな じ》みだ。そして僕は、メアの持つ【祓魔《ふつま》】の力で魔王の魂だけを祓《はら》い、幼馴染みを……フィーユを救いたいと考えている」

「！」

「その場合……スクレは、僕の敵になるのだろうか？」

問うと同時に、わずかな緊張が全身を支配したのが分かる。

七年近くミリュー王立図書館に入り浸っていたカルムにとって、スクレは馴染みの司書であると同時に最も身近な人物だ。正体を考えれば〝身近〟とは程遠いが、それでも感情は変わらない。カルムなりに、最大限の信頼を抱いている。

（返答がイエスなら……それは、少し嫌だな）

眼鏡《めがね》の下で微《かす》かに表情を曇らせるカルム。

けれど――そんなカルムの懸念は、極めて良い意味で、あっさりと裏切られた。

「なぁんだ、そんなことかぁ。【祓魔】の力で魔王を……なるほどね、だからメガネくんがメアちゃんに選ばれたのかも」

「……？　それは、どういう……」

「ごめんごめん、こっちの話。……安心していいよ、メガネくん。【祓魔】の力で魔王が祓えるなら何の文句もない。ユナイトは全力でキミを支援しよう！」

「……そうか」

ならば、良かった。

後顧の憂いなく、安心して〈天雷《てんらい》の小路《こみち》・裏〉を完全攻略することができる。

「ふむ……」

メアを背後に隠し、カルムは一歩だけ前に踏み出す。

平然と足が動いたのは、ダフネと違って実感がないからだ。黒き流体の四本腕《ナイトメア・ナイト》が強いことは知っているが、戦闘能力を持たないカルムにとっては雷光コウモリと変わらない。どちらも手も足も出ないから。

……だが、裏ダンジョンの作法に則《のっと》れば。

この場所でなら――カルム・リーヴルは、あらゆる冒険者を凌駕《りょうが》する。

「ちなみに、メガネくん？」

スクレの声が背後からカルムの耳朶《じだ》を打った。

「【鍛魔法】で身体能力を上げるのはいいけど、万能ってわけじゃないんだよ？　メガネくんが格好《かっこ》よくアイツを倒すのはちょっと難しいんじゃないかなぁ」

「構わない。単純に、僕の体力では作戦を遂行し切れないというだけの話だ」

「そう？　まぁ、それならいいけど……」

納得したようにそう言って、とんっとカルムの背中に触れるスクレ。

瞬間、カルムは思いきり床を蹴り飛ばした——【鍛魔法】系統技能・第一次解放【付強《エン》和音《ハンス》】。スクレによって引き上げられた身体能力をフル活用し、普段では考えられないほどの速度で風を切る。

「っ……！」

もちろん、ただ闇雲に駆けているわけではない。

高い知能と分裂性能を併せ持つ災厄級の魔物・黒き流体の四本腕《ナイトメア・ナイト》。そんな化け物の動きを【解析《アナライズ》】でリアルタイム観測しながら【鋭敏《ハイセンス》】を併用して死角からの攻撃もケアし、複数の選択肢が発生する場合は【先見《デジャヴュ》】で予《あらかじ》め悪手を断《た》っておく。

いっそ曲芸じみた無理やりな進軍だが。

（魔法陣《あそこ》へ辿《たど》り着くだけなら……僕にも、できる！）

『——————！』

轟《ゴウ》ッ、と振り下ろされた剣をすんでで躱《かわ》す。

「ぬ、抜きましたぁ!?　凄《すご》いです、凄いですカルムさんっ！」

メアの実況が少し遅れて追い付いてきた。

そうしてカルムが辿り着いたのは部屋の対岸、壁際だ。壁いっぱいに描かれた巨大な魔法陣がまさしく目の前にある。

（……メアの発想は、良いところまで行っていた）

ここ〈天雷《てんらい》の小路《こみち》〉における共通のルールを思い出す――。

二重円の魔法陣に何かしらの図形《マーク》を重ねると、それが直ちに召喚される。目の前の模様は外枠だけで中身などないが、手元には完成した〈天雷の小路〉の探索図《マップ》がある。これが裏ダンジョンへ繋《つな》がる〝階段〟を生み出したのは、確かに記憶に新しい。

だが。

そもそも階段の図形《マーク》というのは、ジグザグと交互に折れる線のことを指す。それは、少し回転させるだけで別の模様になるはずだ。表ダンジョンの天井に刻まれていた〝雷〟のマーク。それは、手元にある探索図《マップ》だけで完璧に再現できる。

「但し書きを読まなかったのか？　四本腕」

……よって。

壁に描かれた魔法陣に〈天雷の小路・裏〉の地図を斜めに押し付けたカルムは、跳ね上がった身体能力でその場を離れながら、かちゃりと眼鏡《めがね》に指を遣《や》って言い放つ。

「このダンジョンでは……〝頭上に気を付けろ〟」

『――――』

……ギミック攻略、完了。

どぐしゃぁ、と激しい落雷が流体の魔物を貫いたのは、その直後のことだった。

ｂｂ ――《side：幕間《まくあい》》――

『確認《きゆきゆ》。……合格っぽい、ぽい？』

カルムが〝黒き流体の四本腕《ナイトメア・ナイト》〟を爆散させたのとほぼ同時――。

まるで空間から滲《にじ》み出《で》るように、不思議な生き物が現れた。

白と薄紫の二色で構成された、喩《たと》えるなら〝うさぎ〟に似た何か。モコモコの白い毛とパチパチ瞬く稲妻に全身が覆われており、ぺたりと垂れる長い耳も特徴的だ。サイズ感としてはカルムの顔と同じか、少し大きいくらい。体長とほぼ同じ大きさの枕を両手で、というか全身で抱いており、宝石のような瞳はうとうとしているようにも見える。

（ほう……）

――精霊だ、というのは一目で分かった。

メアとはまるで違うが、多少なりとも彼女（？）の存在を説明できる言葉をカルムは他に知らない。半透明で幻想的で、この世のものとは思えない引力。言われてみれば、メアのような〝人型〟は非常に珍しいのだったか。

「か、か……可愛《かわい》いですっ!!」

扉の近くでは、当のメアが眩《まばゆ》い長髪と同じくらいに目をキラキラさせている。

「ふわふわモコモコでお人形さんみたいです……！　抱っこさせてください、なんとわたくし大精霊の——……って、あれ？」

『困惑《きゆう》。多分、ティフォンには触れない……精霊、だから？』

「そ、そうでした……わたくし、今は人間さんの身体《からだ》なのでした。みぅ……」

勢いよく駆け寄ってきたメアだがその手はスカッと空を切り、瑠璃色の瞳が残念そうに細められる。やはり、精霊とは本来〝実体〟を持たない生き物らしい。

ともかく——メアの抱擁《ハグ》を躱《かわ》した、もといを躱さざるを得なかった二頭身の白いモコモコ生命体は、てとてとと可愛らしい歩き方でカルムの下《もと》まで近付いてきた。次いで、地面にぺたりと触れた長い耳でバランスを取りつつ首を傾《かし》げる。

『質問《Q》。あなたが、ティフォンの新しいご主人様《マスター》？』

「……ティフォン？」

『肯定《きゆきゆ》。ティフォンの名前は、ティフォン……【落雷】の属性を司《つかさど》る精霊かも、かも？』

声と音の中間に属する、不思議な旋律で紡がれる自己紹介。

〈天雷《てんらい》の小路《こみち》〉の管理精霊・【落雷】のティフォン――なるほど、確かに身体《からだ》を覆う稲妻は【落雷】の名に相応《ふさわ》しい。ダンジョンの性質にもよく合っている。

　ティフォンは続ける。

『ご主人様《マスター》たちが〈天雷の小路〉を攻略するところ、ずっと見てた……結論、大合格《きゅーきゅーきゅ》』

「なるほど。……しかし、ご主人様《マスター》は僕だけなのか？　協力体制だったと思うが」

『説明《きゅう》。それは、ティフォンが決めること……心の、赴くままに？』

　じっとカルムを見上げて囁《ささや》くティフォン。宝石のような薄紫の瞳はカルムしか見ていない。……そういうルール、なのだろう。裏ダンジョンが〝人間と精霊の繋《リンク》がりを取り戻すための仕掛け〟なら、主導権を持っているのは精霊だ。

　そして、端的な説明を終えたと同時――。

『……きゅきゅ』

　物理法則を無視してふわっとその場で浮かび上がったティフォンは、大きな枕を両手で抱えたまま、少し前かがみになってカルムへ頭を差し出してきた。

『要望《求》。ティフォンの頭……撫《な》でて、撫でて？』

「む？　撫でるというのは、言葉通りの意味でいいのか？」

『同意《きゅう》。精霊の力は、同化の力……ティフォンがご主人様《マスター》に溶け込んで、一心同体になって力を使う。そのための、第一歩……接触の、儀式《きゅきゅ》』

「ふむ、きゅきゅか」

思い出してみると少しばかり照れ臭いが——確かに、昨日の〈祓魔《ふつま》の大図書館〉では最後にメアとキスをした。裏ダンジョンの攻略が〝契約〟に伴う試練なら、それらを締め括《くく》る最終工程が精霊との〝接触〟というわけだ。

「が……ティフォン、君は実体を持たないのだろう？」

『正解《きゅう》。だから、真似《フリ》だけで大丈夫。どうせ全部のギミックが攻略されちゃったから、ティフォンとご主人様《マスター》はとっくに仲良し……でしょ、でしょ？』

「…………」

ティフォンが言わんとしていることはよく分かる。

勇者が作った仕組みとは大したもので、裏ダンジョンの攻略には確かに精霊と心を通じ合わせる作用があるようだ。既にティフォンと深いところで繋《つな》がっているような感覚がある。……ただ、だからこそカルムには、実体を持たない彼女の発した『撫でて？』が心からの望みだったことも手に取るように分かってしまう。

故に、カルムは。

「【知識】系統技能・第一次解放——【解析《アナライズ》】、および第二次解放【明滅《スイッチ》】」

『疑問《きゅー》。——……きゅ、あ？』

「触れたぞ、ティフォン。……良ければ、あとでメアにも撫でられてやってくれ」

もふ、とティフォンの頭に手を遣《や》りながら端的に告げる。

実体を持たない精霊には触ることができない――それは事実だが、しかしティフォンは地面に立っている。重力の影響を受けている。ならば精霊の体組成として、半ば無意識的に〝物理的な干渉を受け入れるか否《いな》か〟を選択しているということだ。

ならばその性質を【知識】技能で分析し、一時的に書き換えてやればいい。

（本来は魔物の特性を遮断するために使うべきなのだろうが、少しでも抵抗されたら無効化されてしまうからな……心を預けてくれる相手にしかできない、荒業だ）

指先に残った心地良さを思い返しながら内心で呟《つぶや》くカルム。

対するティフォンはと言えば――さっそくメアに揉《も》みくちゃにされながら――ぱちくりと、宝石のような薄紫の瞳を何度か大きく瞬《まばた》かせて。

『驚愕《きゆうう》。……ティフォンのご主人様《マスター》、ちょっと凄《すご》い人かも、かも？』

わずかな歓喜を声色に乗せつつ、そんな言葉を零《こぼ》すのだった。

◆〈天雷《てんらい》の小路《こみち》・裏〉――攻略完了◆

#8

オルリエール王城、リシェス王女殿下の私室――。

数刻ぶりに地下からその部屋へと舞い戻ったのはカルム、メア、スクレ、ダフネ、それから帽子のような形状の〝秘宝〟であった。

裏ダンジョンにいわゆる出口はないが、完全攻略を果たせば精霊と共にダンジョン外へ出ることができ、同時に〝表〟の秘宝も手に入る。そして、秘宝の獲得と同時にダンジョンは全ての機能を停止する――故に、今ごろは魔物も消えていることだろう。

ちなみに【落雷】の精霊ことティフォンも、今は姿を消している。

カルム・リーヴルを宿主とし、自由に現れたり消えたりできる状態だ。……ティフォンによれば、こちらが精霊にとっての普通《ノーマル》なのだという。実体を持つ【祓魔《ふつま》】の大精霊ことメアは、やはり特別な存在らしい。

――そして、

「我が姫……私は、夢でも見ているのでしょうか？」

紺色のショートヘアを揺らしたダフネが、ぽつりとそんな言葉を口にした。

「ユナイトにより秘匿されていますが、裏ダンジョンの完全攻略は世界全体で十九しか前例のない偉業です。単に秘宝を手に入れるよりよほど難しい。それをカルム様は二日連続で成し遂げたというのですか……？　それも、一つは特級ダンジョンを？」

「うん！　これで、メガネくんが一流の《謎解き担当》だって認めてくれた？」

「はい。……この期《ご》に及んで頷《うなず》かなければ、単なる我《わ》が儘《まま》ですので」

溜《た》め息《いき》と共に首を縦に振るダフネ。

「やったぁ！　ダフネも認めてくれたことだし、これでメガネくんもユナイトのお仲間だね。お小遣いを賭けた甲斐《かい》があったよ」

ふかふかの椅子に座ったスクレが嬉《うれ》しそうに言う。……王女として上品なドレスを纏《まと》っているならともかく、肩出しのトップスに超ミニのホットパンツ姿だとやけに浮いているように見える。が、本人がいいならいいのだろう。

とにもかくにも。

「それじゃあ、改めて話をまとめておこっか」

ボブカットの金糸をさらりと揺らして、スクレが人差し指をピンと立てた。

「ダンジョンには〝表〟と〝裏〟がある。裏ダンジョンは侵入するのも攻略するのもとっても難しいけど、代わりに最後までギミックを突破することで、つまりは謎を解くことで精霊の力が手に入る。それは、魔王にも届きうる力だ」

「ああ。きっと、そうなのだろうな」

「きっとじゃなくて、絶対そうなのだよメガネくん！　……でね？　中でも重要なのは特級精霊の解放、つまりは特級ダンジョンの攻略なんだけど、これはもうとんでもなく難しいの。いくらメガネくんが史上最強の《謎解き担当》でもね」

——特級ダンジョン。

スクレ曰《いわ》く、１０００年前の勇者一行に加わっていた七体の特級精霊が宿る特別なダンジョンをそう称するようだ。冒険者の間では攻略難度〝不明〟の魔境、というのが共通認識であり、噂《うわさ》程度であればカルムもいくつか知っている。

西方農耕国家ウェストが誇る６０００ｍ規模の山脈を登った先にある、到達不可能な雲の上のダンジョン――〈遥《はる》かなる天空の頂〉。

南方小国連邦シュッドの沖に沈む、水中に建設された煌《きら》びやかなダンジョン――〈海底神殿〉。

大陸のあらゆる場所で発見例があり、無差別に冒険者を呑《の》み込《こ》む穴を入り口とする死神のダンジョン――〈遍在する悪夢〉。

「…………」

「実は、特級ダンジョンには〝表〟の部分がないんだよ。最初っから裏ダンジョンだからこそ、侵入ギミックを解かないとそもそも挑ませてもらえない」

苦い過去を思い出していたカルムの前で、スクレが軽やかな口調で言う。

「しかも宿ってるのが伝説の勇者一行、超強力な特級精霊だからね。〈天雷《てんらい》の小路《こみち》〉のギミックが生易しいものに見えるくらい、侵入方法も攻略手段も難しいはず。だから、さすがに段階を踏んだ方がいいかなぁとは思ってるよ？」

「段階を……つまり、先に他の裏ダンジョンを攻略して精霊の力を集めるということか」

「その通りぃ！」

びしっ、とカルムを指差しながら気取ったウインクをするスクレ。

「精霊と契約できれば新しい力が使えるようになって、それは次の謎解きギミックを攻略する糧《かて》になるからね。……でも、それを一人でやるのは無謀だよ。今日だって、ダフネがいなければ〝表〟の時点で死んでるでしょ？」

「言うまでもないな」

「むぅ。そんなことで胸を張らないでくれよぅ、メガネくん」

そうは言われても、見栄《みえ》を張るよりいくらかマシだ。〈天雷《てんらい》の小路《こみち》〉の表と裏を客観的に比べれば後者の方が難しかっただろうが、カルムにとっては〝雷光コウモリを倒す手段が全くない〟という意味で前者の方が鬼門だった。

「まぁ、いいけどさ……だから、やっぱり〝チーム〟が要《い》ると思うんだよね」

——ともかく。

翡翠《ひすい》の瞳でこちらを見つめたスクレが言い放ったのは、冒険者の一般常識だった。

「前提として、冒険者は一人から五人のチームを組んでダンジョンに挑む。各ダンジョンの難易度とか進入制限はチーム全体の稼ぎを反映した〝冒険者ランキング〟を基準にしてるから、一人でダンジョン攻略を続けるメリットはほとんどない……まぁ、一人の方が気楽でいいとか、のびのびできるって人は別かもだけど」

「ふむ。あまり聞いたことはないな」

それは、偏《ひとえ》にダンジョンの厳しさに由来する。

気楽でいいから一人で挑む、など、それこそ冒険小説に出てくるような圧倒的強者にしか許されない贅沢《ぜいたく》かつ無謀な選択なのだ。何しろ、対峙《たいじ》する魔物が行儀よく一対一を仕掛けてくれるとは限らない。ダンジョン攻略に〝仲間〟は不可欠だ。

（僕も、チームに所属していないわけではないが……）

幼馴染《おさなな　じ》みと二人で立ち上げた大切なチームは、もう何年も前に機能を失っている。

「うぅん、そうだなぁ……」

思考に耽《ふけ》るカルムの前で、スクレは何やら書類を捲《めく》り始めた。おそらくはギルド関連の情報だろう。こうしていると忘れそうになるが、彼女は——もといリシェス姫は、ここミリューにおいて冒険者関連の政務を担う責任者である。

「本当は〝ユナイト〟の関連チームに入るのが一番いいんだけど、ほとんどメンバー上限の五人に達しちゃってるんだよねぇ。国内《ミリユー》1位のアン隊だけは四人組だけど、あそこはリーダーが直感で仲間を選んでるみたいだから……わたしの推薦とかはあんまり聞いてもらえないかも。ほら、メガネくんだけに、お眼鏡《メガネ》に適《かな》うかどう——」

「我が姫、スベってます」

「ええ!? まだ言い終わってないよぅ、ダフネ！　確かに手応えなかったけど！」

久々に口を開いたかと思えば冷めた声音で主《あるじ》のギャグを一蹴するダフネと、羞恥に襲われつつも微《かす》かに頬《ほお》を赤らめて反論するスクレ。

そのやり取りは見ていて心地良いと感じられるものに違いないが、ともかく。

(まとめると……こうか)

魔王に立ち向かうためには特級精霊の力が必要で、それには前段階として裏ダンジョンの攻略が必須。故に、カルムも冒険者チームに所属した方が良い。

ただし、事情を知っているユナイトの関連チームは全て埋まってしまっている。

——つまり。

「新たにチームを作るしかない、というわけだ」

＃9

「～～～♪」

メアの足取りが軽い。

それは彼女が小柄だから、というのもあるだろうが、より直接的な理由はキラキラの長髪の上からぽふっと被《かぶ》せられた〝ベレー帽〟の方だ。とっとっと踊るような足取りで前を行くメアは、時折こちらを振り向いては両手で帽子を引き下げて言う。

「あの！　これ、似合ってますか、カルムさん？　ついさっきも聞きましたけど！」

「似合っている。先ほども、おそらく次に訊《き》かれた時も答えは同じだ」

「そんなにですか！　えへへ、えへへへへへ……」

嬉《うれ》しそうに身体《からだ》を捩《よじ》らせるメア。

現在地は中央国家ミリュー王都の中枢、王城と冒険者ギルドを結ぶ大通りの一角だ。精霊の知識がなくとも一目で〝現実離れしている〟と分かるメアは、本来なら堂々とこんなところを歩くわけにもいかないのだが……。

「……秘宝を私物化するとは、なかなか贅沢《ぜいたく》なものだな」

秘宝〈疑惑を逸らす被り物《フィッティンハット》〉。

メアが被っているベレー帽は、単なる装飾品ではなく〈天雷《てんらい》の小路《こみち》〉から持ち帰った秘宝である。管理精霊ティフォンとの契約、その副産物として手に入れた宝。相手から違和感を持たれることなく、周囲に溶け込む効果を持っているのだという。

秘宝にしては物足りないような気もするが、考えてみればそうでもない——何せ、全く未知の文化を持つ宇宙人や異世界人とでも自然に交流ができるということだ。秘宝の発見は世界を変えるため、今後十数年で新たな技術革新が起こる可能性が高い。

『でもまぁ、ちょっと借りるくらいなら大丈夫じゃないかな？　……べ、別に〈天雷の小路〉を隠してたから報告しづらいな～とか、そういうことじゃないんだよぅ！』

スクレもそう言っていたことだし、有り難《がた》く使わせてもらおう。

と、そこで。

「んむぅ？　……わ！　カルムさん、何だかとっても大きな建物が見えてきました！」

傍《かたわ》らのメアが目を丸くする。

彼女が驚くのも無理はなかった――何しろそれは、王都の中でも最大級の建築物。世界の発展を牽引《けんいん》する、冒険者ギルド中央国家《ミリュー》王都《第1》支部に他ならない。

「ああ。……だが覚悟しておけ、メア。中の広さを見たらさらに驚くぞ」

「！　これ以上驚いたら、わたくしの喉が枯れてしまうかもしれません……！　一大事ですが、楽しみです！　わくわく！」

片手を帽子に乗せてくるりとターンを決めるメア。

カルムにしても、まともにギルドへ入るのは久方ぶりだ。冒険者の資格を維持する手続きがあるため一切使っていないわけではないが、それを除けば実に七年ぶり。〈遍在する悪夢〉に出遭って幼馴染み《フィーユ》を失って以来、と言い換えることもできる。

（もう戻ってくることはないと思っていたが……）

不思議な気持ちで足を進める。

冒険者チーム、命を預ける掛け替えのない仲間。……それは、かつてのカルムにとってフィーユだけを指す言葉だった。そして今は、当のフィーユを救い出すために少しでも強い仲間が欲しい。しかし戦えない《謎解き担当》役職では贅沢《ぜいたく》も言えない。

ただ、もし選ぶ権利があるのなら……と。

そんなことを考えながら、いよいよギルド内部へ足を踏み入れる。

「わぁ……っ！」

途端、メアの歓声がすぐ近くから聞こえた——オルリエール王城とはまた違う、機能的で広々とした空間。スクレが、否《いな》、リシェス姫が効率的に予算を注《つ》ぎ込んでいるだけのことはある。そして室内を埋め尽くすのは人、人、人。もちろん、誰も彼も志を同じくする冒険者たちだ。心地良い喧騒《けんそう》がカルムとメアを迎える。

「凄《すご》いです、広いです、人間さんがいっっっぱいです！」

興奮してはしゃいだ声を上げるメア。規格外の大きさを全身で表現するかのように、彼女は両手をいっぱいに広げてみせる。

「これなら、カルムさんのお仲間も絶対に見つか——わわっ！」

と、その時だった。

別に、誰かと接触したわけではない。周りから押されたわけでも攻撃されたわけでもなく、単なる重力の悪戯《いたずら》で——あるいはメアの身振り手振りが大袈裟《おおげさ》になっていたのも一つの要因かもしれないが——メアの頭からベレー帽が落ちそうになる。

「む……」

カルムの反応が遅れたのは、偏《ひとえ》にカルムだからだ。

視界には入っていたが、運動神経の方が決定的に足りていなかった。冒険者ギルドには大勢の人がいる。ここでメアが注目を浴びるのは良いことではないだろう。

（マズい、これは――……）

一歩遅れてカルムが打開策を練り始めた、瞬間だった。


「わぉ――ほいよ、っと☆」


……最初は、何が起こったのか分からなかった。

喩《たと》えるならばただただ熟練。ダフネのように【風魔法】系統の技能で高速移動したわけではなく、誰の意識にも入らないほど滑らかな身のこなしでメアに近付いて帽子の落下をふわりと止めてみせたのは、群衆の中から現れた一人の少女だった。

仄《ほの》かに鼻腔《びこう》をくすぐる甘い香り――。

騒ぎを未然に防いでくれた彼女は、片手を腰に当ててカルムへと向き直る。

「こぉら、カルムくん？　ちゃんと見てあげなきゃダメじゃんか。その帽子がなかったら王都中が大騒ぎになっちゃうんだから」

「……君は」

「？　……なになに、もしかして絶対的美少女☆アンにゃの可愛《かわい》さに今さら見惚《みと》れちゃったか～？　ま、無理もないけどにゃ☆」

にぱ、っと裏表のない笑みと、人差し指を頬《ほお》に添える可憐《かれん》な仕草。

「「「うぉおおおおおおお!!?!?!??!?」」」

ギルド全体が振動するかのような雄叫《おたけ》びが方々《ほうぼう》から上がる。

が、無理もない――彼女は、ここ中央国家ミリューで最も知名度の高い冒険者だ。鮮やかなパステルピンクの髪。肩よりもほんの少し長く、艶《つや》やかな髪質でふわりと広がっている。童話のようなファンシーで可愛《かわい》らしい衣装は、冒険者向けの服飾ブランドが丹精込めて設計した最新作だ。得物のハンマーでさえ戦闘時のみ仲間の【鍛魔法】で巨大化させるという徹底ぶりで、普段はとことん〝可愛さ〟に振っている。

胸元に輝くカラフルな星の隊章《シンボル》は、紛《まぎ》れもなく全国民の憧れの象徴。

少女の名は、アン・ソレイユ――国内《ミリユー》1位・アン隊のリーダーに他ならない。

「アンにゃ！　こっち見てくれアンにゃああああっ!!」「昨日秘宝を手に入れたばっかりだってのにもうギルド復帰!?　凄《すご》すぎるだろ1桁連中！」「いやでも、なんで国内《ミリユー》1位の大物が〝無能《ブランク》〟のカルムなんかに絡んでんだよ？」「い、意味が分からねぇ！」

（僕だって訳が分からない……でも、いい、ないか）

――スクレの話を思い出す。

冒険者に被害を広げることなく少数精鋭で魔王を討たんとする極秘組織、精霊秘匿裏機関・ユナイト。そこには国内《ミリユー》トップ3の冒険者チームが全て所属しているのだという。であれば、彼女もまた事情を知る〝関係者〟なのだろう。

「っとと……」

そんなカルムの思考が当たっていたのか。

周囲の声援（？）に笑顔で手を振っていたアンは、やがてカルムの方へ身体《からだ》を向け直した。一挙手一投足から感じ取れる確かな自信とカリスマ性。ふわりと花のような香りを漂わせた彼女は、カルムの前で敬礼のようなポーズを取ってみせる。

そうして一言。

「初めましてカルムくん、メアちゃん！　私は唯一《ユニーク》役職《星光槌《せいこうつい》》の――じゃなくて、自称〝手の届く一番星〟ことアン・ソレイユ！　気軽にアンにゃって呼んでね☆」

「ふむ。了解した、アンにゃ」

「わぉ！　クールっぽいのにちゃんと乗ってくれるんだ。気遣い◎、ノリ◎……カルムくん、さては結構モテちゃうでしょ～？　隅に置けないにゃぁ」

人懐っこい口調と笑顔で一気に距離を詰めてくるアン。……カルムの気遣いが◎だというのは見当違いも甚だしい（と自覚している）が、とはいえあえて煽《おだ》てているという風でもない。この嫌味《いやみ》の無さも、彼女が圧倒的な支持を集める理由の一端だろう。

とにもかくにも。

「それで、僕に何か用か？」

「ご明察！　実はカルムくんのこと、ダフネちゃんから色々と聞いてきたんだけど……単刀直入に言っちゃおっかな。──ねえ、良かったら私と組まない？」

「……組む？　それは、つまり……」

「そ！　私たちのチームに、カルムくんの力を貸してほしいな～って！　どうかにゃ、絶対的美少女☆アンにゃからの真剣なお誘いだぞ～？」

「「「はぁ!?!?!?!?」」」

……それは、端的に言えば天変地異のような事態だった。

冒険者ランキング国内1位・アン隊は、もう長らく四人体制を維持している。数々の強者が移籍を希望してきたが、それら全てがあっさり断られているのだ。故に、アン隊はこれからもずっと四人組のままなのだと誰もが思っていた。

（ふむ……）

ひとまず思考を巡らせる。

カルムからすれば、この提案は非常に都合がいい。アン隊は誰もが知るミリュー最高峰であり、秘宝の獲得を複数回果たした実績もある凄腕《すごうで》の冒険者チームだ。カルムが評するまでもなく、実力は全くもって申し分ない。

「しかし、君たちのチームには加入の条件があると聞いたが……」

「あ、そこまで知ってくれてるんだ。でもでも、安心していいぞ〜？　カルムくんは適してる。……っていうか、そうじゃなきゃ誘ってない」

言って。

「──ちゅうもぉおおおくっ！」

人差し指で力強く天井を指すアン。先ほどよりもさらに増したギャラリーを背に、彼女は真っ直《ま》ぐ《す》な視線でカルムを見つめる。

「私たちのポリシーは〝絶対帰還〟！　秘宝が目の前にあっても、あと一撃で超強い魔物が倒せそうでも、何がなんでも！　仲間が危険な場面なら、すぐにでも帰還粉《ミスト》を叩《たた》き割《わ》って逃げるっていうのが唯一絶対の決まり事！」

「ほう。……それは、なぜだ？」

「だって私は〝手の届く一番星〟だもん☆　……死んじゃったら、もう届かなくなっちゃうでしょ？　そんなの寂しいじゃん、辛《つら》いじゃん。だから私は叫ぶんだ──私は、絶対に帰ってくるから。ギルドで待ってるから。いつでも会えるから。だからみんな、安心してダンジョンに行ってきていいよって！」

「………………」

「そういうチームが必要だ、って思ったから──実は、私も含めて。ダンジョンで仲間を全員失ったことがある人しか、誘ってないんだ」

最後は囁《ささや》くような小声になり、てへっと舌を出すアン。

ギルドはいつしか熱狂に包まれていた。……まあ、それはそうだろう。やはりアンという少女のカリスマ性には目を瞠《みは》るものがある。万人受けする振る舞いはもしかしたら彼女本来の性質ではないのかもしれないが、全ては一つの信念の下での行動だ。もう二度と仲間を失いたくないから、彼女は〝一番星〟を名乗っている。

もしも、カルム・リーヴルがカルム・リーヴルでなかったら——。

アンの熱弁の最中にギルドの別区画から聞こえてきた声が気になり、【知識】系統第四次技能【鋭敏《ハイセンス》】を使って盗聴を試みるような不届き者でなかったら、おそらくはその手を取っていたことだろう。

(む……?)

けれど残念ながらカルムはカルムだったため、アンからの勧誘や周りのざわめきに掻《か》き消《け》されることなく、遠方の嘲笑を正確に聞き取っていた。加えて、その近くに特徴的な夕陽色の髪が見えたことにもまた、かなり早い段階で気付いていた。

——会話の内容は聞くに堪《た》えない。

『ハッ……おい、見ろよ。あの疫病神、また来てやがるぜ?』

『元貴族だか何だか知らねぇけど、救いようがねえな』

『知ってるか？　あいつ、これまでに五つもチームをクビになってるんだってさ』

『懲《こ》りねぇな……技能の制御もできない役立たず、誰が拾うってんだよ』

（……ほう）

聞くに堪えない会話をどうにかその辺りまで聞き続けたカルムは、小さく首を横に振った。今、非常に重要な情報を聞いた気がする。うかうかしている場合ではない。

だからこそ。

「一つ訊《き》かせてくれ、アンにゃ。空《あ》いているのは一枠だけか？」

「へ？　うん、そうだけど……」

「そうか。……では、すまない。実は――もう、誘いたい相手が一人いるんだ」

「「「な!?!?!?!??!?」」」

その場に集まっていたおよそ全員の予想を裏切って。

ポカンと会話を見守っていたメアの手を取ったカルムは、足早にその場を後にした。

♭♭　――《side：アン》――

「……あれま、フラれちゃった」

冒険者ギルド中央国家王都《ミリユー第1》支部、入り口付近。

眼鏡《めがね》の少年にチームへの勧誘を断られたアンは、がっくりと肩を落としていた。

「せっかく急いできたのに、一歩遅かったかぁ。判断力◎、行動力◎……ますますカルムくんの評価が上がっちゃうな～」

独り言を呟《つぶや》くと同時、周りからの注目に気付いて『何でもない！』と咄嗟《とっさ》の笑顔で誤魔《ごま》化《か》しておく。……危ない危ない、ユナイトの秘密がバレるところだった。

それにしても。

（……《謎解き担当》役職、かぁ）

リシェス姫から聞かされた情報を振り返りながら、去っていく少年の背をぼんやり眺める。特級ダンジョン〈祓魔《ふつま》の大図書館〉と地下ダンジョン〈天雷《てんらい》の小路《こみち》〉の攻略。それが本当なら、最大瞬間風速は大陸中のあらゆるチームを凌駕《りょうが》する。

（もしかしたら、何年かぶりに1桁《トップ》の顔触れが変わっちゃうかも？……わぉ☆）

国内最強の称号を冠する冒険者は、人知れず期待に頬《ほお》を緩めるのだった。

#10

「いい加減諦めたらどうだ？　疫病神のクロシェットさんよォ」

――彼らの悪口を止めようとする人間は、少なくともその場にはいなかった。

何故《なぜ》なら、それは極めて日常的な光景だったからだ。

「…………」

冒険者ギルドの一角、新たな仲間の募集や勧誘にも使われる待合室。ソファに座っているのは一人の少女・クロシェットである。毛先だけくるんと外に跳ねた夕陽色《オレンジ》の髪。技能制御の補助に用いる木製の杖《つえ》が傍《かたわ》らに立て掛けられている。

彼女に暴言を浴びせているのは三人の冒険者だ。

そこに含まれる単語は〝疫病神〟に〝役立たず〟、次いで〝雑魚《ざこ》〟に〝未熟者〟……けれど、クロシェットは何も言い返さない。ぎゅっと下唇を噛《か》んでただ耐える。それが事実であることも、反論する意味がないことも分かっていたから。

だが、しかし、それでも。

「ハッ……それにしたって、エタンセルの家も落ちぶれたモンだよなァ？　元貴族だってのに父親は〝王子殺し〟で娘は〝仲間殺し〟とか、終わってて――」

「ッ……！」

大切な家の名前を口汚く罵られた瞬間、クロシェットの怒りは限界に達した。夕陽色《オレンジ》の髪を大きく揺らして立ち上がり、両手で男に掴《つか》み掛《か》かる。

そうして、激情を秘めた声音で一言。

「撤回して。……あたしのことを悪く言うのはいいけど、お父様を――エタンセル家を侮辱するのは許さない」

「な、なんだよ、急に強がりやがって。……ハッ」

襟首を掴《つか》まれた男が見下すように表情を歪《ゆが》める。

「許さないってのは、アレか？　まさか、また《ヽ》ダンジョンで背中から撃とうって？」

「っ……それ、は」

「なに被害者面《づら》してんだ、疫病神！　お前に仲間を減らされて迷惑してるのはこっちの方なんだよ！　どうせ拾ってもらえねえんだから、さっさと帰って——」


「——待て」


あまりに短い一言でカルムが彼らの暴言を遮ったのは、その瞬間のことだった。

つかつかと待合室へ足を踏み入れたカルムは、颯爽《さっそう》と少女に救いの手を伸べる——わけではなく、正確には男たちの方には一瞥《いちべつ》すらくれることなく、事実上の最短距離でお目当ての少女・クロシェットと向かい合う。横から文句が聞こえてきたような気もしたが、やはり聞くに堪《た》えないので耳を傾ける義理などない。

「取り込み中すまない」

「へ？　……って！　あ、あなた、今朝の……な、なに？　あたしに、何か用？」

「その通りだ」

動揺と共に繰り出された質問にカルムは小さく頷《うなず》く。

目の前に立つ少女。数時間前に遭遇した時は全身に煤《すす》を被《かぶ》っていたが、こうして見るとやはりその容姿は群を抜いていると言っていい。胸元でぎゅっと握られた手。太陽を思わせる紅炎色の瞳は、警戒も露《あら》わにカルムとメアを見つめている。

「先ほどの話が聞こえてしまったのだが――」

夕陽色《オレンジ》の髪が今朝は〝紅蓮《ぐれん》〟に染まっていたことを思い返しながら、カルムはさっそく本題を切り出すことにした。

「チームを何度もクビにされ、拾う者がどこにもいないと。つまり、君は今〝無所属〟なのか？」

「……？　そう、だけど……それが、どうしたの？　馬鹿にしたいなら、勝手に――」

「そのような趣味はない。……僕はいま、共にダンジョンへ挑むチームメイトを探している。クロシェット、といったな。良かったら僕と組まないか？」

「へ――」

クロシェットの反応を一言で表すなら、それは〝呆然《ぼうぜん》〟だった。

「な……にゃ、え、っと……ちょ、っと待って」

唐突な勧誘に対する当然の困惑。目を白黒とさせたクロシェットが、混乱と共に途切れ途切れの言葉を繰り出す。

「チームメイトって……冒険者の？　あたしと、あなたが……？」

「正確にはこちらのメアも一緒だが。……もしや、別の誘いを受けてしまっているか？」

「う、ううん、そういうわけじゃないけど――」

「ならば、頼む」

「ひぁっ!?」

可愛《かわい》らしい悲鳴を零《こぼ》すクロシェット。

それは、おそらくカルムの行動に対する反応だったのだろう――冒険者ギルドの待合室で突如として片膝を突き、そっと彼女の片手を取ったカルム。英雄譚《たん》の騎士を彷彿《ほうふつ》とさせる格好《かっこう》だが、意図としては単に〝威圧感をなくす〟ためのものだ。

(怖がられてしまっては元も子もないからな)

何せ、カルムの上背《うわぜい》はクロシェットのそれよりも頭一つか二つ分高い。

とはいえ正座も土下座も中腰も最敬礼もどこか違うと感じたため、結果として気取ったスタイルを選択することになったのだった。

そして――対する少女はと言えば、

「――へ、ぁ………待って、あの、えっと……、～～～っ！」

照れていた。

それはもう、思いきり照れに照れていた。

ぼふっと音が聞こえたのは錯覚かもしれないが、少し前まで悔しさと怒りで唇を噛《か》んでいたはずのクロシェットが別の意味で頬《ほお》を朱に染めているのは疑いようもない事実だ。心拍数が異常なほど上がり、同時に体温も急速に高くなっている。

……もしや、これは僕が手を握っているせいか？

「すまない」

乱暴にならないよう手を解《ほど》き、次いで静かに立ち上がるカルム。真っ赤な顔で右手の甲を口元へ遣《や》っているクロシェットに対し、深々と頭を下げて謝罪する。

「いきなり女性の身体《からだ》に触れるのはデリカシーがないと教わったばかりだった。悪気はなかったが、今になって反省している」

「………………」

「……ちなみに、返事の方は――」

「～～～！　きゅ、急に言われて頷《うなず》けるわけないじゃない、ばかあほまぬけーっ!!」

一喝。

ぎゅっと目を瞑《つぶ》ってそんな言葉を口にすると、クロシェットはソファに立て掛けていた杖《つえ》を手に取り、夕陽色《オレンジ》のツーサイドアップを翻《ひるがえ》してギルドの待合室を後にした。次いで彼女に罵声を浴びせていた冒険者たちもまた、つまらなそうに解散していく。

「……ふむ」

残されたカルムは、かちゃりと眼鏡《めがね》を押し上げた。

「フラれたな」

「元気出してください、カルムさん。わたくしはカルムさんのことが大好きですっ！」

傍《かたわ》らのメアに慰められる。長い髪をキラキラと輝かせながらカルムの頭を撫《な》でようとしてくる彼女だが、背伸びどころか飛び跳ねても肩の辺りが限界のようだ。

「んむぅ、高く険しい壁です……それにしても、カルムさん」

瑠璃色の瞳がカルムを見上げた。

「わたくし不思議です！　どうして、アンさんの勧誘を断ってまであの方に声を掛けたんですか？　……はっ！　もしかしてカルムさん、今日の朝に一目《ひとめ》惚《ぼ》れを!?」

「いや……それは、前提が違うな」

小さく首を振るカルム。

メアの疑問はある意味で当然だ。片や国内1位《ミリユー》の冒険者チーム、片や疫病神と揶揄《やゆ》される元貴族の少女。客観的に見れば優劣は明らかだと言わざるを得ない。

（だが……）

カルムは、以前から彼女を知っていた。

それも、単に〝認知していた〟だけではない。スクレから新たな冒険者チームを作る話を出された際、真っ先に思い浮かんだ相手がクロシェットだったのだ。彼女が無所属《フリー》ならば、ぜひ組みたいと思った。国内《ミリユー》1位の誘いを断ってでも。

……クロシェット・エタンセル。夕陽色《オレンジ》の髪を持つ元貴族の少女。

カルムの愛読書に『英雄クラテールの伝説』という冒険小説がある――これまで無数の書籍に触れてきたカルムだが、人生に影響を与えたという意味で最も印象に残っている物語の一つだ。借りるだけに飽き足らず、家に保管して何度も読み返している。

クラテールとは、かつてミリユーに実在した英雄だ。

驚異的な【炎魔法】への適性を持ち、数々の苦難に直面しながらも無数のダンジョンを攻略した。クラテールの功績は計り知れず、たとえばミリユーだけでなく大陸中の照明事情を一変させた秘宝〈創造する炎《ディアライト》〉もクラテールが持ち帰ったものである。

華々しい活躍と等身大の苦悩が描かれた『英雄クラテールの伝説』。

その主人公・クラテールは女性だ。

夕陽色《オレンジ》、と描写される美しい髪。類《たぐい》まれなる技能適性によって、その髪は魔法を使うと毛先から〝紅蓮《ぐれん》〟に燃え上がる。意志の強い紅炎色の瞳。強さと気高さと諦めない心を信条とする彼女の家名は、エタンセル。

そう、つまり。

「クロシェットは――僕が最も憧れた、英雄クラテールの血を引く人間だ」

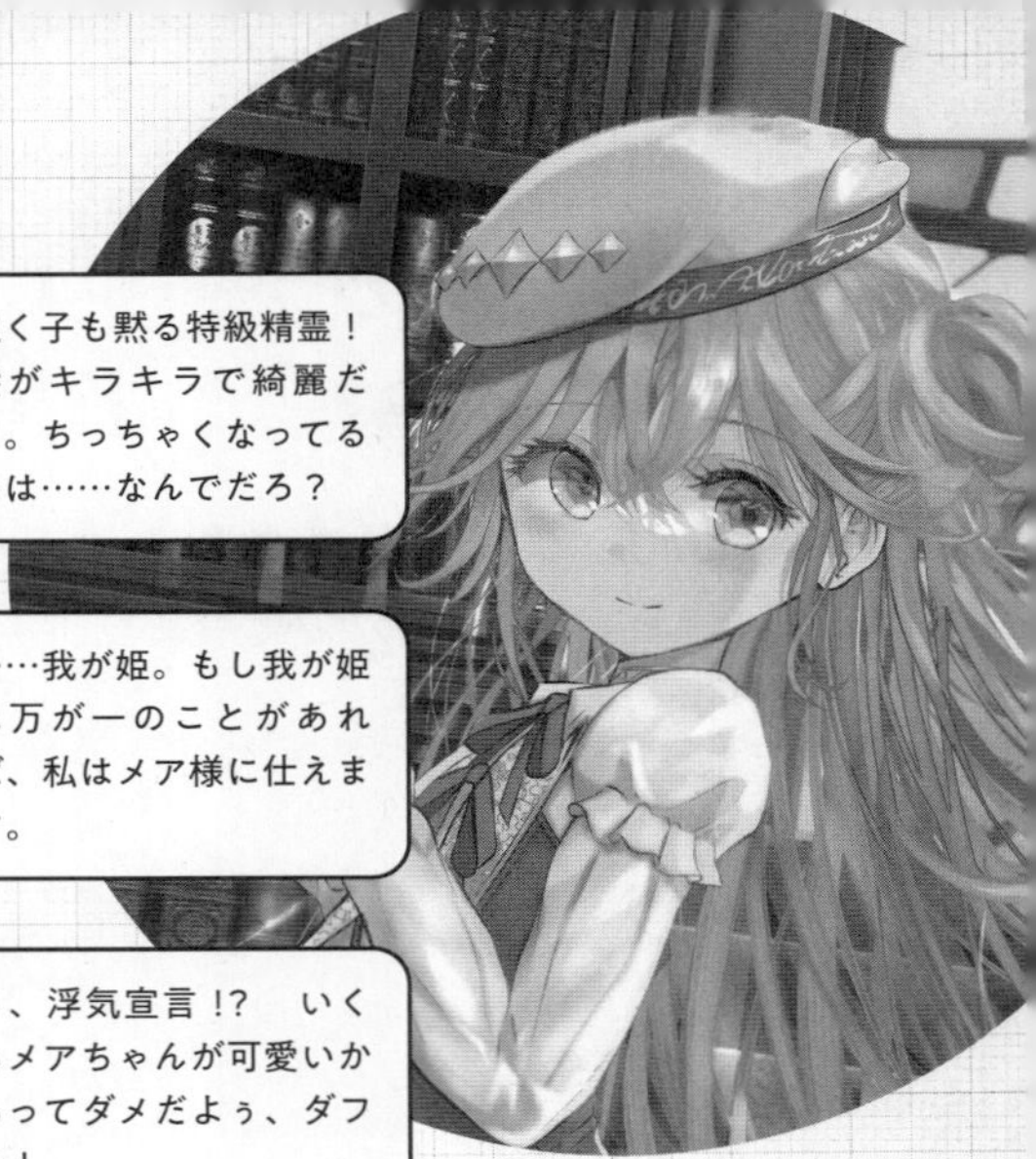

泣く子も黙る特級精霊！髪がキラキラで綺麗だよ。ちっちゃくなってるのは……なんでだろ？

スクレ

……我が姫。もし我が姫に万が一のことがあれば、私はメア様に仕えます。

ダフネ

う、浮気宣言!?　いくらメアちゃんが可愛いからってダメだよぅ、ダフネ！

スクレ

（どっちも可愛い……）

ダフネ

Puzzle-Solvi
Spiri
Domina

メア／【祓魔】の精霊
メイユール

Mea/[exorcism]spirit
Meiyur

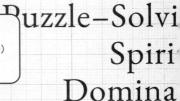

第三章　紅蓮の少女

――《side：過去回想》――

……夢を、見ていた。

カルムが図書館へ通うようになったのは、フィーユを失った後のことだ。

理由はいくつか挙げられる。見違えるほどにやつれた彼女の兄から『二度とダンジョンには近付くな』と宣告されたこと、フィーユがいなくなって人生の目的が消失してしまったこと、処理に困るほど膨大な時間があったこと。

けれど端的に表すなら、おそらく〝現実逃避〟という言葉が最適だろう。

傷心のカルムを図書館へ誘ったのは、無数の冒険小説たちだ。

物語の中の英雄は、どんな危機でも華麗に切り抜ける――一般に、英雄譚《たん》とは心が躍る冒険劇であると同時に、いわば〝救い〟の象徴だ。後世に逸話が残っている以上、物語の中の絶望は登場人物たちによって鮮やかに解決されるから。心を癒《いや》すには、現実から目を背けるには打ってつけの題材である。

……だが、最初から受け入れられたわけではない。

むしろ、どれもこれも嘘《うそ》っぽく感じた。だからこそ苦しかった。フィーユを失ったのは物語ではなく現実で、現実には英雄なんかいなくて、だから救いなど有り得ない。そんな事実を突き付けられているようだった。

けれど——それから約二年の月日が経過した、ある時。

（あれ、は……）

十二歳のカルム・リーヴルは、図書館の窓から鮮烈な〝炎〟を目にしたのだ。

＃1

「む……？」

カルムが目を覚ました直後、身体中《からだじゅう》に妙な重さがあるのに気が付いた。

慣れないダンジョン攻略を二日連続でこなしたせいで、ろくに鍛えていない筋肉が悲鳴を上げている——とも思ったが、すぐに悟る。身体が重いと言っても四肢が気怠《けだる》いわけではなく、自分の上に一人の少女が乗っているだけだ。

ダイヤモンドのように複雑な煌《きら》めきを放つ白銀色の超長髪。

この世のものとは思えない美しさを持つ【祓魔《ふつま》】の大精霊・メイユール。

「——————」

不意打ちじみた接触に思わず息を吞《の》む。

というのも、だ。まず、体勢からして既におかしい。別々に寝ていたはずなのに同じべッド、どころか身体の上に覆《おお》い被《かぶ》さっていて、艶《つや》やかな髪がカルムの頬《ほお》や喉を容赦なくくすぐっている。ふに、と柔らかな頬はカルムのそれにぴったりと触れ合わされていて、ダイレクトに彼女の体温を感じる。

「メア……いや、メイユール……なのか？」

呑み込まれそうなまでの魅力に〝成長後〟の姿を想起してしまうが——とはいえ、それは一瞬のことだった。何度か瞬《まばた》きをしてみれば、カルムの布団に忍び込んでいるのは〝幼女〟の方のメアに他ならない。

（全く、驚かせてくれる……）

起き抜けの鼓動を落ち着かせるべく、嘆息と共に首を振るカルム。

しかしてメアは既に目を覚ましているようだった。まるで仲睦《むつ》まじい恋人の如《ごと》くカルムに縋《すが》り付《つ》いた彼女は、とろんとした瞳でこちらを見つめてそっと口を開く。

「カルムさん……」

吐息交じりのその声は、恋焦がれる乙女のようで。

「……おなかが、すきました」

「ふむ。……すまない、気が利かなかった」

カルムは己の失策を恥じるのだった。

──中央国家ミリューに限らず、この世界の国々は秘宝と共に発展してきた。

大陸内の主要五大国はそれぞれ重視する分野が異なるが、中でも〝飲食〟に特化した方針を打ち出しているのは西方農耕国家ウェストだ。秘宝〈荒野を潤す雨降らし《ウォーターロッド》〉が枯れた国土を蘇《よみがえ》らせて以来、飲食産業の中心であり続けている。

水も食材も料理人もレシピも、全てウェストにより革命的な進化を遂げてきた。

もちろんそれは（関税という名の利益をウェストへもたらしながら）大陸全土へ伝わっており、中央国家ミリュー王都には大量の飲食店が並んでいる。出店も多く、目移りしてしまうほどに豊富なメニューが取り揃《そろ》えられている。

そんな中で。

「か、か、か……辛《から》いです～!!♡」

真っ赤なソースがマグマの如《ごと》く大量に掛かったチキンをはぐっと頬張《ほおば》ったメアが、悶絶《もんぜつ》の──ではなく、恍惚《こうこつ》の表情でそう言った。

食べ歩きをすること一時間弱。分かったこととして、メアはどうやら〝辛いモノ〟にエネルギーを感じるようだ。何でも美味《おい》しく食べてはいるが、唐辛子に出逢《であ》った瞬間の衝撃と興奮は他の追随を許さなかった。

「カルムさん、カルムさん！　わたくし、これが大好物かもしれません！　今なら魔物さんみたいにぶわーっと火が吹けそうです！」

「ならば良かった。王都《ここ》には激辛料理を専門とする店もいくらかある」

「わ！　なんということでしょう、幸せすぎて怖いくらいです……！　そういえば、カルムさんはどのような食べ物がお好きなんですか？」

「？　特にないが、強いて言うなら冒険者用固形食糧《カロリーバー》だろうか」

「んむぅ？　それは、どういう……？」

「ダンジョン内に持ち込むための携帯食料だな。食感がパサ付いているため圧倒的に不人気だが、一つ明確な利点がある」

「なんでしょう？　……はっ！　まさか、とっておきのアレンジが!?」

「それ以上だ。片手で食べられる上に手を汚さないため、読書を中断しなくて済む」

今も片手に本を持っているカルムが得意げに断言する。あまり共感を得られたことはないが、カルムにとって食事とは〝楽〟であればあるだけ評価が高い。

ちなみに読んでいる本の正体は、スクレから借りてきた資料の一つだ。1000年前の大戦に関する記述が随所にあり、ユナイトが図書館から引き上げていた書籍。わずかながら魔王の〝転生〟についても触れられている。

曰《いわ》く、転生の秘術は魔王の配下によって遥《はる》かなる未来で行使される──。

転生の際は、魂を移す素体として人間の身体《からだ》が必要。術式が実行された時点で素体の意識は上書きされ、自我や精神性はいずれも魔王に呑《の》み込《こ》まれる。

（流水に弱い一面があり、一時的に効果が薄れる可能性もあるが詳細不明……やはり、魔王を祓《はら》うとなればメアの〝力〟を取り戻す必要がありそうだ）

「──それで！　今日はどうしましょうか、カルムさん？」

と。

食欲が満たされてすっかり笑顔を取り戻した精霊・メアが、いそいそとベレー帽を被《かぶ》り直しながら改めて瑠璃色の瞳をカルムへ向けた。

「ふむ……」

ぱたん、と本を閉じてから、カルムは静かに首を捻《ひね》る。

「どう、というのは？」

「チームメイトさんのことです！」

一段と気合いが入った様子のメアが、白ワンピースの胸元で両手をぎゅっと握る。

「裏ダン──じゃなくて、えっと、例のダンジョンを攻略するためには、他の冒険者さんとチームを作らなくてはいけません。昨日のスカウトは失敗してしまいましたけど、メンバー候補はまだまだ残っているはずですっ！」

「……？」

「もしくは、アンさんのところへ行ってみるという手も……！　クロシェットさんに悪口を言っていた怖い方でなければ、わたくしは大賛成です！」

「……ふむ」

次々に提案を繰り出してくれるメアと、それに奇妙な視線を返すカルム。……が、言われてみればそうか。まだ方針を説明していなかった。

「メア」

故に、カルムは口を開いた。

「新たなメンバーの選定は必要ない」

「がーん!!」

瑠璃色の瞳を真ん丸に見開いて派手なリアクションを取るメア。彼女はカルムの服の裾を懸命に引きながら、訴えかけるように続ける。

「何でですか、どうしてですかカルムさん!?　も、もしかして、やっぱりわたくしと一緒にダンジョンへ潜るのなんかお断りだと――」

「いいや、違う。……メンバーを選定する必要がない、と言ったんだ」

スカウトしないとは言っていない。

……何故《なぜ》なら、だ。

「僕が最初の仲間に誘う相手は、クロシェット・エタンセルだと決めているのでな」

「！　で、でも、カルムさん……昨日、こっぴどく振られてしまいましたよね？」

「ああ。……だが、それが何だ？」

カルムの指先がかちゃりと小気味よく眼鏡《めがね》を鳴らす。

「いいか、メア――クロシェットは昨日、冒険者ギルドの待合室にいた。あそこは主に冒険者チームの勧誘や売り込みが行われる場所だ。そして〝クビになった〟という発言から考えて、彼女が新たなチームを求めていることは想像に難《かた》くない」

「……！」

「つまり完全に利害が一致している。……故に、退《ひ》く理由がないだろう？」

「わ、わ……」

理屈の上では完璧なロジック――。

家族、特に妹から散々〝デリカシーがない〟と称されてきたカルムの断言に、1000年ぶりに目覚めた大精霊であるところのメアはしばしぽかんと口を開けていた。けれどやがて、彼女は瑠璃色の瞳をキラキラと輝かせる。

そうして刹那。

「――惚《ほ》れ直しました、カルムさんっ！」

ぎゅっとカルムの腰に抱き着くメア。

「若干のストーカー気質《きしつ》と執念深さは感じますが、それもまたカルムさんの魅力！　一緒に、クロシェットさんを攻略《オトす》する完璧な計画を考えましょうっ！」

「ああ。……む？」

少しニュアンスが違うような気もしたが。

どちらにしても、人員不足のカルム隊にとって非常に重要な計画が始動した――。

＃2

◆作戦①〝差し入れは正義〟――開始◆

中央国家ミリューは冒険者に対して手厚い待遇を約束している。

そこにはリシェス姫の尽力という大きな要因もあるわけだが、昨日壊れたばかりの訓練施設が既に修復されている辺り、単なる口約束ではないのだと実感できる。

「ふむ……」

少し離れた高台から当の施設を見遣《みや》るのはカルム・リーヴルだ。

カルムはミリュー王立図書館の常連である。中でも日差しの恩恵を受けられる二階の窓際を気に入っており、故にこそ、そこから見下ろせる訓練施設にクロシェットが通い詰めていることを知っていた。毎日決まって四時間以上、その倍に迫る勢いで籠《こ》もり続けている日もざらにある。並みの冒険者では考えられない修練量だ。

そして今日も、クロシェットは当然のように【炎魔法】の鍛錬に明け暮れていた。

（本当なら図書館内で待機していたいところだったが……）

溜《た》め息《いき》を一つ。……実を言えば、カルムは昨日の爆発事故の要因に何となく思い当たる節があった。それを考えると、ここで顔を出すのはあまり良くない。

よって、カルムがそこへ足を運んだのは、クロシェットの炎が消えてからだった。

「ふう……」

訓練施設の防壁に杖《つえ》を立て掛け、うーんと伸びをする少女。

英雄の贔屓目《ひいきめ》で見てしまうからかもしれないが、微《かす》かに汗ばんだその様は一段と凛々《りり》しく魅力的だ。技能の影響がまだ残っているのか、ツーサイドアップの毛先は鮮やかな〝紅蓮《ぐれん》〟に染まっている。その表情から感じ取れるのは昨日の暴走に対する反省と、失敗を受け止めてなお進む強さに他ならない。

「──精が出るな、クロシェット」

そんな彼女に声を掛けた。

「差し入れを持ってきた。冷えたミルクと粒餡《つぶあん》のパンだ、どちらも美味《うま》いと評判らしい」

「へ？　あ、ありが──……って、あなた、昨日の」

「遠慮する必要はない。それはそうと、僕の仲間にならないか？」

「………」

紅炎色の瞳をじとっと眇《すが》めるクロシェット。

訓練の影響かわずかに顔を火照《ほて》らせた彼女は、カルムの手からミルクとパンを奪い取ると数秒でそれらを平らげ、ミルクの容器をぐいっと押し返してきた。

「ごちそうさま。……美味《おい》しかったわ。でも、それだけだから！　こ、この覗《のぞ》き魔っ！」

◆作戦①──失敗（要因：覗き行為に対する反感）◆

◆作戦②〝運命の相手がやってくる〟──開始◆

ミリュー王都、往来──。

大通りは多くの住民や観光客で賑《にぎ》わっているが、細い路地に入れば人通りは格段に緩やかだ。絨毯《じゅうたん》に商品を並べただけの露店や子供の秘密基地も随所に見受けられる。

そんな場所で、クロシェットは奇妙な占い師に捕まっていた。

「んむぅ？　……はっ！　わたくし、大変な天啓を授かってしまいました!!」

濃い緑色の装束に身を包み、ベレー帽の上からさらに宗匠帽《そうしょうぼう》（どこぞの易者が被《かぶ》っている平たい帽子だ）を乗せて格安の水晶玉を覗き込む精霊・メア。

彼女はカルムが用意した台本にちらちらと視線を落としながら、目の前のクロシェットに熱弁を振るう。

「クロシェットさ──じゃなくて、通りすがりの見知らぬお姉さんに朗報です！　次に向こうの角から歩いてくる眼鏡《めがね》のお兄さんと冒険者チームを組むと、効果ばつぐん！　せんきゃくばんらいでごりむちゅうですっ！」

「……あたし、急いでるの。ごめんね？」

「みぅっ!? そ、そんな……じゃあ、少しだけ！ 見ていくだけでいいので！」

「ん……まあ、いいけど。何が起こるかは分かってるようなものだし」

メアにせがまれて嘆息を零《こぼ》すクロシェット。呆《あき》れたような発言の割にメアと視線を合わせるためしゃがんでくれている辺り、心優しい性格が滲《にじ》み出《で》ている。

どうせ、ここで眼鏡《カルム》が現れて〝チーム勧誘〟の流れになるのだろう——と。

そんなクロシェットの順当な想像を、しかしカルムは裏切った。一分、二分、三分経《た》っても出ていかない。

（そろそろ焦《じ》れてきた頃合い……か？）

かちゃりと眼鏡《めがね》に指を遣《や》り、慎重にタイミングを窺《うかが》うカルム。……が、しかし。

「むぅ～！ まだですか、カルムさん！」

先に焦れたのはクロシェットではなくメアの方だった。占い師の格好に身を包んだ彼女が小走りにカルムの潜む物陰まで駆けてきて、早々に種《タネ》を明かしてしまう。

「遅いです、遅すぎます！ どうしちゃったんですか!?」

「待てメア、僕にも考えがある。先ほど読んだ指南書『異性の気持ちを知るには』によれば、女性と交友を深めるためにはあえて焦らすという方法が効果的だと——」

「要《い》らないですから！ ぜったい逆効果ですから～っ！」

ぷくぅと頬《ほお》を膨らませるメア。

「……全く、もう」

彼女の言う通り、その日のクロシェットはまるで話を聞いてくれなかった。

◆作戦②――失敗（要因：恋愛指南本の不条理）◆

◆作戦③〝下心なしの荷物持ち〟――開始◆

毎日のように図書館裏の訓練施設に籠《こ》もっているクロシェットだが、数日に一度、比較的早めに修練を切り上げる日がある。

カルムの推測によれば……もとい【追憶《リマインド》】で照合してみた結果、それは決まって市場の特売日。つまり、彼女は訓練の帰りに買い出しをしていると思われる。

『――荷物持ちを申し出ればいいんです、カルムさん！』

この作戦の発案者はメアだった。

『わたくしは賢い大精霊なので、思い付いてしまいました！　なんと！　この方法ならクロシェットさんのお家《うち》を突き止めることができるのです……！　ばばーん！』

無邪気にして満面の笑み。……あるいは、その発案《アイデア》はカルムが読んでいた例の恋愛指南本から得られたものかもしれないが。

（まあ……有効な作戦か否《いな》かは、実際にやってみなければ分からないだろう）

一つ頷《うなず》いて、買い物中のクロシェットに歩を向ける。

「えっと……これと、それと……」

「持つぞ、クロシェット」

「へぁ!? ………って」

今度は最初からジト目が飛んできた。

「で、出たわね」

「? 荷物持ちを買って出るだけだ、何か問題があるか?」

「問題は――……ないけど。怪しいっていうか、胡散臭《うさんくさ》いっていうか……」

疑念に満ちた紅炎色の瞳がじっとカルムの顔を見つめる。

クロシェットはその後もしばし悩んでいたようだったが、やがて自身の両手が荷物で塞がっていることを思い出したのだろう。不承不承、といった様子で何度か頷《うなず》く。

「まあでも、疑ってばっかりっていうのもね」

言って、一番小さい手荷物を遠慮がちに渡してくるクロシェット。わずかに照れたような上目遣いで彼女は続ける。

「最初は『もしかしてあたしの家を特定して襲ってくるつもりなのかも』とか思っちゃったけど、さすがに失礼だったみたい。ごめんなさ――」

「………」

「……、荷物返して」

「待てクロシェット、誤解だ。僕に君を襲うつもりはない。信じてくれ」

「う……じゃ、じゃあ何よ。何するつもりだったっていうの？」

「チーム勧誘の手紙を大量に送り付けるつもりだった」

「い・ら・な・い！　迷惑に決まってるでしょ、変態ばかあほストーカーっ！」

せっかく託された荷物は、あっという間に奪い返されてしまった。

◆作戦③――失敗（要因：手紙の受け取り拒否）◆

――こうして、クロシェットの勧誘作戦は怒涛《どとう》の失敗を重ねていった。

第四の作戦〝白馬車《ハクバシャ》の貴公子〟は馬車の乗車代が高すぎて断念し、第五の作戦〝迷子のメア〟は迷子役のメアが本当に道を忘れたため中断。さらに第六の作戦〝探索図《マップ》売りの少年〟は、カルムの変装に難がありクロシェットに道を変えられた。

けれど、

（ふむ……次はどのような作戦が良いだろうか）

カルムの短所はデリカシーがない点であり、長所はすこぶる前向きな点である。

故に、五度や六度の失敗で何かを諦めるなど絶対に有り得なかった。

◆作戦⑦〝不意打ちの一撃〟――開始◆

中央国家ミリュー王都は十万以上の民を抱える大都市だ。

秘宝を元に発展してきた街並みには灯《あか》りも多く、上下水道は整備され、冒険者上がりの警邏《けいら》隊が定期的に巡回しているため犯罪率も――それほど――高くはない。大陸全土を見渡しても最大限に文明の進歩した都市、それがここだ。

そんな王都の片隅に。

（……カルムさん、カルムさん！）

こそこそと喋《しゃべ》る茂みがあった。

いくらミリューが栄えているとはいえ、いまだ茂みは喋らない。つまりこれは心霊現象か、そうでなければ茂みに扮《ふん》した人間、あるいは精霊だ。

（なんだ、メア？）

真面目《まじめ》な顔で返事をするのは、同じく茂みに潜んだカルム・リーヴル。

頭にゴム製の紐《ひも》を巻き、なるべくボリュームたっぷりに葉の付いた枝を何本も重ねて差している。小さな森を帽子代わりにしているようなものだ。これで茂みに伏せれば、いかなる洞察力を以《も》ってしてもカルムの姿など捉えられまい。

その証拠に、隣のメアはいたく感心した面持ちでカルムの横顔を見つめている。

（凄《すご》い発明ですね、これ！　わたくし、植物に生まれ変わった気分です。このまま何年も何十年も、人間さんたちの営みを眺めていられそうですっ！）

（この辺りの茂みは週に一度剪定《せんてい》されるが……いや、無粋なことか。形を変えながら力強く生き延びるのが植物だ）

（わ……！　深いです、カルムさん！　まるで海！）

潜伏が楽しいのか、いつも以上にノリノリではしゃぐメア。

とはいえ、カルムたちの目的は樹木として新たな生を受けることではない。

（――もうすぐだ、メア）

かちゃりと眼鏡《めがね》を押し上げながら、カルムは静かに息を吐き出した。

（クロシェットは毎日、この時間に図書館裏の訓練施設へ向かっている。その直前に〝不意〟を突く――もし道端の茂みから突然人が現れ、一緒にチームを組んでくれと熱弁されたらどうだ？　茂みが立って喋るなど想像の埒外《らちがい》に違いない。ならば、クロシェットと言えども驚嘆して頷《うなず》いてしまうに決ま――……）

「――ねえ」

と。

カルムの頭に差さっていた枝が一本抜き取られたのは、その瞬間のことだった。

「んむぅ？　……って、わわわっ！　ば、バレちゃってますっ！」

慌てた声を上げるメア。それに促されて顔を上げてみれば、軽く手を伸ばすだけで届くくらいの至近距離に、不審そうな目をした夕陽色《オレンジ》の髪の少女――クロシェット・エタンセルが枝を片手に立っているのが見て取れた。

「な……」

茂みに膝を突いたまま、カルムは露骨に狼狽《うろた》える。

「馬鹿な。かの名作童話『変装魔女パルファン』で竜を欺いたと描かれる擬態だぞ？　クロシェット、君の観察力は一体どうなっている……？」

「……あなたの擬態能力を疑ったらどうなの？」

普通に見えてたんだけど、と呆《あき》れた様子で首を振るクロシェット。……どうやら、上手《うま》く隠れられていなかったようだ。不意を突くことが作戦の根幹であるため、見つかった時点で続行は見込めない。

（つまり、この作戦も失敗か……）

七度目の敗戦を脳内の対戦表に刻みつつ、カルムは微《かす》かに目を眇《すが》める。

……一つ、疑問があった。

出逢《であ》って数日のメアにすらデリカシーのなさを指摘されているカルムだが、致命的な一線を越えるつもりは毛頭ない。クロシェットの表情に一度でも不快な様子が見受けられたらその時点で素直に身を引く用意がある。

が、少なくともカルムの目から見て、彼女は本気で拒絶などしていない。

「……ん……」

紅炎色の瞳に浮かぶのは困惑、もとい逡巡《しゅんじゅん》。最初にギルドで声を掛けた時からほとんど変わっていない。ただし、その心理は未《いま》だに分からないままだ。

故に、思い切って尋ねてみることにする。

「――クロシェット。君は、チームメイトを探していると思っていたのだが？　それすら僕の勘違いなら、この場で〝仲間など要《い》らない〟と言ってくれ」

「……！」

茂みの傍《かたわ》らで立ち上がったカルムが静かに繰り出した質問。

それを受けて小さく下唇を噛《か》んだクロシェットは、ぎゅっと強く右手を握り、それから太陽のような紅炎色の瞳でカルムを見つめて言う。

「そんなのっ……仲間なんて、欲しいに決まってる」

即答、肯定。

「あたしがギルドの待合室にいたの、あなただって知ってるでしょ？　何も勘違いなんかじゃないわ。あたしは、仲間が欲しい。ダンジョンへ挑むために」

「ふむ。ならば、単に僕では不満だということか」

「ちがっ――……、い、いい、～～～～!!」

カルムの発言に食い気味な否定を返しかけたクロシェットだったが、そこで唐突に〝ぼふっ！〟と顔を赤くした。カルムの目と鼻の先で生じた、あからさまな変化。露骨な照れを隠すかのように、クロシェットは両手を頬《ほお》に押し当てる。

——そして、

「ね、ねえあなた、あたしに〝何か〟した……？」


上目遣いに繰り出されたのはどこか切なげな問い掛けだ。

もじもじと擦り合わされる足、やや煽情的《せんじょう》なまでに蕩《とろ》けた表情と声。さすがに耳では捉えられないが、その心音はドキドキと高鳴っていることだろう。そんな彼女は、カルムからわずかに距離を取りつつ精一杯に言葉を継ぐ。

「今日だけじゃないわ。昨日も一昨日《おととい》も、ずっとそう。あなたに声を掛けられる度に、ドキドキするし顔が熱くなるの。もう、ワケわかんない……！」

真っ赤になったクロシェットは、息も絶え絶えの様子でそんな主張を口にした。そうして初めて、カルムに対して明確な〝拒絶〟を突き付ける。

「とにかく！　……絶対に、チームは組まないから。今度あたしの前に顔を出したら『何だかよく分からないけど付き纏《まと》ってくる不審者です』って警邏《けいら》の人に泣きつくわ」

「む……」

「だから、お願い——」

最後はほとんど一方的な、あるいは突き放すような口調になって。

「――あたしのことは、い、い、い、いいから、もうほっといて！」

夕陽色《オレンジ》の髪を翻《ひるがえ》したクロシェットは、一目散にカルムたちの前から去っていった。

◆作戦⑦――失敗（要因：現状不明）◆

＃3

大通りから少し離れた喫茶店――。

案内されたテラス席でメアと共に反省会を行う。

クロシェットの勧誘作戦を開始してから既に数日、結果は見事に七戦七敗。なかなか上手《うま》くいかないものだ。計画自体はどれも絶対に完璧なはずなのだが。

「ふむ……」

「あの、あの！　一つ気になることがあります、カルムさん！」

丸テーブルの対面で激辛ジュース（何故《なぜ》そんなものがあるのかは分からない）を飲んでいたメアが、ダイヤモンドのような髪を陽光に煌《きら》めかせながら顔を上げる。

「今日のクロシェットさん、カルムさんのことを見て真っ赤になっていました。もしかして、脈アリというやつなのではないでしょうか……!?」

「ほう……脈アリか」

「はい！　……あ、といっても、単に〝生存してる《脈がある》〟という意味ではなくて！　カルムさんに恋心を抱いているのでは、というお話です！」

「いや、さすがにそれくらいは分かるが」

何だと思われているのだろう。

が、どちらにしてもメアの推理は微妙なところだ。確かにクロシェットの頬《ほお》は恋する乙女の如《ごと》く朱に染まっていたし、心拍数は上がっていた。ドキドキするという発言もふわふわと上擦った声音も、傍《はた》から見ればそれらしい――ただ、状況から考えて、ストーカーばりの勢いで声を掛け続けてくる男に恋などするだろうか？

……答えは否《いな》だ。

加えてカルムは、そうと断じるに足る根拠をもう一つ持っていた。

（技能を使う度に毛先から〝紅蓮《ぐれん》〟に燃え上がるあの髪、ずば抜けた【炎魔法】適性、心拍数の上昇と技能の〝暴走〟……あの体質には、覚えがある。クロシェットが《烈火の乙女》クラテールの血を引く者なら、あるいは本当に――……）

「――苦戦してるみたいだね、メガネくん？」

と、その時。

不意打ちのように、横合いから声を掛けられた。

「む……？」

わざわざ顔を上げて確認するまでもない。親しみやすいボブカットの金糸、惜しげもなくお腹《なか》や太ももを晒《さら》した最先端のお洒落《しゃれ》ファッション。円形テーブルの一席に座って翡翠《ひすい》の瞳を向けてきたのは〝変装モード〟の王女、スクレである。

「ここ、いいかな？」

「構わないが……しかし、座ってから尋ねられても意味がないだろう」

「えぇ～、なんだよぅメガネくん。こんなに可愛《かわい》い女の子が相席をお願いしてるっていうのに口角の一つも上げてくれないなんて、逆に失礼だぞ？」

「……？　つまり、下心のある目で見ればいいのか？　確かに露出の激しい格好だが」

「ずびし」

カルムがわずかに視線を下げようとした刹那、斜め前に座ったスクレが自前の効果音と共に人差し指を額へ突き付けてきた。

むぅ、と拗《す》ねたような翡翠の瞳が至近距離からカルムを見る。

「気を付けてよね、メガネくん。それ、言うところで言ったら不敬罪だから」

「？　すまない、褒めたつもりだった」

「相変わらずメガネくんはズレてるなぁ……」

言いながらひょいっと体勢を戻し、片手で頬杖《づえ》を突くスクレ。逆サイドのメアに『何飲んでるの？　わたしも同じのに――』と声を掛け、唐辛子を直《じか》に絞った真っ赤なジュースに硬直している。

……が、まあとにもかくにも。

「聞いたよ、メガネくん」

メアのお勧めを躱《かわ》し切って甘いジュースを頼んだスクレが改めて口を開いた。

「アンにゃの――あのアン隊からの誘いを、何の躊躇《ためら》いもなく蹴ったんだって？」

「ほう？　知っていたのか、スクレ」

「そりゃもう」

スクレが呆《あき》れたように肩を竦《すく》める。

「五日前くらいかな？　アンにゃ、珍しくわたしの部屋に遊びに来て、国内最強チームに泥を塗ったメガネくんへの恨みを語ってたんだよ。『あの根暗メガネを殺して私も一緒に死んでやる～！』って、巨大ハンマーをびゅんびゅん振り回してたんだから」

「ひぅっ!?　は、ははは、はんまー！　潰されちゃいますっ！」

「……メア、逃げるぞ。この町は危険だ」

「あはは！　うそうそ、冗談。安心してよ、メガネくん。あの子はそれくらいで拗《す》ねるような器じゃないからさ」

微《かす》かに頬《ほお》を緩め、お得意のウインクをするスクレ。そうして彼女は、改めて身体《からだ》をこちらへ向ける。

「でも気になってたんだ。国内《ミリユー》1位からの勧誘を断るってことは、さすがにアテがあるんでしょ？　教えてくれよぅ、メガネくん。合鍵を渡した仲じゃないか」

「図書館の、だがな。言われてみればイリーガルな関係だ」

これが家の鍵なら確かに仲睦《むつ》まじいのかもしれないが。……とはいえ、別に隠し立てするようなことでもない。それに以前の会話を思い返してみれば、スクレも〝彼女〟のことは知っているはずだ。

「名前はクロシェット・エタンセルという。君の読み通り、今まさに難航中だ」

「あぁ～……そっか、やっぱりそうなんだ」

「……やっぱり？」

スクレの反応はカルムにとって予想外のものだった。

まるでカルムがクロシェットを勧誘したがると知っていて、さらにはそれが上手《うま》くいかないことまで予知していたとでもいうような。

「どういう意味だ、スクレ？」

「お、怒らないでよぅ、メガネくん。ちゃんと説明してあげるから。……あのね？　もう気付いてるかもしれないけど、あの子は――クロシェットは、潜在能力だけなら国内随一の実力者だよ。名門・エタンセル家の中でも何歩か飛び抜けてる。裏ダンジョン《例の場所》を攻略する仲間に選ぶなら、多分これ以上ない人材じゃないかな」

「……ほう、そこまでか」

隣に座るフレンドリーな司書は、ではなく全国民の親愛を一身に受ける王女は、ミリューの冒険者を誰より詳しく知っている。彼女がそう言うなら、評判や冒険者ランキング以上にそれこそが真実なのだろう。

「だが……それがなぜ〝苦戦〟に繋《つな》がる？　弱小チームなどお断り、ということか？」

「そうじゃないよぅ。……ちょっと耳貸して、二人とも」

テーブルの中央で手招きのようなジェスチャーをするスクレ。念のため近くに人がいないかきょろきょろと視線を彷徨《さまよ》わせてから、彼女もずいっと顔を前に出す。

次いで、囁《ささや》くような声が耳朶《じだ》を打った。

「あのね――……」

――スクレの話によれば。

エタンセル家はかつて、英雄クラテールが挙げた圧倒的な武勲によって爵位を与えられた家系なのだという。代々王家の側近として騎士団や護衛軍の中枢を担い、時には王族とチームを組んでダンジョンへ潜ることもあった。

中央国家ミリューは、否《いな》、この大陸の国々はいずれも秘宝と共に発展してきたため、王族がダンジョンへ向かうのも何ら珍しいことではない。

実際、クロシェットの父親であるオードル・エタンセルは、五年ほど前までオルリエール王家の第三王子と共に冒険者チームを組んでいた。怖いもの知らずで才能に溢《あふ》れる第三王子と、選《よ》りすぐりの側近メンバーで作られた精鋭部隊。大物と渡り合って貴重な遺物を手に入れた実績も数多く、王族としては異例の〝2桁下位《100位以内》〟に昇り詰めていた。

ただし。

現在のオルリエール王家には〝第三王子〟の名前などない。……それもそのはずだ。第三王子は、ダンジョンの攻略中に不慮の事故で亡くなった。

その際に唯一生きて戻ったのがエタンセル家の当主、つまりクロシェットの父である。

「みぅっ⁉　ゆ、唯一……そんなに無謀な攻略計画だったのですか？」

「ううん、そんなことないよ。実力も準備も足りてるはずだった」

静かに首を振るスクレ。

そうして彼女はさらに声を潜める――その日、彼らの進軍はあまりにも〝好調〟だったそうだ。だからこそ、偶然にも秘宝に手が届いてしまった。……厳密にはユナイト所属というわけではない彼らだが、リシェス姫の身内ということで裏ダンジョンの存在も危険性も把握している。しかし彼らには実力があり、ツキがあり、勢いがあった。

こうして〝裏〟へ踏み込んだ彼らを待ち受けていたのは出口も情報もなく、即死トラップや謎解きギミックで溢れる過酷なダンジョン。

瞬く間に壊滅状態へと陥ったのはある種当然の流れと言える。

ただしエタンセル家の当主は、側近の意地として、第三王子オーブ・オルリエールだけはどうにか助けようとした。持ち込んでいたのは一度だけ別地点への〝転移〟を可能とする高額の遺物。脱出口のない裏ダンジョンに、一人分の出口を抉《こ》じ開けた。

が――第三王子は、その遺物を以《も》って護衛である彼の方を逃がした。

憧れだったのだ。恩人だったのだ。何度も一緒にダンジョンへ潜り、何度も死地を救ってくれたオードル・エタンセルは、第三王子にとって掛け替えのない存在だった。だからこそ彼は、命を張って自らの恩人を死のダンジョンから帰還させた。

これらを王家に報告したオードルは、その失態を恥じて自ら爵位を返還する。

「……でも、変な噂が立っちゃったんだよね」

それは裏ダンジョンが秘匿されているが故のこと、と言ってもいい。

一連の出来事はリシェス姫により脚色されて公表されたが、表の常識では全く意味が分からないのだ。何せ、秘宝を獲得したならすぐに帰還粉《ミスト》を使って脱出すればいい。本当に誉れある偉業なら、オードルが爵位を剥奪《はくだつ》される理由がない。

やがて世間が彼に与えた忌《い》み名は――〝王子殺し〟。

……つまり、

「本当は第三王子《おにいちゃん》が命を賭けて守りたかった英雄を、事もあろうに〝悪者〟にしちゃったってわけ。ユナイト史上最大の……ううん、全部わたしの大失態なんだよ」

悲しげな表情でボブカットの金糸を揺らすスクレ。

この一件でエタンセル家は貴族から元貴族に変わり、周りから白い目で見られるようになった。……クロシェットが立ち上がったのはその時だ。ダンジョンで武勲を挙げれば爵位を取り戻せる。エタンセル家の汚名を雪《すす》ぐことができる。

「だけど、結果はメガネくんも知っての通り。技能の制御が上手《うま》くいかなくて、もう何度も〝クビ〟を経験してる。他の冒険者たちから見放されてる」

「それは……」

冒険者の評価は常にチ丶ー丶ム丶単位のランキングが基準だ。

単独《ソロ》でもチームとして登録することは可能だが、圧倒的に効率が落ちる。所属チームに見限られる、というのは、想像よりもずっと歯痒《はがゆ》いに違いない。

「だが、ならばなぜ誘いを断る？　それほど僕が気に食わないのだろうか」

「えぇ～？　どうだろ、クロシェットの好みが眼鏡《めがね》男子かどうかは知らないけど……あのさ、メガネくん。〝仲間殺し〟って悪口、多分どこかで聞いたでしょ？」

「む？　……、ああ」

【追憶《リマインド》】の技能を使うまでもない。数日前にギルドでクロシェットに絡んでいた男が、確かに『父親は〝王子殺し〟で娘は〝仲間殺し〟』云々《うんぬん》と言っていたはずだ。

頷《うなず》くカルムに、スクレが小さく溜《た》め息《いき》を吐《つ》いて続ける。

「あれは大袈裟《おおげさ》なんだけど……でも、完全に間違ってはないんだよね。要は巻き込みってこと。毎日あれだけ訓練してても、ダンジョンの中だと実力を発揮できない。技能が制御できない。それで【炎魔法《フレンドリファイア》】を暴発させて、魔物と一緒に仲間を巻き込んじゃう――っていうのがクビの理由。前回は、それで二人の仲間が冒険者を引退してる」

「わ、わ……大変な、ことです」

「そ！　でもね、メアちゃん。もしクロシェットがいなかったら、魔物に襲われた時点で全滅だったんだよ。引退した二人も、死の恐怖がトラウマになっただけ。感謝されこそすれ、クロシェットが責められる謂《いわ》れはないんだよね」

損な役回りって感じ、とスクレ。

カルムも概《おおむ》ね同じ意見だ。それほど危険な状況に追い込まれて帰還粉《ミスト》すら使えなかったなら、おそらくリーダー側の判断ミスだろう。責任を擦《なす》り付けるため、チーム内での体裁を保つためにクロシェットは外された。

（だが……）

「そう！　〝だが〟なんだよぅ、メガネくん！」

カルムの内心を見透かしたように、勢い込んだスクレがさらに顔を近付けてくる。

「ただの八つ当たりなのに、クロシェットは真面目《まじめ》だから考えちゃうんだ。自分がちゃんと技能を使えたら、巻き込まずに済んだかもしれない――……って！」

「！　……真面目すぎるだろう、それは」

「最初はそうじゃなかったかもしれないけど。でも、クロシェットは冒険者チームを五回もクビにされてる。……捨てられる、って怖いんだよ？　だってそれは、誰にも認められないってことだもん。手を取ってもらえない、ってことだもん」

「………………」

仮に、その理由が謂れのない憶測だけなら精神的ダメージは少ないかもしれない。

だがクロシェットが【炎魔法】を制御できないことは残念ながら事実だ。実力が足りないから認められず、やがてチームメイトから突き放される。そんなことが繰り返されれば誰よりも〝自分〟を信じられなくなる。

だから――彼女は、誰かと組むのが怖くなった。

その心の表れが例の〝逡巡《しゅんじゅん》〟だ。ダンジョンに潜りたい、武勲が欲しい、だからこそ仲間が欲しい。けれどまた捨てられるのが怖いから、どうしても中途半端な対応になる。迷いに迷って、ひとまず返事を保留にするしかない。

「……キミなら救えるかな、メガネくん？」

そんな秘密を開示して。

翡翠《ひすい》の瞳が、わずかにアンニュイな色を湛《たた》えてカルムの顔を覗《のぞ》き込《こ》んだ。

「クロシェットも——ついでに、わたしのことも、さ」

＃4

（……妙だな）

スクレと別れた後。

メアと共に図書館の裏手へ移動したカルムは、小さく眉を顰《ひそ》めていた。

理由は単純だ。……クロシェットがいない。普段ならちょうど訓練に精を出している時間のはずだが、訓練施設は空っぽだ。念のため、警邏《けいら》隊に突き出されないよう慎重に辺りを探してみたものの、やはり彼女の姿は見当たらなかった。

「んむぅ？　クロシェットさん、急用か何かでしょうか……？」

「……ふむ」

メアの問いを受け、かちゃりと眼鏡《めがね》に指を触れさせる。

カルムは七年以上ほぼ毎日図書館を利用しており、折に触れて二階の窓から外を見ていた。眼下の訓練施設にクロシェットが来なかった日は、一度もない——などということは当然ない。ただしそれは、サボリを意味するものでもない。

何故《なぜ》なら、彼女は冒険者だ。

そして冒険者とは、偏《ひとえ》にダンジョンの攻略を生業とする人間である。

「急用……か」

嫌な予感がした。


「――はい。クロシェット隊は、少し前に〈落葉《らくよう》の樹林〉へ向かっていますね」

冒険者ギルド中央国家王都支部《ミリユー第1》、受付カウンターにて。

美人の受付嬢が、丁寧な手付きで帳簿を捲《めく》りながらそんな言葉を口にした。

「〈落葉の樹林〉……」

鸚鵡《おうむ》返しに呟《つぶや》くカルム。

受付嬢が読み上げたのは、王都近郊にあるダンジョンの名だ。ギルド通信における難易度推定は〝遺物狙い〟なら3桁下位《1000位以内》、そして〝秘宝狙い〟なら2桁上位《50位以内》。進入制限は特に設けられていないため、駆け出しの冒険者でも挑むことはできる。

ただしそれは、手数で押し勝つ前提の話だ。

一人でダンジョン攻略へ向かうなど、基本的には有り得ない。

「もしや、既に仲間を見つけた……ということか？」

「？　……いいえ」

カルムの独り言に受付嬢が小さく首を横に振る。

「クロシェット隊の登録冒険者は《筆頭炎魔導士》クロシェット・エタンセルただ一人で

す。尤《もつと》も〈落葉《らくよう》の樹林〉には、現在30以上のチームが立ち入っていますが」

「……何だと？」

受付嬢が零《こぼ》したその言葉に、カルムはさらに眉を顰《ひそ》めた。

中央国家王都支部《ミリュー第1》に所属する冒険者チームは1000に迫る勢いだが、必ずしも全てのチームが稼働しているわけではないし、挑むべきダンジョンは無数にある。同じ日に同じダンジョンでそれだけの競合が起こるなど、どう考えても普通ではない。

（何だ……？〈落葉の樹林〉で一体何が起こっている？）

胸騒ぎを重ねながらも受付嬢に礼を言ってその場を去ろうとした、瞬間だった。

「――よォ、ゴミ底辺の《謎解き担当》。まさか、ダンジョンにでも行くつもりかァ？」

ギルドの一角に響き渡ったのは、やや芝居がかった高圧的な声。

（む……？）

振り返ってみれば、そこに立っていたのは見知った冒険者だった。……といっても、何も知り合いの類《たぐい》というわけではない。あの時は〝背景〟に過ぎなかったため朧《おぼろ》げな記憶だが、数日前に待合室でクロシェットに絡んでいた彼らである。

人数は三人。

おそらく、真ん中にいる男——前回も罵声の九割を担っていた——がクロシェットをクビにした隊の関係者、というか〝元リーダー〟なのだろう。

「…………」

灰色がかった黒髪は、短めで威勢よく天を衝《つ》くヘアセット。襟付きの白い軍服を着ており、胸元にはミリューの有力貴族・マニエール家の家紋を模《かたど》った隊章が刻まれている。背中の槍《やり》をこれ見よがしに覗《のぞ》かせているのは、権力の誇示に他ならない。

後ろの二人に関しては……今のところ、わざわざ触れるほどの興味もないが。

ともかく元リーダー氏は、ニヤニヤと笑みを浮かべながら大仰に手を広げてみせた。

「聞いたぜ？　お前、あの疫病神をチームメイトに誘おうとしてるんだってなァ。……アハハハハ、こいつは傑作だ!!」

高らかな笑い声が辺り一帯に響き渡る。

「マニエール家の長男、このモルソー様が懇切丁寧に教えてやるよ。あの女、クロシェット・エタンセルはどうしようもねェ疫病神で、もっと言やァ仲間殺しの凶悪犯だ。才能に胡坐《あぐら》を掻《か》いてろくに修練もしやがらねェ、しまいにゃダンジョンで大暴れ！　このオレの大事な手下《なかま》を引退させやがったクズだッ！　なぁヴァン、コルド!?」

「あの疫病神、生意気ですからねェ！　モルソーの兄貴より弱いくせにィ！」

「ええ本当に。ですが〝無能《ブランク》〟の——もとい《謎解き担当（笑）》の身分では、他に当てがなかったのでは？　モルソー様のように選び放題というわけにはいきません」

モルソーと名乗った男に促されて典型的な太鼓持ちを務める二人。

それを受けて気分よく口角を上げた元リーダー氏が、短い髪を掻《か》き上《あ》げて続ける。

「ま、そいつァ道理だな。ド平民のド無能に上等な選択肢なんざあるわけがねェ。……にしたって、アレを選ぶとはつくづくセンスがねェがな！【知識】みてェな雑魚《ざこ》系統しか持ってないいんじゃ一撃で仕留められちまうかもしれないぜ？」

「………」

「アハハハハ、だんまりかよ！　みっともねェな《謎解き担当》。同じ支部の冒険者として情けなくなってくるから、さっさと炎に巻かれて消えてくれや」

ポン、とカルムの肩に手を置くモルソー。

耳元に顔を近付けて、不愉快な薄笑いと共に彼はカルムを〝下〟に見る。

「お前もアレだろ？　あの疫病神と同じで、ろくに訓練もしてないゴミ。じゃなきゃ技能を制御できないなんて――全く戦えないなんて有り得ねェ」

「そ……そんなことっ！　そんなことは、ありません!!」

と、その時。

精神を逆撫《さかな》でするような声音と発言にとうとう耐え切れなくなったのだろう。ぴょんぴょんと背伸びをしながら口を挟んだのは、カルムではなくメアだった。

「クロシェットさんは毎日、毎日たくさんの訓練をしています！　カルムさんだって、毎日……あ、あれ？　あの、訓練しているところは見たことがないのですが、寝ても覚めても本を読んでっ――……んむぅ？」

そこで彼女が言葉を止めたのは、カルムが手を取ったからに他ならない。反射できゅっと指先に力を込めたメアは、瑠璃色の瞳でカルムを見上げる。

「ど、どうしたんですか、カルムさん？」

「？　どう、というのは？　用も済んだしそろそろ行くぞ、メア」

「わわっ!?　で、でもわたくし、まだお話の途中です！　世紀の大舌戦なのですっ！」

ベレー帽を押さえながら憤慨した仕草でモルソーたちに指を突き付けるメア。

だが、それでも。

「残念ながら僕は急いでいる。……というか、だ」

カルムはその場でしゃがみ込み、メアと同じ位置まで視線を下げる。

実を言えば――カルムはこれまで、一度たりともモルソーたちと目を合わせてはいなかった。たった一瞥《いちべつ》すらもくれていない。もちろん存在は認識しているが、その上で完全無欠に無視しつつ、カルムはメアだけを見て言葉を紡ぐ。

「いきなり『よォ』と気軽《フランク》に挨拶されても、僕は見ず知らずの人間と愛想よく会話ができるほど口達者ではない。君も知っているだろう？」

「は、はい！　カルムさんには、あまり愛想がありません！」

「……そう言われると不名誉だが」

とはいえ反論するほどの根拠はない。甘んじて受け入れる。

「それと——クロシェットが技能を制御できないことは僕も知っているが、何も言い返す必要はない。あれだけの才覚があるならば、比例して習熟に多大な時間が掛かるのは当然の話だからな。……全く、クロシェットには同情してしまう。彼女に才能が不足していれば、ギルドで見知らぬ人間に管を巻く暇もあったというのに」

「ん、な……ッ!?」

メアに話し掛けている風を装って堂々と皮肉をかましたカルムに対し、モルソーの表情が目に見えて強張《こわば》る。

感情に任せて手を出してこなかったのは、無論メアがいるためだろう。幼い子供（実際は精霊だが）の前で暴力沙汰を起こすのは貴族として体裁が悪い。

「——というところまで含めて、全てカルムさんの作戦だったのですか!?　わたくしビックリです、カルムさんがそこまでやってくれるなんて！」

「ふむ……当然だろう、メア？」

キラキラと目を輝かせるメアに向けて、カルムは事もなげに告げる。

「確かに僕は見ず知らずの人間に悪態を吐《つ》かれても気にしないが、たとえば僕の愛する物語を汚されれば憤慨するし、場合によっては抵抗するぞ。それと同じだ」

「んむぅ？　……はっ！　ま、まさか今の、クロシェットさんへの告白ですか!?」

「？　何の話だ、メア。僕はただ――」

「クソ……いつまでも調子に乗るなよ、平民風情《ふぜい》が」

――瞬間。

苦虫を噛《か》み潰《つぶ》したような表情になったモルソーが、ぱっと大きく右手を掲げた。

「オレはマニエール家の長男だッ！　3桁上位《500位以内》チームを率いるリーダーで、役職は《筆頭槍《やり》使い》！　凡人如《ごと》きがタメ口を利ける相手だと思ってんじゃねェ!!」

「ほう？　奇遇だな、僕も長男だ。そして僕が君にタメ口を叩《たた》いたのは、今この瞬間が初めてとなる。怒られる筋合いはなかったはずだが？」

「うるせェ、屁理屈《へりくつ》を――」

「悪いが屁理屈を奪われるとアイデンティティの大部分が消失する。……というより、君たちは一体何がしたいんだ？」

「あァ!?」

「まさか僕とクロシェットがチームを組むのが困る、というわけではないだろう。それではまるで、君が僕たちのことを脅威に思っているかのようだ」

「――……、チッ」

長い沈黙ののち、響いたのは舌打ちの音だった。

「勝手にしろよ、落ちこぼれ。……お前の言う通り、別に邪魔をする気はねェ。疫病神と役立たずが組んだら、さぞ面白い見世物になってくれるだろうからなァ！」

忌々《いまいま》しげな捨《す》て台詞《ぜりふ》。最後にカルムを睨《にら》んだモルソーは乱暴な仕草で踵《きびす》を返し、腰巾着の二人を連れてギルドを出ていこうとする。

「ふむ、そうか……では勝手にさせてもらおう」

そんな彼らの背に向けて、カルムはとある〝質問〟を投げ掛けた。

「クロシェットが〈落葉《らくよう》の樹林〉へ向かったようだ。他にも多数の冒険者チームが件《くだん》のダンジョンに挑んでいると聞く。何か、事情を知らないか？」

「ァん……？」

背中越しに鬱陶しそうな顔を向けてくるモルソー。

だが彼は、カルムの言葉を咀嚼《そしやく》するなり次第に口角を上げていき、やがて腹を抱えて笑い始めた。

「アハハハハ！　笑わせてくれるじゃねェか《謎解き担当》！　こりゃまた傑作だ！」

「……？　冗談を言ったつもりはないが」

「大真面目《まじめ》だから笑ってんだろォが！　……いいか、役立たず？　つい最近国内1位《ミリユー》のアン隊が秘宝を手に入れたのは底辺《ゴミ》でも知ってるな。場所は〝2桁上位《50位以内》〟の進入制限が掛かってる超高難度ダンジョン〈虚《うつ》ろなる大樹〉だ」

「ふむ……知っているが、それがクロシェットとどう絡む？」

「〈虚ろなる大樹〉はとにかく広いんだ。魔物の強さ以前に、歩くだけでも相当な日数が掛かる。だから、絶対帰還を掲げる国内1位《アン》隊《》は、似たような造りを持つ〈落葉の樹林〉で肩慣らしをしてたらしい――ま、本番前の予行演習ってやつか？　その影響で、今の〈落葉の樹林〉は過去最大級に魔物が減ってる」

「！　……そうか、なるほど」

――全てのダンジョンには〝自己修復〟という機能がある。

ダンジョン内の環境を一定に保つための性質であり、そのため冒険者がいくら魔物を倒してもいつの間にか復活してしまう。ただし、そこには〝周期《ラグ》〟がある。国内1位《ミリユー》のアン隊が暴れた直後なら、確かに絶好の攻め時ではあるだろう。

「だが、甘《あめ》ェよ！」

右手で髪を掻《か》き上《あ》げたモルソーが嘲笑交じりの声音で続ける。

「確かに〝秘宝狙い〟の進軍にゃ最適かもしれねェが、仲間もいねェ疫病神にチャンスなんか転がり込んでくるわけねェだろ！　秘宝獲得の難易度はいつだって絶望級……！　本命は〝2桁〟の連中だけで、他はおこぼれの遺物すら手に入るか怪しいモンだ！」

「ほう……」

「あの疫病神、どうしても貴族に戻りたがってたからなァ。藁《わら》にでも縋《すが》りたい気分だったんじゃねェか？　ま、どうせすぐ諦めて逃げ帰ってくるだろうけどな！」

アハハハハ、と再び不快な笑い声を放つモルソー。

（……マズいな）

その対面で、カルムは静かに思考を巡らせる。

クロシェットの目論見《もくろみ》が妥当なのか無謀なのか、カルムには判断が付かない。ただモルソーの口振りから判断するに、きっと有り得ないほどに〝無謀〟寄りなのだろう。秘宝の獲得とはそれだけ達成困難な偉業なのだ。

が、それ以前に。

（探索程度ならば良かったが、本格的に足を踏み入れているなら話は別……か）

――かちゃりと眼鏡《めがね》に指を遣《や》って。

繋《つな》いだままだったメアの手を静かに引いたカルムは、去り際の一言を告げることもなくモルソーたちを追い抜かした。そうして一足先にギルドを後にする。

「は？　……お、おい、逃げんのかよド無能ッ！　おい⁉」

呆気《あっけ》に取られたような声が追い掛けてくるが、既に〝勝手に振る舞う許可〟を得ているため振り返る必要すら感じない。

往来に出たところで、手を繋いだままのメアが不思議そうな顔を向けてきた。

「どうしたんですか、カルムさん……？　あの、その、焦《あせ》っているように見えますが」

「ああ、焦っている。……すこぶる、な」

思い出すのはクロシェットの体質だ。

【炎魔法】系統に対する異常に高い適性と、技能を使う度に毛先から紅蓮《ぐれん》に染まる髪。平地では問題ないが、ダンジョンの中では技能を制御できず暴走させてしまう。そしてカルムと相対《あいたい》する際、彼女は何度となく顔を真っ赤に染めていた。

まだ推測の段階ではあるが――おそらくは、間違いないだろう。

「クロシェットは〝精霊を知覚する〟特異な体質を持っている。長くダンジョンの探索を続けていれば、彼女は意図せず〝裏〟へ迷い込みかねない」

「みぅっ!?　あ、危なすぎます！　何も知らずにあんなところへ行くなんて……っ！」

「その通りだ。危ない、だけで済んだら御の字だろうな」

いくらクロシェットが英雄の血を継ぐ者とはいえ、何の心構えもなく裏ダンジョンに立ち入れば生きては帰れまい。

ただ強ければいい、というわけではないのだ。

たとえば〈天雷《てんらい》の小路《こみち》・裏〉――あれは明らかに小規模のダンジョンだったが、それでも最後に待ち構えていたのは最低推奨ランク〝2桁上位《50位以内》〟の化け物だった。カルムとて例の謎解きギミックを上手《うま》く活用できなければ確実に即死していたことだろう。

「…………」

カルムが微《かす》かに目を眇《すが》めた、その時だった。

「──失礼します、カルム様」

冒険者ギルド前の往来、王都中心を貫く大通りにて。

丁寧な口調で声を掛けてきたのはメイド服姿の侍女だった。……いや。もちろん、平民であるカルムに侍従などいない。落ち着いた紺色のショートヘアを揺らして深々と礼をする彼女は、リシェス姫の側近にして《筆頭疾風剣士》のダフネである。

上品なロングスカートは主《あるじ》の趣味を反映してなかなか可愛《かわい》らしいデザインだが、その内側に大量の短剣《クナイ》が仕込まれていることをカルムは知っている。

ともかく。

「突然すみません。……その様子だと、クロシェット様はやはりダンジョンですか」

「！　……知っていたのか、ダフネ？」

「いえ。ですが、我が姫は〝その可能性が高いだろう〟と」

両手を身体《からだ》の前で揃《そろ》えたまま首を振るダフネ。

そうして彼女は、洗練された足取りで一歩だけこちらへ近付くと、その手に持った荷物をカルムに手渡してきた。

「……？」

渡されたのは背負うタイプの丈夫な鞄《かばん》だ。

意図が分からず中を覗《のぞ》いてみれば、雑多なモノが入っているのが分かる。数本の水筒と球状の帰還粉《ミスト》、さらには食糧《しょくりょう》だろうと思われる大きめの包み。そして表側の半分ほどまで完成している〈落葉《らくよう》の樹林〉の探索図《マップ》。

いずれも、冒険者がダンジョン攻略を行う際の必需品である。

「我が姫に配達を頼まれました」

ダフネが静かに口を開く。

「ご安心ください、中のお弁当は私の手作りです。我が姫も作りたがっていましたが、まさかダンジョン内で食中毒を引き起こすわけには参りません」

「……奇妙な話だな。これでは、まるでダンジョン攻略を強要しているような――」

「いいえ、逆です」

「逆？」

「いくら止めてもどうせあなたは行ってしまうだろうから、最低限の物資だけはお渡ししておこうと。無理やりユナイトに誘った手前、ここで死なれると寝覚めが悪いので」

深い紺色の瞳でカルムを見つめながら、やや冗談めかして言うダフネ。

「…………」

いくら止めてもどうせ行ってしまう——。

ダフネの、否《いな》、元を辿《たど》ればスクレの指摘は正しいのかどうかよく分からない。何故《なぜ》ならカルムは自分でも迷っているからだ。確かに、クロシェットは危険なのかもしれない。このままだと最悪の結末に辿り着いてしまうかもしれない。

だが、しかし。

(僕が行って、何が変わるというんだ……?)

——カルム・リーヴルは落ちこぼれの《謎解き担当》だ。

モルソーの罵声がフラッシュバックする。赤の他人に何を言われても全く気分を害さないカルムだが、それはそれとして【知識】で魔物を倒せないのは紛《まぎ》れもない事実だ。カルムでは雷光コウモリの一匹すら倒せない。

そんな駆け出し以下の冒険者が、単身でダンジョンへ挑むだと?

(……馬鹿げている)

ぎゅっと右手を強く握る。

それは、カルムにとって久方ぶりの感覚だった。フィーユを失って以来なら確実に初めて、もしかしたら生まれて初めて、カルム・リーヴルは〝自らに戦う力がないこと〟を心の底から悔いていた。

もし自分に、ほんの少しでも力があったなら。……それこそアンやダフネの一割程度でも戦闘系の技能が使えたなら、きっと迷うことなく駆け付けられただろう。だがそうでないなら、死体が一つ増えるだけだ。

「カルムさん……」

不安そうにカルムを見上げるメア。そういえば手を繋《つな》いだままだったため、カルムの迷いが指先から伝わってしまったのかもしれない。

そんな中で。

「……？」

対面に立つダフネの方はと言えば、どこか不思議そうな顔をして、紺色のショートヘアと一緒に頭の上のホワイトブリムをわずかに傾《かたむ》けていた。

「何を迷っているのですか、カルム様？」

呆《あき》れや挑発ではなく、純粋な疑問。

当たり前の事実を告げるかのように、いかにも涼しげな声が紡がれる。

「表ならともかく、裏なら《謎解き担当》の主戦場です。クロシェット様や私よりも、何なら国内《ミリユー》1位のアン様よりも、圧倒的にカルム様の領分でしょう」

「……しかし」

「もしかすると〝謎解きギミック以外〟の心配をされているのかもしれませんが、そちらも問題はありません。……何故《なぜ》ならば」

「何故ならば……？」

「あなたはもう、戦う力を持っているのでは？」

「!?」

ダフネに告げられた瞬間――バチッ、と。

カルムの中で、眠たげな雷鳴がされども確かに瞬いた。

♭♭ ――《side：クロシェット》――

王都近郊、〈落葉《らくよう》の樹林〉。

世界に何百とあるダンジョンの中では比較的探索が進んでいる部類。広大な森全体が敷地という扱いになっており、視界が悪く魔物からの奇襲を受けやすいこと、戦果を持ち帰るには長時間の道程を覚悟する必要があること等が主な特徴である。

「ん……」

そんな場所を、クロシェット・エタンセルは一人きりで探索していた。

攻略開始からおよそ二時間。既に何度も魔物と遭遇していて、その度に【炎魔法】系統の技能で蹴散らしている。……と言えば聞こえはいいが、ソロ攻略の利を活《い》かして無理やり全方位を焼き尽くしているだけ、というのが現状だ。

「……は、ぁっ」

頬《ほお》に張り付いた髪を払って、服の袖で汗を拭う。並々ならぬ緊張が原因か、あるいは体力の問題か、とっくに息は上がっていた。

――武勲を挙げたい。

クロシェットが〈落葉の樹林〉に挑んでいるのは、否《いな》、冒険者になったのは唯一それだけが理由だ。秘宝を手に入れて、冒険者ランキングで〝1桁〟に食い込んで、大好きな父親の汚名を返上したい。エタンセル家の爵位を取り戻したい。

だから必死に頑張ってきた。

ダンジョン内で【炎魔法】を暴発させてしまってからは、訓練の量を倍に増やした。毎日毎日技能を磨いて、やがて訓練施設の利用量は支部内でトップクラスになって、なのに何度も何度もチームをクビになった。

技能は、ちっとも上手《うま》くならなかった。

「【炎魔法】系統技能・第一次解放――【火炎弾《カエンダン》】!!」

今もまた、球状の炎はクロシェットの意図を外れてあらぬ方向へ飛んでいく。

「っ……」

平地なら、訓練施設の中でなら思った通りに操れるのに。

緊張のせいだろうか？　トラウマだろうか？　こうしてダンジョンに足を踏み入れると

途端に手元が狂い、簡単な技能すら制御できなくなってしまう。

(やっぱり、これじゃ〝仲間〟なんて……!)

ぎゅっと心臓を締め付けられるような感覚に襲われる。

秘宝を手に入れたいなら、冒険者として最大級の武勲を挙げたいなら〝チーム〟を組むのは絶対条件だ。単独でダンジョンに潜るメリットはない。それくらいはクロシェットも理解していて、だから何度クビになっても新しいチームを探してきた。

だけど最近は、自分から声を掛ける努力をしていない。

それどころか珍しくチームに誘ってくれている冒険者を遠ざけて、逃げている。

(……怖いんだ、あたし)

微《かす》かに下唇を噛《か》むクロシェット。

カルム・リーヴル——確か、リシェス様にそんな名前で呼ばれていた冒険者。彼がどんな人間なのかは知らないが、特級ダンジョンの攻略という信じられない情報を聞いた。少なくとも、相当な実力を持っていることは間違いないだろう。

クロシェットの立場からすれば、そんな人から誘ってもらえるのは僥倖《ぎょうこう》だ。本当なら二つ返事で飛びつきたい。

……だけど、もしまた失敗してしまったら?

……巻き込んでしまったら? 見限られてしまったら?

何度も仲間から捨てられてきたクロシェットの中には、強い〝恐怖〟の感情が生まれていた。五回もクビになったからといって、孤独と絶望に慣れるわけではない。むしろその痛みは、回を増すごとにより強くなっている。

差し伸べられた手を取れなくなってしまうほどに。

「って！　……も、もう。そんなの、いま考えることじゃなかったわ」

いつの間にか暗くなっていた思考を切り替えるように、ぶんぶんと長い髪を振る。少なくとも今は一人だ、誰かに気を遣う必要もない。

広く険しい〈落葉《らくよう》の樹林〉――。

現在、中央国家王都支部《ミリユー第1》で最も話題になっているダンジョンだ。アン隊が先行しているおかげで、確かに魔物の数は普段より大幅に減っている。代わりに〝争奪戦〟の様相を呈しているけれど、今が攻め時だというのは間違いない。

（ここで秘宝を手に入れられれば、一人でもやっていけるかも……！）

握った杖《つえ》に力を込めるクロシェット。

――その時、だった。

「へ……？　これ、って……えっと、何かしら？」

クロシェットが見つけたのは、奇妙な紋章だった。

何気なく視線を遣《や》った木の幹に掘られた図形。文字にも見えるが、クロシェットの知るミリュー公用語ではない。発見できた理由は偶然という外ないだろう。

「触れば、いいの？　………えい」

疑問に思いながら触れてみる――と、今度は後ろから明確な〝気配〟を感じた。

別に、光や音が放たれたわけではない。ただ何となく、呼ばれたような感覚。それに従って後方の木を探してみると、そこには最初のそれと似たような紋章があり、指先で触れた瞬間に別の方向へと〝案内〟される。

そんな工程を、七回ほど繰り返した頃だった。

◆〈落葉《らくよう》の樹林・裏〉――攻略開始◆

「……？」

きょろきょろと辺りを見渡すクロシェット。

それもそのはず、先ほどまでと周囲の様子が明らかに違うのだ。どこか別の場所へ連れてこられた、というのが第一感だが、魔物中心のダンジョンという場所でそんなギミックになど出会ったことはない。

「魔物の特性、とか……？　でも、そんなの見たことも聞いたことも――」

首を傾《かし》げながらもクロシェットが一歩を踏み出した、瞬間だった。

「――!?」

『ガルルルルルァア!!』

至近距離で凄《すさ》まじい咆哮《ほうこう》を上げたのは、一体の魔物だ。

最低推奨ランク・3桁下位《1000位以内》――〝竜爪ウルフ〟。

極端に鼻が利き攻撃性も高い狼《おおかみ》の性質と、強靭《きょうじん》な鱗《うろこ》やブレスといった竜の性質を併せ持つ厄介な魔物。〈落葉の樹林〉に生息する種の中では群を抜いて対処が難しい。

……だが、おかしい。

この魔物は、一体どこから現れた？

「い、やっ……」

とにかくまずは距離を取る。考察は生き延びてからでも遅くない。

が――しかし刹那、更なる絶望がクロシェットを襲った。端的に言えば、竜爪ウルフが増えるのだ。逃げる度に、足を進める度に湯水のごとく辺りから湧き出してくる。単体で3桁下位《1000位以内》の冒険者チームを相手取れる魔物が、群れになって追ってくる。

そして、挙句の果てには。

「きゃっ――!?」

足元の地面を突き破って伸びた謎の蔦《つた》がクロシェットの身体《からだ》を絡め捕り、罪人の如《ごと》く縛り上げた。バタバタと足を動かしても届かない高さ。眼下には十体以上の竜爪ウルフが集い、クロシェットを狩るべく謎の蔦《つた》に攻撃を加えている。

（わ、罠《わな》まであるの……⁉）

これまで築いてきた常識がボロボロに崩されていく思いだ。正体不明のギミック、即死級の罠。ここは、クロシェットの知っている〝ダンジョン〟では既にない。

「っ……」

泣きそうになって、でもそれだけは嫌で、ぎゅっと強く目を瞑《つぶ》る。

抵抗の意思は早くも枯れかけていた――何しろ、クロシェットにはこの状況を打破する術《すべ》がない。それは、偏《ひとえ》に仲間がいないからだ。もう何度も捨てられたから、誰の手も取れなくなってしまったから、こんな時に縋《すが》る相手などいない。

……いや。

一人だけ、思い付いた。

チームメイトではないが、昨日も一昨日《おととい》もその前もクロシェットのことを勧誘してきた冒険者。綺麗《きれい》な髪の女の子を連れた、眼鏡《めがね》の彼。何故《なぜ》か会う度に胸がドキドキして、まともに顔を見ることができない男の人――カルム・リーヴル。

けれど、

（来てくれるわけ、ない……だって、たくさん悪口を言っちゃったもの）

きっぱりと拒絶した。もうほっといて、と乱暴に突き放した。

だからここで援軍を願うのは自分勝手だ。自分勝手、だが……一人ぼっちのクロシェットには、他に名前を呼べる存在なんていないから。

「助けて……」

故に、自分勝手だと分かっていても。

涙の滲《にじ》む目をぎゅっと瞑ったクロシェットの口からは、そんな言葉が零《こぼ》れていた。

「助けて、メガネの人――……っ」

「――僕の名前は〝メガネの人〟ではないのだが？」

瞬間。

「……はぇ？」

知覚するのも難しいほどの超高速で担ぎ上げられ、謎の蔦と魔物の群れがぐんぐん後ろへ離れていくのを見て取ったクロシェットは、ぽかんと口を半開きにしていた。

が、それも無理はないだろう。

何故なら、彼女を救ったのは見慣れた眼鏡の冒険者……などではない。

半身に眩《まばゆ》い稲妻を従え、光の速さでダンジョンを駆ける――。

「あ……」

――お伽噺の英雄、そのものだったのだから。

う～ん、可愛い！　お洒落！　女子力高い！　幸せになってほしい女の子ランキング第１位！

スクレ

私情が入り過ぎでは、我が姫？　……まあ確かに、カルム様がぐらつくのも無理はないですが。

ダフネ

クロシェット エタンセル

Crochet Etancel

olving Her
pirit
ination

え、そうなの!?　美人司書の私には全くなびいてくれないのに…… !?

スクレ

ご愁傷様です、我が姫。

ダフネ

第四章　勇者としての第一歩

#1

——深い森の中にある、少し開けた区画で足を止める。

気分はなかなかに爽快だった。背中にメア（と大きなリュック）を担ぎ、腕にはぽかんと硬直したクロシェットを抱えているにも関わらず、重さも窮屈さも全く感じることなく密林の合間を駆けてきた。まさしく風にでもなったような感覚だ。

「ふむ……」

後ろを見れば、無数の竜爪ウルフは姿を消している。

クロシェットを蔦《つた》から下ろした後も増えたり減ったりしていたため何かしらルールがありそうだが、ひとまずは安全地帯に入ったと考えてよさそうだ。

「降りていいぞ、メア。……酔わなかったか？」

「はい、カルムさん！　とっっっても、楽しかったです！」

しゅたっとカルムの背から飛び降りて。

身体《からだ》と同じくらい大きなリュックを背負ったメアは、カルムの眼前に回り込むや否《いな》やキラキラの眼差《まなざ》しを向けてきた。木漏れ日に照らされ、足首まで届きそうな超長髪がダイヤモンドのように複雑な煌《きら》めきを見せる。

「凄《すご》かったです！　まさにしっぷうじんらい、でんこうせっか！　ずばびゅん、です！」

「そうだな。僕自身も、ここまで速いとは思わなかった」

メアと感動を共有する。

疾風迅雷も電光石火も冒険小説ではお馴染《なじ》みの表現だが、まさか自分がそれを為《な》し得《え》る瞬間が来るとは夢にも思わなかった。不思議なこともあるものだ。

「な、な……な」

——と、その時。

スクレには出来なかったお姫様抱っこを代わりに（？）されていたクロシェットが、ようやく我に返ったのか小さく身体《からだ》を震わせ始めた。呆然《ぼうぜん》と見開かれる紅炎色の瞳。カルムの腕に抱かれたまま、彼女は指先を当のカルムへ突き付ける。

「何なのよ、その姿……!?」

放たれたのは端的な疑問だ。

が、それもそのはず。普段はお洒落《しゃれ》になどまるで興味がなく妹が送ってきた服を順番に着ているだけのカルムだが、今の格好は〝イケている〟と言わざるを得ない。

何となれば、もはや生身の人間ではないのだ。

左半身全体を覆うようにバチバチと〝雷〟が這《は》い回《まわ》り、カルムの仕草に合わせて煌びやかな光の跡を残している。髪が逆立っているのは無論のこと、眼鏡《めがね》のレンズさえも左半分が変形し異様な風体を為《な》している。

『【精霊同化・落雷】……』

カルムの〝中〟でふわふわとした声が紡がれた。

『説明《きゆきゆ》。【落雷】属性のティフォンが、心の通じ合ったご主人様《マスター》と溶け合わさって一つになった状態……それが【精霊同化・落雷《これ》】。今の世界には初披露かも、かも？』

「とのことらしい」

カルムが説明を引き継ぐ。

「今の僕は【落雷】の精霊・ティフォンと同化している。この〝同化〟とは、文字通り人間と精霊が一つになる状態を指すようだ。ティフォンと一体化することで〝力〟の一端を借りることができる、という寸法なのだろう」

「ま、待って！　……ねえ、あなた。前提を省略しすぎじゃないかしら？」

カルムの腕に抱かれた少女が、やや不服そうに頰《ほお》を膨らませる。

「精霊って……同化って、さっきから何を言ってるの？」

「……なるほど、確かに」

言われて不備に思い当たり、小さく首を横に振るカルム。クロシェットを下ろし、ついでにティフォンとの同化も解いてから、かくかくしかじかで前提を共有する。

曰《いわ》く――ここは〝裏ダンジョン〟であること。

冒険者たちが知る〝表〟のダンジョンとは全く違う、ダンジョンの真の姿であること。

かつてこの世界にいた精霊たちが、ダンジョンの管理者として宿っていること。

管理精霊の持つ能力が謎解きギミックとして顕現すること。

完全攻略するまで決して脱出することができず、現れる魔物も表に比べて段違いに強いが、全てのギミックを突破して最深部まで到達すれば精霊との〝契約〟が叶《かな》い、彼女たちの力を借りられるようになること。


（……ダフネが言っていたのは、このことだったわけだ）

契約を交わした人間と精霊のみが行使できる〝同化〟の力。

〈天雷《てんらい》の小路《こみち》・裏〉を攻略したカルムは、その時点で戦う力を手にしていたことになる。

「ちなみに、クロシェットさん！」

大きなリュックを背負ったまま、メアがアピールするように両手を上げる。

「わたくしは、そんな精霊たちの中でも最強格の特級精霊なのです！　どうですか!?」

「ど、どうって……えっと。……偉いのね？」

「えっへん！　クロシェットさんは見る目がありますっ！」

恐る恐るといった仕草で撫《な》でられて、もとい撫でさせて、得意げにぺったんこの胸を張るメア。……ティフォンと違って、メアの力はまだ使えないのだが。

ともかく、裏ダンジョンの危険性と特異性はクロシェットにも確かに伝わった。

——だからこそ。

「じゃあ、何で来たの……？」

声を震わせるクロシェットが繰り出したのは、ごく当たり前の問い掛けだ。

「助けてくれたのはもちろん感謝してる。でも……出口がないなら、このまま進むしかないってことじゃない。絶望的な状況には変わりないわ」

夕陽色《オレンジ》のツーサイドアップが小さく揺れる。

俯《うつむ》き気味にカルムを見つめるのは、困惑と疑問がブレンドされた紅炎色の瞳だ。

「それに……次に顔を見せたら警邏《けいら》隊に突き出す、って言ったのに」

「みぅっ!?　そ、そうでした！　カルムさんが捕まってしまいます……っ！」

「困ったものだな、獄中ではまともに本も読めない。……だが、クロシェットに死なれればチームメンバー候補がいなくなる。いずれも僕にとっては大問題だ」

「！　……やっぱり、まだ諦めてなかったのね」

それを受けてクロシェットが浮かべたのは、どこか自嘲気味な笑みだった。

今までの流れならここで『ばかあほまぬけー！』等と叫ばれ、対戦表に幾度目かの黒星を刻んでいた頃だろう。もはやお馴染《なじ》みの曖昧な拒絶だ。

しかしカルムの熱意を汲《く》んでくれたのか、あるいはここが逃げ場のない裏ダンジョンだからか、クロシェットは初めて〝仲間になれない理由〟を口にする。

「あたしだけは止《や》めた方がいいわ。確かに【炎魔法】の適性は平均より少し高いかもしれないけど、まともな戦力にはなれないもの。……知らないの？　ミリュー支部の冒険者からは、仲間殺しの疫病神って――」

「ああ、その辺りは背景まで含めてよく知っている。何故《なぜ》なら僕は、スクレ……もといリシェス姫とずぶずぶの関係だからな」

「ずぶっ⁉　……ふ、ふぅん、そうなの。ずぶずぶ…………、えっち」

「？　一応言っておくが、ずぶずぶとは主に〝癒着関係〟を表す比喩だ。何か別の擬音を連想したのであれば、それは君自身の発想に他なら――」

「べ、べべべ、別に連想なんかしてないからっ！　へんたいめがね!!」

みるみるうちに顔を赤らめ、全力でカルムを詰《なじ》るクロシェット。はぁはぁと息を切らせていた彼女は、やがて『まあ知ってるなら話は早いわ』と嘆息交じりに首を振る。

そして。

「……本当は、ね」

長い睫毛《まつげ》が切なげに伏せられた。

「本当のことを言うと、うれしかったの。疫病神《あたし》を誘ってくれる人なんてもういないと思ってたから、あなたが声を掛けてくれて嬉《うれ》しかった。本当なら、今すぐあなたの手を取りたい……あなたの〝仲間〟になりたい」

「ならば――」

「でも、また捨てられるって分かってるから……っ！」

悲痛な叫びがカルムの耳朶《じだ》を打つ。

「〝疫病神〟がただの悪口なら良かったけど、あたしが【炎魔法】をろくに制御できないのは本当のことだもの。……かつては英雄を輩出したエタンセル家の長女なのに。もしかしたらあたし、ダンジョンに向いてないのかもしれないわ」

「……ふむ」

それを受けてカルムは密《ひそ》かに思考を巡らせる。

心の弱い部分を曝《さら》け出し、自嘲気味の笑みを浮かべているクロシェット。ここで求められているのが〝慰め〟だということくらい、いくらカルムでもさすがに分かる。

しかしカルム・リーヴルは、感情ではなく理屈で動く男だった。

「それについてだが、僕なりに考えてみた」

唐突な発言。

え、と固まるクロシェットを置き去りに、カルムは自らの仮説を滔々《とうとう》と述べる。

「おそらくだが。君は英雄に向いていないどころか、かの《烈火の乙女》クラテールの血を最も濃く継いでいる。技能の発現と同時に〝紅蓮《ぐれん》〟に染まる夕陽色《オレンジ》の髪——それは、クラテールと全く同じ特徴だ。そして『英雄クラテールの伝説』第五巻において、彼女の持つ特殊体質は〝精霊の存在を感じ取る才能〟だと表現されている」

「精霊の、存在を……？」

「ああ。といっても、この場合は〝残滓《ざんし》〟の方だが」

現代の冒険者が操る技能は、いずれも大気中のエネルギーを基《もと》に行使される。このエネルギーは、元を辿《たど》れば魔王によって消滅させられた力の弱い精霊たちだ。すなわち技能とは、同化の力を別の形で模倣しているに過ぎない。

そしてクロシェットの持つ体質とは、言うなれば〝精霊感度〟のようなもの。精霊の力を感じ取り、体内に取り込み、エネルギーに変換する。この回路が飛び抜けて優れているのだ。許容量も変換効率も抜群に高い。

「全ての技能は精霊の残滓を以《も》って振るわれるため、精霊感度が高ければ高いだけ威力も増す。……だが、平地ならばともかくダンジョン内は精霊の支配下だ。残滓の、もとい精霊本来の濃度が高すぎる」

「ぁ……」

「ダンジョン内で技能を制御できない、と言ったな。緊張もあるのだろうが、正しくは違う。クロシェットの精霊感度が高すぎて、ダンジョンに宿る精霊の影響を強く受けすぎてしまうんだ。心拍数が上がっているのがその証拠だろう」

——それがカルムの推測だった。

件《くだん》の英雄譚《たん》にそこまで詳しい記述があったわけではないが、十中八九この考えで正しいだろう。何しろ、本来ならば【知識】で侵入ギミックを解かない限り〝裏〟への入り口は開かない。少なくともカルムはそうしている。

だがクロシェットは、おそらく〝直感〟だけでここへ来た。

「そ、そんなこと、急に言われても……」

対するクロシェットは目を白黒とさせている。カルムの予想通り、英雄クラテールの存在は知っていても冒険譚には触れてきていなかったようだ。

「あたしにだって分からないわ。精霊を感じてる、っていう実感もないし」

「ふむ。……では訊《き》くが、クロシェット」

言って。

クロシェットとの距離を一歩詰めたカルムは、不意に彼女の手を取った。先ほどお姫様抱っこをしていたにも関わらず、改めて華奢《きゃしゃ》な感触に気付かされる。

「!?　な、な……あなた、にゃにして——」

「ドキドキするか？」

「へぁ!? ……な、ななな、なんてこと訊《き》いてんのよあんぽんたんっ!」

カルムの問いに、あるいは行動に、再びかぁっと顔を赤らめるクロシェット。握った手がぶんぶんと振り回される——が、しかしカルムは解《ほど》かない。鮮やかな夕陽色《オレンジ》の髪に目を奪われながら、かちゃりと空いた手を眼鏡《めがね》に遣《や》る。

「何も恋愛感情の有無を尋ねているわけではない。……クロシェット、君は僕と会う度に頬《ほお》を赤く染めていた。心拍数が上がり、最初に出会った際は【炎魔法】を暴発させた。それは僕が精霊を連れているからだ、と考えれば納得できる」

「あ、ぅあ……」

「? どうした、クロシェット。クロシェ——」

「——カルムさん! デリカシーがなさすぎです、もうっ!」

ぼふっと頭から湯気を出してはぐるぐると目を回し始めたクロシェットにカルムが首を捻《ひね》っていると、横合いから突撃してきたメアに繋《つな》いだ手を断ち切られた。メアがぷくぅと頬を膨らませているのを見て、カルムはようやく己の失態に気付く。

「……すまない、悪気はなかった」

両手を上げてクロシェットに謝罪する。

「心拍数が上がる理屈を検証しつつ、君にも実感してもらいたかっただけだ。確かに、無遠慮に触るのは配慮が足りていなかった」

「検証って……何よ、もう」

繋いでいた手を胸元に抱えたクロシェットが不服そうに唇を尖《とが》らせる。……どこか拗《す》ねたような表情だ。紅炎色のジト目が上目遣いにカルムを見る。

「この一週間、もしかしたらこれが初恋なのかもってドキドキしてたあたしが馬鹿みたいじゃない。ほんと、ムカつく……」

「……？　誤解させたなら申し訳ない」

「謝られるのもムカつく！　こういうのは無視してくれていいんだから、ばかっ！」

微《かす》かに頬を染めたまま首を横に振るクロシェット。夕陽色《オレンジ》の髪が揺れるのと同時、柑橘《かんきつ》系《けい》の甘い香りが仄《ほの》かに舞った。

「ん……」

とにもかくにも――自らの胸元や首筋に手を押し当てて心臓の鼓動を確かめていたクロシェットは、やがて自身の持つ体質を実感してくれたようだ。静かに一つ頷《うなず》いて、それから改めて視線を持ち上げる。

「一応、あなたが言っていたことは分かったわ。納得もできたと思う。……でも、それって〝悪い事実〟なんじゃないかしら？　暴走の原因が精霊感度の高さなら、ダンジョンに挑んでる限り一向に改善されないってことじゃない」

悔しそうな表情。

認めたくない事実を目の当《ま》たりにして、クロシェットは震える声で言葉を紡ぐ。

「ならあたしは、どれだけ訓練しても疫病神のまま――」

「いいや、そんなことはない」

「――ふぇっ？」

だがしかし、カルムは平然と首を横に振った。

目の前にいる少女が悲しげな顔をしていると妙に心がざわつく、というのは抜きにしても。一向に改善されない、というのは明確な間違いだ。

「精霊感度の高さは紛《まぎ》れもなく強さの証明だ。強すぎる力を扱えるが故に制御が難しいというだけのこと。『英雄クラテールの伝説』によれば、君と同じ体質を持っていた彼女もまた技能の暴走に悩まされていたという。そしてクラテールが【炎魔法】の技能を完璧にマスターしたのは二十才を超えた頃だった。あの英雄ですら、だ」

「！　……で、でも、そんなの」

「クラテール曰《いわ》く、心拍数の上昇を防ぐ手段はなく、必要なのは〝慣れ〟だけだったそうだ。そして、念のために繰り返すが――僕たちは精霊の宿る裏ダンジョンに挑み続ける予定で、近くには常に精霊がいる。慣れるには最適な環境《チーム》ではないだろうか」

「んむぅ？　……はっ！　さてはカルムさん、いつの間にか第八の勧誘作戦を!?」

目を丸くするメア。

「凄《すご》いです、驚きです！　あっていいところにすら抜け目がありません！　それはさておき、わたくしももちろん協力します！　何故《なぜ》なら大精霊なので！」

『同意《きゆう》。ティフォンも、精霊……クロシェットにドキドキをあげちゃうかも、かも？』

カルムの隣で元気よく手を上げたメアだけでなく、カルムの傍《かたわ》らに顕現してバチバチと静電気を瞬かせたティフォンも追随する。

「…………」

クロシェットの方はと言えば、すぐには答えが出せない様子だった。

無理もない。彼女はそもそも仲間が欲しくて、けれど何度も捨てられてきた経験から一人で戦うと決意して、そこへカルムが空気を読まずに声を掛け続けているような状況なのだ。いくら条件が揃《そろ》っていても、抵抗する理由は大いにある。

……長い長い沈黙。

今回は、さすがにカルムも邪魔をするつもりはない。

(もし断られたら……いや、それでもこのダンジョンだけは同行してもらうしかないが)

無事に王都へ戻ったら、今度こそ諦めなければならないかもしれない。

そんな事実に一抹の寂しさを覚えた、瞬間だった。

「……む？」

疑問の声を零《こぼ》すと共に、パチパチと目を瞬《また》かせるカルム。

それはクロシェットの手が、正確には杖《つえ》を握った拳が、カルムの胸にこつんと当てられていたからだ。胸筋などと呼べる代物《しろもの》ではない、薄い胸板。そんな場所に拳を触れさせたクロシェットは、紅炎色の瞳で真っ直《ます》ぐカルムを見つめている。

──そして。

「分かったわ、手を組みましょう。……まずは、一時的にだけど」

彼女は真摯に言葉を紡ぎ始めた。

「ここでは、どっちにしてもあなたの誘いに乗るしかない。だって断ったら生きて帰れないもの。でも、だから仕方なく仲間になった──なんて思われなくない。そんなの、誘ってくれたあなたに対して失礼だから」

「……？　僕は、さほど気にしないが」

「あたしが気にするの！　……いい？　このダンジョンを無事に切り抜けて、それでもあなたがまだあたしを誘ってくれるなら──その時は、本気で考えるから。逃げないで、ちゃんと勇気を振り絞るから。……だから」

ふわり、と──。

クロシェットの宣言に合わせて、夕陽色《オレンジ》の髪が風に舞った。

「あたしの力を貸してあげる。だから、あなたもあたしに力を貸して？」

「——……そうか、分かった」

カルムの返事が遅れたのは、ほんの一瞬だけ彼女に見惚れたからだ。

烈火の乙女を思わせる気高い振る舞いに、不屈の闘志に魅了されてしまったからだ。

（間近で見ると、こうも眩《まぶ》しく感じるとは……）

不思議な思いが去来する。……が、安堵《あんど》するのはまだあまりにも早かった。今はクロシエットとカルムの間に同盟関係が結ばれただけ。失敗続きだった勧誘作戦がようやく実っただけであり、ダンジョンの攻略はまだ始まってすらいない。

だからこそ。

「では、挑むぞ——」

一気に思考を切り替えるべく、カルムはそんな言葉を口にした。

◆〈落葉《らくよう》の樹林・裏〉——攻略開始◆

#2

本格的な攻略を始める前に、改めて自己紹介の時間を取ることになった。

思えば図書館裏での遭遇もギルドでの接触も、その後の連続スカウトさえも、落ち着いた環境とは言い難《がた》い。裏ダンジョンの中、という非日常極まる今こそが、面と向かってクロシェットと会話ができる初めての機会なのだった。

　メアと契約した経緯についても軽く共有し、現在は同居しているという事実を伝えた瞬間に『うわぁ……』と何とも言えない目付きで見られ。

　会話が一段落したのは、午後二時を少し回った頃合いだった。

「さっそく攻略に掛かりたいところだが……」

「お任せください、カルムさん！　わたくし荷物持ちだって大得意ですっ！」

　ダフネに支給された大きなリュックを下ろし、中から四つ折りにされたダンジョンの地図を取り出すメア。先ほどクロシェットを抱えてしばらく走っていたため、既に裏面の自動書記が始まっている。

　これが〈天雷《てんらい》の小路《こみち》〉なら、もはや隅から隅まで移動したくらいの感覚だが。

「んむぅ？　……ひ、広すぎませんか、こ、このダ、ダンジョ、ン、ン!?」

　メアが瑠璃色の瞳を丸くする。

　それもそのはず、彼女の持つ〈落葉《らくよう》の樹林・裏〉の探索図《マップ》は、まだほんの一部分しか完成していなかった。全体の百分の一程度、といったところだろう。加えて順路という概念がなく、複雑に入り組んだ森林――確かに、なかなか厄介だ。

「っていうか……そもそも、何を目指せばいいのか分からないわよね」

両手を膝に乗せるようにして屈《かが》み込《こ》み、夕陽色《オレンジ》の髪を揺らしてメアの手元を覗《のぞ》き込《こ》んだクロシェットが怪訝《けげん》な声で呟《つぶや》く。

「ここが表ダンジョンなら目的は遺物、そうじゃなかったら秘宝に決まってる。どっちも他の冒険者が残してくれた情報を基に探索するのが王道よ」

『るーるー♪　うんうん、それでそれで〜？』

「じゃあ裏ダンジョンでは――……って」

ぱちくりと目を瞬《まばた》かせるクロシェット。

彼女は隣のメアを見て、対面のカルムを見て、それから不思議そうに首を傾《かし》げる。

「ねえカルム。あなたって、メアとティフォン以外にも精霊を連れてるの？」

「？　いや、これまでに契約を交わしたのは二人だけだが」

「ほ、ほんと？　じゃあ、今の声……なに？」

クロシェットが不安げな声を零《こぼ》した、瞬間。

「「――！」」

ざざあっ、と、森の木々全体が一斉に揺らめいた。突風が吹いたのともまた違う、喩《たと》えるなら主《あるじ》に対して傅《かしず》くような所作。同時に後方から感じたのは涼しげな気配だ。振り向いてみれば、そこには一体の精霊がいた。

同じ目線の高さではなく、座っているのは太い木の枝の上。

最初の印象としては、どこか色気を感じさせる上品で優雅な緑の猫……だろうか。しなやかな身体《からだ》、美人を表す代名詞に使えそうなほど整った顔立ち。頭には色とりどりの花飾りが乗っていたり、伸縮性の高い蔓《つる》で構成された尻尾《しっぽ》がくるくると渦を巻いていたり、いわゆる樹木の精霊《ドリアード》という感もある。

仮に身体が半透明になっていなくとも、現実離れした雰囲気は感じられただろう。

「精霊……」

隣のクロシェットがぽつりと呟《つぶや》く。

「ほんとに、いたんだ………っていうか」

紅炎色の瞳で可愛《かわい》らしい精霊の姿を見つめて、次いで〝うず〟とばかりに足を踏み出そうとして、それから夕陽色《オレンジ》の髪をぶんぶんと振って自制したりして。最後にクロシェットは、そんな仕草を余すことなく眺めていたカルムをムッと見る。

「……な、なによ、カルム。言いたいことでもあるのかしら？」

「いいや？　だがクロシェット、君は感情が顔に出るタイプだな。今もあの猫を撫《な》でたいという気持ちがありありと――」

「う・る・さ・い！」

べし、とクロシェットの杖《つえ》が（控えめな威力で）カルムの背中を叩《たた》く。

『うふふ、仲がいいのね。るーるー♪』

うずうず……

そんなやり取りを見て、木の上の精霊は嬉《うれ》しそうに尻尾《しっぽ》を揺らした。メアと違って人型でもないのに、どこか優雅で妖艶な色気を放つ大人猫。再び視線が集まったことを確認してから、彼女は弾むような声音で切り出す。

『アナタたちが今回の挑戦者ね。ワタシは〈落葉《らくよう》の樹林〉の管理精霊……【深緑】の属性を司《つかさど》る精霊・ヴェール。ねぇねぇ、みんなのお名前も教えてくれるかしらん？』

「僕はカルムだ。フルネームではカルム・リーヴルという」

くるくると巻かれた尻尾が伸び縮みするのを見つめながらカルムは告げる。

「まだ正式なチームではないが、隣にいるのが同行者のクロシェット・エタンセル。そして、こちらがメアだ」

「はい、はい！　わたくしがメアです！　お見知りおきください、ヴェールさん！」

『うふふ、可愛《かわい》いのね。メアちゃんは……んと、精霊ちゃんよね？　どこかで見たような気がするんだけど……』

るる～、と枝の上から身を乗り出して首を傾《かし》げるヴェール。

頭から落ちそうになった花飾りを器用に戻して、彼女は茶目《ちゃめ》っ気《け》たっぷりに言う。

『ごめんなさい、忘れちゃったわ。ヴェールちゃま、ちょっと寝過ぎたかしらん？』

「がーん!!　わたくし、大精霊なんですけど！　偉いんですけど～っ！」

メアが両手を上げて抗議する。……が、これぱかりは仕方ないだろう。今のメアはただ可愛いだけで、特級精霊らしい威厳など欠片《かけら》もない。

「みぅ〜……」

クロシェットに慰められているメアを横目に、カルムは改めて話を切り出した。

「一つ訊《き》かせてくれ、ヴェール。僕が前回攻略したダンジョンでは、精霊が現れたのは最後の瞬間だった。つまり、僕たちは既に攻略を果たしたのか？」

『るーるー♪　ざんねんっ！』

渦を巻いていた尻尾が二股に分かれ、ヴェールの頭上に大きな〝×〟印を描く。

『ワタシが出てきたのはルール説明のため、だよ？　どこかに書いておいても良かったんだけど、久しぶりのお客さんだから嬉しくて……うふふ、張り切っちゃったぁ♡』

「ふむ……なるほど」

要は〈天雷《てんらい》の小路《こみち》〉でいう〝頭上に気を付けろ〟のようなモノだろうか。

――あるいは。

（もっとシンプルに……このダンジョンは、精霊との対決が主題《テーマ》になっているのか）

そんなカルムの思考を裏付けるように。

枝の上からこちらを見下ろしたヴェールは、尻尾で〝1〟の形を作ってこう告げた。

『〈落葉の樹林・裏〉――挑戦者であるみんなの勝利条件は、たった一つ。ここの管理精霊であるワタシを探して、捕まえること♡』

「捕まえる……？　それは比喩ではなく、文字通りの意味か？」

『るーるー、そうだよ♡　このお話が終わったらワタシは〈落葉の樹林・裏《ダンジョン》〉内のどこかに隠れるから、頑張って見つけてほしいの。勝利条件《ゴール》はそれだけ！　敗北条件は特にないけど……みんな死んじゃったら、続行不可能になっちゃうかしらん？』

ダンジョンの管理精霊によって空恐ろしい仮定が紡がれる。

「……待って」

それを受けて、まず声を上げたのはクロシェットだった。彼女がちらりと視線を向けたのは、メアが手にしたままの〝探索図《マップ》〟に他ならない。

「〈落葉《らくよう》の樹林〉は広いわ。虱潰《しらみつぶ》しに探索したら、きっと何日もかかる。こんな場所でヴェールちゃんを探すなんて、そんなの——」

『安心して、クロシェットちゃん♡　もちろん、闇雲に探せなんて言わないから』

そう言って、ヴェールはきょろきょろと周囲に視線を遣《や》った。

『るーるー♪　ここ〈落葉の樹林〉には、見ての通りたくさんの木が生えてるの。みんなが今いる場所は珍しく〝日向《ひなた》〟だけど、森の中なら大抵は〝木陰の中〟になるわ』

「……？　ええ、それはそうね。すっごく深い森だもの」

『そうそう。そして、それこそが最重要ポイント！　〈落葉の樹林・裏〉では、挑戦者が木陰に入ることで——厳密には身体《からだ》の一部がその木が作る影に触れることで——直ちに対応する〝呪い〟が発動しちゃうの♡』

「の、呪い!?　……って、それ、もしかして」

『クロシェットちゃんはもう経験済みよね、るーるー♪』

得心した様子を見せるクロシェットに対し、大人猫が楽しげに喉を鳴らす。

（……なるほど、そうか）

同時にカルムも思い出す。

先ほどクロシェットを襲っていた竜爪ウルフの群れや謎の蔦《つた》は、どうやら木陰の呪いとやらの一種だったらしい。〈天雷《てんらい》の小路《こみち》〉でいう魔法陣や雷地帯のようなモノ。精霊の力を反映した謎解きギミックというわけだ。

ただ、そんな呪いがあるなら「安心して」という発言に繋《つな》がらない気がするが……。

『――それでね、みんな』

カルムの疑問を見透かしたかのように、ヴェールはなおも優雅に言葉を継いだ。

『呪いって言っても、悪いことばっかりじゃないの。木陰の呪いは全部で三種類――その中には、ワタシの居場所を特定するための〝ヒント〟もあるんだから！』

「……ほう」

かちゃりと眼鏡《めがね》に指を遣るカルム。

「つまり、ヴェールの位置を探るためには危険を冒して木陰に入る必要があると？」

『るーるー♪　そういうこと！　もう分かっちゃったんだぁ、カルムくん。ヴェールちゃま、賢い子ってだぁいすき♡』

尻尾《しっぽ》を器用に丸めて〝♡〟の形を作る精霊、ヴェール。甘く可憐《かれん》な声音は脳を溶かさんばかりだ。もしカルムが雄猫だったら平静を保つのが難しかったかもしれない。

（ふむ……）

――ルール自体は至ってシンプルだ。

ここ〈落葉《らくよう》の樹林・裏〉全域を舞台にした隠れ鬼、ならぬ隠れ精霊。カルムたちの勝利条件はただ一つ、管理精霊であるヴェールを捕まえること。

ただしダンジョン自体があまりに広いため、闇雲に探しても見つからない。

そこで登場するギミックが〝木陰の呪い〟だ――裏ダンジョン内の木々が作る木陰に入ると、すかさず対応する呪いが発動する。三種類ある呪いの中にはヴェールの居場所を教えてくれるヒントがあり、それを頼りに探索を進める必要がある……と。

「ルールはそれだけか、ヴェール？」

『うん！　……あ、でも。久しぶりのお客さんだし、すぐ死んじゃったらイヤだから、ちょっとだけサービスしちゃおっかな。るーるー♪』

木漏れ日の中でヴェールが楽しげな笑みを浮かべる。

『みんな、もうオオカミちゃんには会ったでしょ？　お祭しの通り、あれも〝呪い〟の一種なんだけど……実は、そこまで身構えなくても大丈夫。あの子たちはみーんなワタシの手下で、とびっきりの弱点が用意されてるから♡』

「ほう……？　その詳細は自ら突き止めろ、ということか」

『るーるー♪　ヴェールちゃまを骨抜きにしたいなら、それくらいは軽々やってほしいなぁ。何せ、最終ギミックはもっと……って、その話はまだ早かったかしらん？』

期待を込めた瞳でカルムたちを見つめつつ、意味深に囁《ささや》く【深緑】のヴェール。〈天雷《てんらい》の小路《こみち》〉における最終ギミックが黒き流体の四本腕《ナイトメア・ナイト》だったことを考えれば、今回もよほどの難関が待ち受けているのだろう。

……そして。

『それじゃ――頑張って見つけてね、みんな♪』

甘い声音だけをその場に残し、猫姿の精霊・ヴェールはふっと姿を消した。

＃3

ダンジョン名：〈落葉の樹林・裏〉。

勝利条件：【深緑】の精霊〝ヴェール〟を捕まえること。

特殊仕様《ギミック》：木陰の呪い。ダンジョン内の木々が作る木陰に触れると固有の呪いが発動する。呪いは三種類あり、中にはヴェールを探し出す〝ヒント〟が存在する。

「――まずは、呪いの内訳を把握しておく必要がありそうね」

ヴェールを見送った、もとい見失った直後のこと。カルムの方へ身体《からだ》を向け直した彼女は、身長差からやや上目遣いになって続ける。

最初に口を開いたのはクロシェットだった。カルムの方へ身体を向け直した彼女は、身
「木陰に入ることで発動する〝呪い〟……ヴェールちゃんも言ってたけど、全く知らないわけじゃないわ。あたしは実際に襲われたし、カルムも同化中に見てるはず」

「はい！　わたくしも、わたくしも目撃者の一人ですっ！」

と、そこでぴょんぴょん飛び跳ねながら手を上げたのはメアだ。眩《まばゆ》いダイヤモンドの長髪が陽光を受けてキラキラと輝く。

「クロシェットさんを吊《つ》るし上《あ》げていた蔦《つた》、それから凶暴な狼《おおかみ》さんたちです！　どちらも木陰の呪いに違いありませんっ！」

「あたしもそう思う。だってあの時、逃げてる途中でもどんどん竜爪ウルフの数が増えてたもの。多分〝魔物を召喚する呪い〟があって、もう一つは〝地面から伸びてくる蔦に吊るされる呪い〟とかかしら。まあ、断定するのはちょっと早いけど」

「……ほう。冷静だな、クロシェット。初めての裏ダンジョンだというのに」

「し、仕方ないじゃない。いつまでも『分からない分からない』ってあなたの足を引っ張

るわけにいかないし……一応、今はチームだし？」

指先で髪を弄《いじ》りながら照れたような声音で零《こぼ》すクロシェット。

仲間だと認識してもらえているのは有り難《がた》い限りだが――それはともかく、彼女の発言は道理だ。カルム自身も魔物と罠《わな》は視認しているものの、これらが同種の呪いなのかそうでないのか、加えてランダム性の有無なども現状分かっていない。

ただし、だからと言って安易に試すのも難しい。

「〝蔦の罠〟は複数人いれば対処できるだろうが……〝魔物召喚〟については、状況次第で簡単に壊滅してしまうな」

「……そうね」

夕陽《オレンジ》色の髪がカルムの眼前で微《かす》かに揺れる。

「出てくるのが竜爪ウルフにしろ他の魔物にしろ、迂闊《うかつ》に召喚するのはリスクが高すぎるわ。もう少し、安全に調べる方法があればいいんだけど……」

「なるほど、ではやってみよう――【知識】系統技能・第六次解放【先見《デジャヴュ》】」

「――……はぇ？」

ぽかんとした声を置き去りに、カルムは技能を行使する。

【知識】系統第六次技能、非登録名称【先見《デジャヴュ》】。後にも先にもカルム以外に到達した人間がおらず、カルムも冒険者ギルドに申請などしていないため、実は存在の確認すらされていない幻の技能である。頭の中で正確に未来をシミュレーションすることで、実際に事を起こす前にその結果がどうなるか予見できるという便利な代物《しろもの》だ。

「第六次って……それ、なに？　ど、どうなってるの……？？？」

困惑に満ちたクロシェットの反応はさておき。

カルムが視線を向けたのは、今いる場所（木陰に覆われていない〝日向《ひなた》〟である）から最も近い、先ほどヴェールが登っていた木の影だ。【先見《デジャヴュ》】の世界で当の木陰に立ち入ってみて、何が起こるか結果を探る。

――と、直後。

「ふむ、死んだな」

「死んだんだ……」

「僕の胴体から腕から足から、ズタズタに裂かれて死んだ。残ったのは眼鏡《めがね》だけだ」

「う……求めてないから、描写。ちょっと想像しちゃったじゃない、もう……」

紅炎色のジト目でカルムを睨《にら》むクロシェット。……眼鏡だけが生き残るユーモアを加えてみたのだが、どうやらお気に召さなかったらしい。

（全く、難しいものだな……）

古今東西の笑いを取り扱った書籍を再読せねば、と心に誓うカルム。

ともかく、今は【先見《デジャヴュ》】での調査を続行する――最も手近な木陰は、既にクロシェットにも伝えた通り〝魔物召喚〟の呪いだ。隣の木陰は立ち入っても何も起こらず、さらに奥へと進んだところで〝蔦《つた》の罠《わな》〟の呪いが発動した。そこからは何も起こらない木陰がしばらく続き、その奥で再び〝魔物召喚〟の呪いが確認できた。

「ふむ……」

これまでに出現した魔物は竜爪ウルフのみ、同じくトラップは蔦のみ。

決め付けるのは危険、という前提は捨てない方が良いだろうが……とはいえ、警戒してばかりでは攻略が進められない。

「──と、いうのが僕なりの考えだ。ある程度は割り切る必要もあるだろう」

「ん、そうね。……それじゃあ、第一の呪いは〝魔物召喚（狼《おおかみ》）〟で、第二の呪いはそのまま〝蔦の罠〟としておこうかしら。あくまで仮に、だけど」

「はい、はい！　聞いてください、クロシェットさん！」

そこで、傍《かたわ》らのメアがキラキラと目を輝かせながら手を上げた。

「わたくし賢いので〝ピン！〟ときてしまいました！　木陰の呪いは三種類、既に出会っている呪いが二種類！　つまり、残った一つがヴェールさんの居場所を教えてくれる特大ヒント、ということです……！　どうでしょうっ!?」

「大正解よ、メア。……な、なでなで」

「わふ～！」

得意げに胸を張る幼女、もといメアの可愛《かわい》さにやられて手を伸ばすクロシェットと、そんなクロシェットに撫《な》でられて気持ちよさげに喉を鳴らすメア。

「…………」

その隣で、カルムはかちゃりと眼鏡《めがね》に指を遣《や》る。……一つだけ、引っ掛かることがあった。明確な気付きではないが、漠然とした違和感がある。

「……？　カルム、どうかしたの？」

「む？　ああ、いや。……すまない、別のことを考えていた」

クロシェットに尋ねられて小さく首を振るカルム。

そうして、改めて現状を整理する——基本的にはメアの言う通りだろう。三種類ある呪いのうち一つは〝魔物召喚（狼《おおかみ》）〟で、一つは〝蔦《つた》の罠《わな》〟だと判明した。ヒントの存在を踏まえれば、まずは〝第三の呪い〟を探すのが先決だ。

「——そこで、カルムさんですっ！」

メアがはしゃいだ声を上げる。

「カルムさんの【先見《デジャヴュ》】があれば、狼さんに襲われることなくダンジョン中の木を調べられます！　わたくし流の完璧な攻略方法なのですっ！」

「確かに可能かもしれないな。……五年ほど掛ければ、だが」

「みうっ!?　わ、わたくしナイスバディなお姉さんになってしまいますが!?」

「【先見《デジャヴユ》】は【知識】系統の第六次技能だ。残滓《ざんし》の消耗が激しく、連発するのはなかなか難しい。これだけの木々を調べるには相当な時間が掛かってしまう。せめて、見た目に違いがあれば良かったが……どうやら、呪いの振り分けはランダムらしいな」

「……ねえ、カルム？　あたし、精霊感度――精霊を感じ取る力が強い、のよね？　それであの子を探す、っていうのは無理なのかしら」

「おそらく、今できていない時点で不可能なのだろう。表ダンジョンと違って裏ダンジョンは精霊の痕跡だらけだからな」

提案としては素晴らしいが、と率直な感想を付け加える。

クロシェットが〝裏〟へ迷い込んだのは〝表〟における精霊の痕跡が特異なもの、だったから、だ。今となっては、木陰のギミック全てが精霊の力を体現したもの。そこからヴェールを辿《たど》るのはさすがに無理があるだろう。

「んむぅ……では、地道に探すしかないのでしょうか？　慎重に、ゆっくりと……？」

小さく首を傾《かし》げながら問い掛けてくるメア。

「ふむ……」

地道に探す――とは、つまり〝ヒントを求めて手当たり次第に木陰を踏む〟手法だ。推測の根拠がないなら確かにそれしかないが、しかしその場合はやはり竜爪ウルフとの邂逅《かいこう》が問題になる。どれだけ慎重に立ち回っても必勝とは言えないだろう。

となれば、指針にすべき要素は一つしかなかった。

「──〝弱点〟だ」

記憶を辿《たど》りながら、カルムは告げる。

「ヴェールはあの狼《おおかみ》たちに弱点がある、と言った。……おそらく、通常の個体とは体組成からして違うのだろう。先ほど【先見《デジャヴュ》】の中で【解析《アナライズ》】も試みたが、機密情報扱いでブロックされてしまった。つまり、彼らも謎解きギミックの一部だ」

「器用なことしてるのね……」

感心半分、呆《あき》れ半分の瞳で見てくるクロシェット。

彼女はツーサイドアップにまとめた髪をふるふると左右に揺らして言葉を継ぐ。

「でも、大きな弱点があるのは間違いないわ。竜爪ウルフは地の果てまでも冒険者を追い掛けてくる執拗《しつよう》なハンター、って呼ばれてるんだから。カルムの同化状態《あれ》がどんなに速いからって、ここまで追ってきてないのは変だと思う」

「同感だ。故に僕は、彼らが何らかの条件で〝消滅〟する──と考えている」

……消滅。

文字通り、消えて滅する。

冒険者が〝魔物召喚（狼）〟の呪いを踏むことで無から生み出されるように。このダンジョンにおける竜爪ウルフたちは特定の条件で消滅する。目下の障害である彼らを安全に無力化できるようになれば、今後の探索効率は飛躍的に跳ね上がるだろう。

「だからこそ、まずはその条件を探りたい。……が、これを知るためには実際に竜爪ウルフと対面する必要がある」

「……？　それこそ【先見《デジャヴュ》】で調べられないの？」

「【先見《デジャヴュ》】で覗《のぞ》ける未来はせいぜい数分だ。場当たり的な作戦の成否を確かめるには適しているが、時間を要する検証にはあまり向いていない」

紅炎色の瞳を覗き込む。

「故にだ、クロシェット――君には〝魔物召喚（狼）〟の呪いを起動し、少し離れた場所で待つ僕たちと合流し、僕が竜爪ウルフの群れを観察する時間を充分に確保した上で、最終的には彼らを倒す役を担ってもらいたい」

「！　……それ、は」

「無茶《むちゃ》なことを頼んでいる、という自覚はしている」

もっと言うなら横暴な依頼だ。

見ようによってはクロシェットを囮《おとり》に使う策に思えるし、この作戦において、カルムは何の役にも立っていない。最悪の場合はティフォンの力を借りるつもりだが、同化には時間制限があるのだ。最終ギミックに備えてなるべく温存しておきたい。

（不甲斐《ふがい》ないにも程があるな……）

自らの弱さを密《ひそ》かに呪う。けれど、言い訳をするつもりはない。自身とクロシェットの実力を正確に見積もった限り、どう考えてもこの配役が適切だ。

「……っ……」

クロシェットはと言えば、しばし思い詰めたような顔をしていた。エタンセル家の家紋が刻まれた杖《つえ》を両手でぎゅっと握り、やがて絞り出すように言葉を紡ぐ。

「力量だけで言えば——あたしが、自分の力をちゃんと制御できるなら。単体だろうが群れだろうが、三秒で灰にできる相手のはずよ」

「——……凄《すさ》まじいな、それは」

聞きしに勝る実力に目を見開くカルム。……竜爪ウルフは単体でも最低推奨ランク3桁《1000》下位《位以内》、群れならば2桁《100位以内》クラスの冒険者チームでも〝逃げ〟を打つ相手だ。それを一撃で葬れる冒険者など、ギルド全体に数えるほどしかいないだろう。

「でも……」

その偉業を誇るでもなく、クロシェットは沈痛な表情で下唇を噛《か》む。

「今の作戦だと、絶対にあなたたちを巻き込んじゃう。……心拍数が上がってるの、自分でもはっきり分かるもの。いつもよりずっとドキドキしてる。このままカルムを、メアを攻撃しちゃったら、あたしはきっと立ち直れない」

「………」

「だから、どこか遠くに隠れてていいわ。全部、全部あたし一人で――」

「――いいや？　悪いがクロシェット、その提案は呑《の》めない」

刹那、カルムは静かに首を横に振っていた。

その理由を端的に言うなら、クロシェットがひどく辛《つら》そうな顔をしていたからだ。あるいは、以前のチームでそういった扱いを受けていたのかもしれない。……一応、理解はできる。周りを巻き込む超火力があるなら、常に単独で〝使う〟のが効果的だ。

が――だからこそ、本当の意味でクロシェット・エタンセルを〝仲間〟に誘いたいのであれば、彼女を一人にするわけにはいかない。

何しろカルムは、クロシェットを救うためだけにここへ来たのだ。

「クロシェット。念のための確認だが、君は【炎魔法】系統の第三次技能は使えるな？」

「へっ？　……う、うん、使えるけど……？」

「今回はそれだけを武器にしてくれ。そうすれば、僕とメアは巻き込まれない。クロシェットの隣で存分に竜爪ウルフの弱点を調べさせてもらう」

「!?　そ、そんなことしたら、本当にっ――」

「大丈夫だ。……頼む、信じてくれクロシェット」

瞠目《どうもく》するクロシェットを前に、なるべく真剣な口調で告げるカルム。

続けてカルムがポケットから取り出したのは、一本の〝枝〟だ。何の変哲もない、さすがに武器にはならないだろう小さな枝。それを目の前に掲げてみせながら、陽光にレンズを輝かせたカルムはこう断言する。

「僕はろくに戦えないが——決して、君の炎に焼かれはしない」


——作戦はシンプルだった。

実行場所は〈落葉《らくよう》の樹林〉の一角。カルムが同化状態で駆け抜けた区画であり、そのため【追憶《リマインド》】を通して大まかに呪いの内訳を把握している。

「ごくり……」

メアが唾を呑《の》む音が間近で聞こえる。……カルムとメアは、呪いの発生しない木陰で静かに待機していた。せめてメアを背負えれば良かったが、カルムの体力ではむしろマイナスだ。大人しくリュックだけ預かっておく。

そして、視線の先のクロシェットが——今まさに〝魔物召喚(狼《おおかみ》)〟の呪いを踏んだ。

『ガルルルルルォオッ!!』

途端に無から生まれる竜爪ウルフ。全身を覆う竜のような鱗《うろこ》は強靭《きょうじん》にして硬質、まともにやり合えばカルムなど一溜《ひとた》まりもない。

「逃げて、二人ともっ!!」

森の中に響いたクロシェットの声に促され、カルムとメアは二人して駆け出した。

ティフォンとの同化状態がまだ頭に焼き付いているため、相対的に遅く感じてしまう逃避行。カルムたちの背を追っていたクロシェットがすぐに追いつき（相対的ではなかったようだ）、三人揃《そろ》って魔物から逃げているような構図になる。

（ふむ……）

追ってくる竜爪ウルフは一体……では、既にない。

〈落葉の樹林〉はどこもかしこも森林地帯だ。移動中も木陰に入らざるを得ないため、足を動かす度に追手が増える。【追憶《リマインド》】の恩恵で〝蔦《つた》の罠《わな》〟がある場所だけは避けられているが、そうでなければ既に吊《つ》るされているだろう。

「っ……」

クロシェットはまだ技能を使っていない。……当然だ。今の目的は竜爪ウルフの弱点を知ること。すぐに倒してしまったら何の情報も得られない。

「ひぅっ!?　も、もう五体も狼さんがいます！　わたくし大人気ですか……!?」

瑠璃色の瞳で後ろを見たメアが慌てて叫ぶ。

充分に取っていたはずの距離は詰められる一方だ。魔物の数もどんどん増えて——

（……いいや？）

そこでカルムは異常に気付いた。

おかしい。……カルムの計測《カウント》では、呪いによる竜爪ウルフの召喚はこれまでに七回起こっているはずだ。だがしかし、背後に迫る追っ手はメアの言う通り五体だけ。

やはり、既に消えている個体がいる。

(だとすれば、何が条件だ……?)

足だけは止めないまま高速で思考を巡らせる。

(召喚されたタイミングは他の個体と大差ないはずだ。消えていない個体がいる以上、時間的な制約というのは考えづらい。エリアの縛りにしても——いや、こちらはエリアの捉え方に依《よ》るか。何も距離的な制限だけとは限らない。たとえば……)

——たとえば、彼らは特定の場所にしか存在できない、など。

それならば似たようなルートを通っているのに〝消えている個体〟と〝消えていない個体〟がいる点にも説明が付く。何しろ、竜爪ウルフたちの進路はわずかに違うのだ。傍《はた》から見れば些細《ささい》なこの違いが、木陰の呪いである彼らの生死を分けている。

木陰の呪い。……木陰の?

(……ふむ、可能性は充分にあるな)

刹那。

ある仮説に辿《たど》り着《つ》いたカルムは、辺りの状況を一瞥《いちべつ》してからわずかに経路《ルート》を変えた。隣のクロシェットが虚を突かれたように目を見開く中、雄叫《おたけ》びを上げる竜爪ウルフのうち一体が群れから外れてカルムを追う。

そして――木漏れ日がその姿を明るく照らし出した瞬間、魔物は塵となって消滅した。

「なるほど、やはりか。……クロシェット！」

得心に一つ頷《うなず》いてから進路を戻し、カルムは夕陽色《オレンジ》の髪の少女に声を掛ける。

「弱点が見つかった。観察はもう充分だ、後ろの竜爪ウルフたちを焼き払ってくれ！」

「!?　で、でも、こんな近くで技能を使ったら――」

「僕もメアも君の〝仲間〟だ！　信じて、撃て!!」

――カルム・リーヴルという少年は、大声を出すことなど滅多《めった》にない。

だから自分でも驚いた。……おそらく、これは全力疾走をしているが故の、取り繕う余裕がないからこその大音声だ。言葉を選ぶこともなく、気取ることもなく、ただ伝えるべきことを率直に伝える。

「っ……後悔、しないでよね！」

カルムの大声に感化されたのか、あるいは単に開き直ったのかは分からない。

それでもクロシェットは覚悟を決めてくれたようだ。逃走の足を止めてその場でくるりと後ろを向き、背中に差していた杖《つえ》を両手で身体《からだ》の前に突き出す。

「【炎魔法】系統技能・第三次解放――」

「……！」

――それは、あまりにも幻想的な光景だった。

クロシェットが杖《つえ》を構えた刹那、凄《すさ》まじい勢いで毛先から〝紅蓮《ぐれん》〟に染まる長い髪。技能の源となる精霊の残滓《ざんし》が超高速で充填《じゅうてん》され、髪が、服が、辺り一帯の木々が強い力で吹き上げられているのが見て取れる。

そして、直後。

「【朱焔追葬《シュエンツイソウ》】——……ッッ!!」

ドンッッッ、と、膨大なエネルギーが一挙に放出された。

【炎魔法】系統技能・第三次解放【朱焔追葬《シュエンツイソウ》】は、端的に言えば〝地を這《は》う炎〟だ。本来ならターゲットを追って足元から爆炎を上げる攻撃だが、クロシェットのそれは、全く制御が効いていないのか宛てもなく地面を這い回る。

代わりに、量がとんでもない。

放射状にほぼ全方位へと放たれた地を這う炎。狙いはめちゃくちゃだが、そもそも〝狙う〟必要がない。一瞬で竜爪ウルフの群れを焼き尽くす。

そんな光景を——

「はわわわ……す、す、凄《すご》いです！　狼《おおかみ》さんたちが、一瞬で灰になってしまいました！」

——カルムに抱えられながら宙吊りになったメアが、目を丸くして見ていた。

「ふむ……」

無論、吊《つ》るされているのはカルムも同じだ。クロシェットの技能は確かにとてつもない威力だが、とはいえ地を這う炎であることには変わりない。だからこそ、地面を離れていれば──〝蔦《つた》の罠《わな》〟に掛かっていれば回避できる、という寸法だった。

……ひとまず魔物の脅威が去った森の中。

クロシェットに蔦から下ろしてもらった後《のち》、カルムは改めて彼女に称賛を送る。

「さすがの火力だな、クロシェット。想像以上だ」

「あ、ありがと。カルムこそ、機転が利くのね。……でも、髪焦げてるじゃない」

「む？　それくらい構わないが」

「あたしが構うの」

背伸びしてちょんちょんとカルムの髪を払ってくるクロシェット。無防備な接近に、柑《かん》橘系《きつけい》の甘い香りがふわりと鼻腔《びこう》をくすぐる。

「それにしても……結局、あいつらの弱点ってなんだったの？」

「うむ。陽光──というより、おそらくは〝木陰から外れること〟だ。元より木陰の呪いである彼らは、そこから外れては生存できない。身体《からだ》の一部が木陰から外れた瞬間に、すなわち陽光に触れた瞬間に消滅する」

「！　……そっか、それで勝手に消えてたのね。いくら森の中って言っても、しばらく走ってたら木漏れ日にぶつかっちゃうもの」

「そういうことだ。逆に言えば、木漏れ日の差す場所を予《あらかじ》め確保しておくことで〝魔物召喚（狼《おおかみ》）〟の呪いはほぼ完全に無力化できる」

「わ、わ！　画期的な発見です、カルムさん……！　一歩どころか五十歩百歩くらい前進一歩どころか五十歩百歩くらい前進してしまったかもしれませんっ！」

「何故《なぜ》か良い意味に聞こえないが？　……まあいい」

メアに抱き着かれながら小さく首を横に振る。

そうしてカルムが視線を遣《や》ったのは、足元に転がった一本の枝だ。既に周りの風景と同化してしまっているが、この枝だけは元からここにあったものではない。今回の作戦を遂行するにあたって、カルムが持ち込んだ〝秘策〟である。

「発見というならもう一つあるぞ、メア。ここの木陰は本来〝魔物召喚（狼）〟でも〝蔦《つた》の罠《わな》〟でもない、何も起こらない無害な場所だ」

「んむぅ？　ですがカルムさん、わたくしもカルムさんも吊《つ》られましたよ？」

「ああ。それは僕が、この枝──〝蔦の罠〟を生じさせる木から取ってきた枝を、クロシエットの【朱焔追葬《シュエンツイソウ》】に合わせて頭の上に翳《かざ》したからだ。本体の木から離れていようと木陰は木陰だ、呪いは発生する。……逆に言えば、木陰さえ遮れればいいいい」

言いながらカルムが取り出したのはナイフだった。

基本的には物語を好むカルムだが、活字ならば実用書や資料の類《たぐい》も余すことなく読んでいる。その中には雨の日のお供である〝傘〟の製造方法もあった。呪いの発生しない木を選び、丈夫な枝と削《そ》ぎ取《と》った皮で頭上を覆う傘を作れば、新たな木陰を踏まないまま移動できる。持ち運び式の安全地帯、というわけだ。

……が、しかし。

「む？　これは……意外に固いな、木というやつは」

製作は意外にも難航した。設計図は頭の中にあるのだが、いかんせんカルムは手先も不器用だ。ナイフなどろくに使えた例《ためし》がない。

「……もう。貸して、カルム」

呆《あき》れたように言いながら手を伸ばしてきたのはクロシェットだった。彼女は杖《つえ》をナイフに持ち替えると、カルムの指示を受けてあっという間に傘を完成させてしまう。

「はい、これでいいかしら？」

「ほう……随分と手際がいいな、クロシェット。僕にはとても無理だ」

「う……べ、別に？　これくらい、年頃の女の子なら普通だわ。お料理もお洗濯もお掃除もお裁縫も、大体どれも得意分野だもの」

「なるほどな。それは、良《い》い嫁になりそうだ」

「ふにゃっ!?　あ、あああああ、あなたのお嫁さんになるなんて言ってないから！　カルムのあほ！　すけこましーっ!!」

「……僕も言っていないのだが？」

クロシェットにはまたもそっぽを向かれてしまったが、とにもかくにも。

竜爪ウルフの弱点看破、および安全地帯となる〝傘〟の発明――。

これらはいずれも、裏ダンジョンの攻略に向けた大きな一歩と言えるだろう。

＃4

――相合傘という概念がある。

主に恋愛を扱う物語の中で、それを象徴する光景の一つとして描かれるものだ。男女が同じ傘の中に入り、肩を触れ合わせつつ雨風を凌《しの》ぐ。傍《はた》から見ても仲睦《むつ》まじい様子が伝わってくるのが人気の理由だろう。

故に、カルムも知識としては知っていたが……まさか、こんな場所で体験することになるとは思わなかった。木陰を防ぐ傘。不格好だが、傘は傘だ。カルムの手に握られたそれにはメアとクロシェットが入っている。

「ん……」

カルムの隣で照れたように俯《うつむ》いている少女、クロシェット。相合傘の効果で今までより近くなった横顔は、ほんのりと朱に染まっている。

と、そんな彼女が、不意に〝とんっ〟とカルムに肩をぶつけてきた。

「む？　……どうした、クロシェット？」

「ど、どうもしてない……でも、ほら。ちゃんと詰めなきゃいけないでしょ？」

「それはまあ、確かにな」

雨傘ならば多少の濡《ぬ》れは仕方がないが、木陰に触れたら台無しだ。

こんなことならもう少し大きいサイズで作れば良かった――とは思うものの、木で作った傘は相当に重い。これ以上はカルムの細腕が耐えられないだろう。

「～～～♪」

鼻歌交じりに前を行くメアの背を眺めながら、彼女が〝成長後〟の姿だったら大変なことになっていたな、とぼんやり思うカルムだった。


ともかく――。

クロシェットの活躍により竜爪ウルフの弱点が判明し、傘で安全地帯を持ち運べるようになったため、第三の呪いを求める探索は圧倒的に効率化された。

基本的には傘を片手に進軍しつつ、適当な日向《ひなた》や木漏れ日エリアを見つけてはそこを新たな拠点とし、傘を置いて手近な木陰に入る。魔物が現れたら日向へ引き返して消滅させるだけだ。ある程度調べたら、また別の場所へ移動すればいい。

ただ一点、問題があるとすれば。

「ちょっ――にゃ、ああもうっっ！」

……クロシェットの身体《からだ》がまたも蔦《つた》に吊《つ》り上《あ》げられる。

弱点のおかげで〝魔物召喚（狼《おおかみ》）〟の呪いは対処できるようになったが、その反面〝蔦の罠《わな》〟に関しては、吊られてから下ろす以外の対策がないままだった。太い蔦に足首を取られ、カルムの身長より高く吊り上げられたクロシェット。視線を上げると、両手でスカートを押さえた彼女から『ばか！』と苦情が飛んでくる。

「わ、わわっ！　待っててくださいクロシェットさん、今すぐ助けますのでっ！」

カルムの背によじ登ってナイフを振るい、蔦を切り落とすメア。

無論、その下でクロシェットの身体を支えるのはカルムの役目だ。あまり妙なところを触るわけにはいかないが、とはいえカルムごと潰れてしまっては意味がない。両手を使ってしっかりと支える。

「何回罠に掛かったらいいのかしら……カルムにも、いっぱい触られるし」

「……、すまない」

紅炎色のジト目に、カルムは言い返す術《すべ》を持ち合わせていない。

そして——結局、この日は陽《ひ》が沈むまで似たような作業の繰り返しだった。

思えば、カルムがクロシェットを追って〈落葉《らくよう》の樹林・裏〉に突入したのが正午を回った頃のこと。以前の〈天雷《てんらい》の小路《こみち》〉ならばともかく、この森は異常に広い。たった数時間で探索し切るというのは無理な話だろう。

念のため試してみたところ月明かりでも木陰は生成されるようだが、昼間と違って日向《ひなた》との識別が付きづらく、探索を続けるには適していない。

と、いうわけで。

「にゃぁあああ!?　もう、何なのよっ！　あほー!!」

――もう何度目かも分からない悲鳴。

肩ほどの高さに吊り上げられたクロシェットを丁寧に下ろしてから、カルムたちは初日の探索を切り上げることにしたのだった。

#5

冒険者がダンジョンへ持ち込む食事の筆頭は冒険者用固形食糧《カロリーバー》だ。

カルムの好物であるそれは、他の冒険者から『マズすぎる』と極端に嫌われている。それでも選ばれているのは、抜群に保存が効き、栄養価が高く、どんなに暴れても鞄《かばん》の中でぶちまけられたりしないために他ならない。

そう考えれば、ダフネが持たせてくれた軽食――緩衝材代わりの包み紙と共に丈夫な箱に詰められたお手製のサンドイッチは、保存性以外のあらゆる点で冒険者用固形食糧《カロリーバー》を凌《りょう》駕《が》していた。

「ふわぁあ！　美味《おい》しいです！　ダフネさんは、もしかしてコックさんなのですか!?」

「……うぅ。料理が得意って言ったの、ちょっと撤回したくなってきたかも……」

夢中でサンドイッチを頬張《ほおば》るメアとクロシェット。水筒の中身も水とミルクの両方が準備されており、改めてダフネの敏腕メイドぶりが窺《うかが》える。

「ふむ……」

カルムも同じくサンドイッチを食べながら、懐に入れていた一冊の手帳を取り出してパラパラと捲《めく》る。……昔、冒険者としての心得を書き込むのに使っていたものだ。書籍のように分厚くて立派な手帳。新たにメモをするわけではないが、触っているだけで何となく安心するため普段からお守り代わりに持ち歩いている。

ともかく——そんなこんなで、夜だった。

場所は〈落葉《らくよう》の樹林・裏〉の片隅、呪いの発生しない安全な木陰。これまで呪いの効果以外で魔物は出現していないため、野宿自体は何の支障もない。

けれど。

（……どうしたものかな）

手帳を捲るカルムの胸中にあるのは安堵《あんど》ではなく、やや深刻な悩みだった。

それは、裏ダンジョンの攻略が停滞していることに由来する——というのも、だ。竜爪ウルフの弱点が判明してから実に三時間以上、カルムたちは（より正確に言うならクロシェットは）リスクを承知で相当な数の木陰に足を踏み入れている。

が、未《いま》だに〝第三の呪い〟は見つかっていなかった。

「んむぅ……やっぱり、とてつもなくレアなのでしょうか？」

サンドイッチを食べ終えたメアが、こくこくとミルクを飲んでから切り出す。

「ヴェールさんの居場所を特定する〝ヒント〟の木陰、まだ見つからないなんて不思議です。まさか、この森の中に一本しかないとか!?」

「ん……だとしたら、確かにお手上げだけど」

ちら、と紅炎色の瞳を向けてくるクロシェット。その視線は『どうするの？』とでも言いたげな疑問と不安に彩られている。……が、無理もない。さすがに別の手を打たなければならないことは、既にカルムも認識している。

だからこそ。

「…………」

カルムが頼ったのは【知識】系統技能・第五次解放――【追憶《リマインド》】だった。

自身の記憶を正確に遡る技能。思い出すのは裏ダンジョンの攻略を始める少し前、ルール説明のためにカルムたちの前に姿を現した管理精霊・ヴェールの発言だ。何か仕掛《トリック》けがあるのだとすれば、そのタネはあそこにしかない。

『〈落葉の樹林・裏〉では、挑戦者が木陰に入ることで――厳密には身体《からだ》の一部がその木が作る影に触れることで――直ちに対応する〝呪い〟が発動しちゃうの♡』

『木陰の呪いは全部で三種類』

『その中には、ワタシの居場所を特定するための〝ヒント〟もあるんだから！』

──茶目《ちやめ》っ気《け》たっぷりな声音で紡がれた、このダンジョンの共通ルール。

「なるほど、そうか……」

静かに空を見上げたままそんなものを思い出して、カルムはポツリと口を開いた。

「メア、クロシェット。僕たちは大きな勘違いをしていたのかもしれない」

「へ？　勘違いって……何よ、それ？」

「〈落葉《らくよう》の樹林・裏〉には三種類の呪いが存在し、中にはヴェールの居場所を突き止めるためのヒントがある。故に僕たちは〝魔物召喚（狼《おおかみ》）〟と〝蔦《つた》の罠《わな》〟の呪いを識別し、残る第三の呪いを探していたわけだが……ヴェールは『挑戦者が木陰に入ることで呪いが発生する』と言ったんだ。そこに例外がある、とは言っていない」

「んむぅ？　ですがカルムさん、呪いが発生しない木陰もあります。この傘だって！」

「ああ。だが──それが、〝安全地帯〟という名の、第三の呪いだとしたら？」

「「！」」

「ヴェールの言葉を全て信じるならそれが妥当な結論だろう。道理で、いくら探しても見つからないわけだ。……三種の呪いは、既に出揃《でそろ》っている」

木の幹に背中を預けた体勢で、かちゃりと眼鏡《めがね》に指を遣《や》るカルム。

おそらく間違いないはずだ――〈落葉の樹林・裏〉のルール説明に隠された巧妙なトリックの一つ。全ての木陰が何かしらの〝呪い〟を有しているのであれば、何も起こらないというのも立派な呪いの一部だと言っていい。

「で、でも……ねえ、カルム？」

そこで疑問の声を零《こぼ》したのはクロシェットだった。膝を抱えるようにして座っていた彼女は、夕陽色《オレンジ》の髪をわずかに揺らして尋ねてくる。

「それって、変じゃないかしら。ヴェールちゃんは〝呪いの中に居場所を特定するヒントがある〟って言ってたのよ？　だから、一生懸命探してたのに……」

「そ、そうですよ、カルムさん！　ヴェールさんが嘘《うそ》つきだっていうんですか!?」

「いいや、それはないだろう」

何しろルール説明で嘘を吐《つ》かれたらゲームにならない。

ヴェールの言葉を正確に思い出したカルムには、もう一つ大胆な仮説があった。これまでに見つかった呪いは三種。内訳は〝魔物召喚（狼）〟と〝蔦の罠〟と〝安全地帯〟であり、この中にヒントがあると管理精霊《ヴェール》によって明言されている。

確かに、第三の呪いはヒントではなかった。

が――それは、逆に言えば、他の呪いがヒントになっているということだ。

「ヴェールは竜爪ウルフが自分の〝手下〟だと言っていた。そして、ここからは僕の推測に過ぎないが……もし竜爪ウルフたちが挑戦者の姿を完全に見失えば、いずれ主の下へ帰るしかなくなるのではないか？」

「！　それを追えば、ゴールの位置が分かる……で、でも、どうやって？　竜爪ウルフは凶暴で執拗《しつよう》なハンターなのよ。冒険者を見失うなんて、そんなこと――」

「――あります、クロシェットさん！」

瑠璃色の瞳をキラキラと輝かせて身を乗り出すメア。

そんな彼女がリュックから取り出したのは、球状の秘宝加工品――帰還粉《ミスト》、だった。

＃6

「「「………」」」

〈落葉《らくよう》の樹林・裏〉探索二日目、朝。

広大な森の片隅に、三人の――否《いな》、二人と一霊（？）の冒険者が息を潜めていた。

作戦の流れは、途中まで昨日と同じだ。移動式の〝安全地帯〟こと相合傘を使って木漏れ日を探し、その周辺で〝魔物召喚（狼《おおかみ》）〟の呪いを踏む。念のため竜爪ウルフを五体ほど召喚してもらい、直後に帰還粉《ミスト》を使用した。

――冒険者用帰還補助秘宝加工品《エスケープミスト》、縮めて帰還粉《ミスト》。

地面に叩《たた》き付《つ》けて割ることで煙が生じ、ダンジョンを抜けるまで魔物に感知されなくなる煙玉。ギルドへの生還を保証する、冒険者にとって一番の必需品である。

〝出口のない裏ダンジョンでは意味を為《な》さないため意識の外にあったが、とはいえ〝ダンジョンの外へ出られない〟だけで〝帰還粉《ミスト》が使えない〟わけではない。魔物の追跡を完全に振り切り、潜伏する効果は生きている。

故に。

『ガルルルル……、ガル？』

『ガルゥ……』

五体の竜爪ウルフはしばし辺りを嗅ぎ回った後、明後日《あさって》の方向へ移動を始めた。

「――っぷはぁ！　ん～っ！　凄《すご》いです、完璧ですカルムさん……っ！」

隠密《おんみつ》状態にも関わらず念のため太い木の幹に隠れ、さらには両手でぎゅむっと口を塞いでいたメアが、新鮮な空気を取り入れながら嬉《うれ》しそうに言う。

「狼さんたちがどこかへ行きました！　きっと、あの先にヴェールさんが隠れているんですね……！　わたくしたちの大勝利です！　えっへん！」

「そうだな」

この森にはカルムたち以外の冒険者などいない。追うべきターゲットがいなくなったのだから、最も妥当な行動は〝主《あるじ》の下への帰還〟だろう。

（だが、しかし……）

ウキウキのメアとは対照的に、カルムの顔は浮かなかった。……カルムの顔が浮かれている時など果たしてあるのか、というのは甚だ疑問だが、とにかく浮かなかった。

それに気付いたクロシェットが不思議そうに尋ねてくる。

「どうしたの、カルム？　作戦成功……じゃないの？」

「……いや、成功か失敗で言えば圧倒的に前者だ。望み薄だとは思っているが、わずかながらこれだけで上手《うま》くいく可能性もあるとは考えている」

「む……理解させる気ないでしょ、あなた」

「すまない、説明は後だ。まずは彼らを追い掛けてみるとしよう」

カルムの号令で、三人はひとまず竜爪ウルフの背を追うことにする。

「……？」

最初は怪訝《けげん》な顔をしていたクロシェットだが――カルムの懸念は、すぐに現実のものとなった。

「ぁ！　……あ、あ、あ～！」

切ない声を上げるメア。

それもそのはず、前を行く竜爪ウルフの群れが木々の隙間から差す陽光で徐々に数を減らし、やがて〝全滅〟してしまったからだ。

「ふむ……やはり、か」

頭上に傘を掲げたカルムが小さく嘆息を零《こぼ》す。

実は少し前から、もっと言えば昨夜の段階から、こうなる可能性は考慮していた。木漏れ日の配置はランダム、もとい大自然の賜物《たまもの》だから、もちろんヴェールの元まで辿《たど》り着ける可能性はある。だがそれは、さすがに幸運を信じ過ぎだ。

鬱蒼《うっそう》と茂った木陰の中だけを通り続けない限り、竜爪ウルフは消滅してしまう——。

彼らの弱点は挑戦者にとって救いであり、ヒント、を、潰す、障害でもあったのだ。

「そ、そんな……じゃあ、どうすれば」

傘の影に入ったクロシェットの顔が青褪《あおざ》めたものへと変わる。

その表情から感じ取れるのは偏《ひとえ》に〝絶望〟だ——が、無理もない。第三の呪いがヒントでないことが判明した以上、魔物の後を追うというのはほぼ唯一の手掛かりだった。だから帰還粉《ミスト》まで使ったのに、分かったのはせいぜい大雑把《おおざっぱ》な方角だけ。地形自体も入り組んでいるため、これでヴェールの居場所を絞り込むのは難しい。

——そう。

これだけで居場所を絞り込むのは、カルムでもさすがに不可能だ。

「ふむ……一つめの検証は完了だな」

けれどカルムは、平然とした声音でそう呟《つぶや》いた。

繰り返しになるが、カルムは竜爪ウルフの尾行が上手《うま》くいかないことを昨日の夜から知っていたのだ。その上で作戦を断行したからには、もちろん〝理由〟がある。理由というか、もう一つの〝気付き〟だ。

それは、あるいは《謎解き担当》としての嗅覚が為《な》した技かもしれないが——。とにもかくにも。

「クロシェット。……悪いが、今日も吊《つ》られてくれ」

「——はい？」

カルムの隣で、クロシェットがぱちくりと目を瞬《まばた》かせた。

「きゃぁあああぁあぁああああっ！」

クロシェットの鮮烈な悲鳴が〈落葉《らくよう》の樹林・裏〉全域に木霊する。

昨日だけで実に十回以上経験した、ただし今日に限っては初めての〝蔦《つた》の罠《わな》〟だ。地面から生えた蔦がクロシェットの足首に巻き付き、その身体《からだ》を逆さ吊りにする。長いソックスに包まれていない太ももがカルムの目線に来る高さ、である。

スカートは手で押さえられているが……とはいえ、あられもない姿には違いない。

「ふむ……」

「う……な、なにが〝ふむ〟なのよ、ばかあほまぬけっ！　の・ぞ・く・な・ぁっ！」

「……すまない、すぐに下ろす」

蔦に自由を奪われたままじたばたと暴れるクロシェットをメアとの共同作業で地面に下ろしてから、傘を使って安全な日向《ひなた》へ移動する。

「じぃ……」

不服そうなジト目と、ぷくぅと膨らんだ頬《ほお》。……いくら何でも、説明責任はカルムにあるだろう。かちゃりと眼鏡《めがね》に指を遣《や》りつつ切り出した。

「昨夜の話の続きだ。ヴェールは、木陰の呪いの中に自身の居場所を特定するための〝ヒント〟があると言っていた。そこで、クロシェット。誰かの現在地を調べるために必要な情報とは、そもそもなんだ？」

「必要な情報……？」

カルムの言葉を鸚鵡《おうむ》返しに呟《つぶや》いて、クロシェットは夕陽色《オレンジ》の髪を微《かす》かに揺らす。

「それは、やっぱり……方角でしょ？　あと、どれくらい離れてるのかも知りたいわ」

「その通りだ。座標の特定には〝方角〟と、それから〝距離〟の情報が要《い》る」

人差し指と中指を順番に立てて告げるカルム。

ヴェールのいる方角と距離さえ分かれば、それは居場所を特定したのと等しい。

……そして。

「僕たちが追跡していた竜爪ウルフの群れはすぐに消滅してしまった。が、彼らが移動しようとしていた方角くらいはざっくり分かる。言い換えれば――〝魔物召喚（狼《おおかみ》）〟の呪いは、ヴェールのいる方角を知るためのヒントだった」

「！　カルムさん、それってまさか……っ！」

「ああ、ヒントは分割されていたと考えるべきだ。ならば距離は？　……〝蔦《つた》の罠《わな》〟しか残っていない」

　瑠璃色の瞳をキラキラと輝かせるメアに一つ頷《うなず》いて、カルムは続ける。

「覚えているか、二人とも？　クロシェットは昨日、何度となく罠にかかった」

「はい、もちろんです！　わたくしもレスキュー隊員として活躍しました！」

「……何よ、忘れてるとでも思ったの？　確かに、消し去りたい記憶ではあるけど……」

「？　何故《なぜ》だ、身体《からだ》に触ったのは申し訳ないと思っているが」

「さ、触ったとか言わないでよ、へんたいめがねっ！　思い出しちゃうじゃない！」

　ぐりぐりと杖《つえ》を突き付けられる。

「全くもう……それで？　罠がなに？」

「ほほははへははへへはいは《このままでは喋れないが》？」

「……仕方ないわね。じゃあ、喋《しゃべ》っていいわ」

「助かる。……いいか、クロシェット？　君が何度も〝蔦の罠〟に掛かったのと全く同様に、僕は何度も君を蔦から下ろした。この際、メアを肩車して強引に蔦を切ったこともあれば、僕一人で蔦を外したこともある。つまり、高さが違う」

「え？　……あ、そういえば」

「確かにそうです……！　カルムさんの背より高かった時もありますが、わたくしの手で届く高さだったこともありました！　ききかいかいですっ！」

「奇々怪々なのは確かだが、決してランダムな変化というわけではない」

蔦の高さとゴールとの距離の間には何らかの関係式がある——。

複雑な変数が採用されているならこれだけの情報では突き止めようがないが、仮にゴールまでの距離に何かを掛けた値が〝蔦の高さ〟として表れているなら、二地点における蔦の高さの比を調べることでヴェールの居場所はとある〝円上〟に決まる。

さらに三地点目の情報を加えれば、全てが交わる座標は地図上のたった二点だけだ。

「ならば〝蔦の罠〟だけでもほとんど成立しているように思えるが、これは〝ヴェールに近いほど蔦が低い〟前提での話であり、もし〝近いほど高い〟なら正反対の結果が得られてしまう。よって、竜爪ウルフたちによる方角の情報も必要だ」

「！　……よく気付いたわね、そんな複雑な仕組み」

「クロシェットが吊《つ》られる度に【鋭敏《ハイセンス》】で高さを比較していたからな。呪いの中にヒントがある、という情報を正面から受け止めただけだ」

「……あたし、ただのえっちな人なんだって思ってた」

「ひどい誤解だ」

誓って下心などなかったカルムは小さく首を横に振る。

ともかく、だ。

〈落葉《らくよう》の樹林・裏〉――管理精霊であるヴェールは確かにヒントを散りばめていた。竜爪ウルフを呼ぶ〝魔物召喚（狼《おおかみ》）〟の呪いが彼女の潜む方角を、宙に吊《つ》り上《あ》げられる〝蔦《つた》の罠《わな》〟の呪いが彼女との距離を示す重要情報になっていた。

今にして思えば、第三の呪いの存在こそがブラフだったのだ。

厄介な二つの呪いがいずれも〝ヒント〟の役割を担っており、これにより、ヴェールの居場所がはっきりと特定できる仕掛けだった。

……だからこそ。

「さて――いよいよ、大詰めだな」

裏ダンジョンの根幹に当たる最終ギミックは、もうすぐそこまで迫っていた。

＃７

『――うふふ♪　るーるー、見つかっちゃったぁ♡』

〈落葉の樹林・裏〉の南方に当たる一角。

密集していた木々がやや不自然に途絶え、眩《まばゆ》い陽光が差し込む開けた地帯。

地面からせり出した木の根らしき物体によじ登り、しなやかな身体《からだ》を陽光に晒《さら》しているのは、他でもない――色とりどりの花飾り、くるくると巻かれた蔓《つる》の尻尾《しっぽ》。茶目《ちゃめ》っ気《け》と色気を両立する猫姿の管理精霊・ヴェールである。

「お待たせしました、ヴェールさん……っ！」

とた、っと元気よく前に出たメアが自信満々に胸を張る。

「わたくしに掛かれば――いえ、カルムさんとクロシェットさんに掛かれば、ヴェールさんを見つけるくらい造作もありません！　おちゃのこさいさいですっ！」

『るーるー♪　可愛《かわい》いのね、メアちゃん。ヴェールちゃま、素直な子もだぁいすき♡』

前足で頬《ほお》を掻《か》きながら語尾を跳ねさせるヴェール。

次いで、メアから視線を切った彼女は微《かす》かな笑みと共にカルムを見つめてきた。……意図はよく分からない。けれどそれを〝管理精霊からの挑発〟と取ったカルムは、メアを庇《かば》う形で一歩だけ前へ進み出る。

「ヴェール。君の言っていた勝利条件は満たせたが……これで、僕たちの勝ちか？」

『うふふ、どうかしらん？　ワタシ的には、もうきゅんきゅんしてるけど……』

尻尾を〝♡〟の形にしながら囁《ささや》いていたヴェールだが、彼女はその辺りで不意に言葉を止めた。同時に笑みの質がわずかに変わる。

『〝勝利条件を満たした〟っていうのは、ちょっと違うでしょ？　ワタシを捕まえたらカルムくんの勝ち、なんだから。まだ見つかっただけだもん、るーるー♪』

「む……？　つまり、直接触れろということか？」

『そういうこと♡　だ・け・ど――』

ヴェールが緩やかに尻尾《しっぽ》を振り下ろし、とんっと地面を――否《いな》、自身がよじ登っていた木の根を器用に叩《たた》いた、瞬間だった。

「ふぇ？　……は、はぁっ!?」「な、ななな、なんとー!?」

クロシェットとメアが揃《そろ》って大声を上げる。

「……ほう」

カルムもその冷静さ故に、あるいは動体視力の低さ故に、一拍遅れて吐息を零《こぼ》す。

何故《なぜ》なら、目の前でとびきりの〝異常事態〟が発生したからだ――まず生じたのは、ごごごという鈍い音。地響きのような、建造物が崩れる瞬間を切り取ったかのような重低音である。が、それはあくまで前兆に過ぎない。直後に地面が揺れ始め、まともに立っていられなくなった頃、ヴェールが座っていた木の根が爆発的に隆起した。

あっという間に持ち上げられ、見えなくなるヴェール。

何が起こったのか、初めはよく分からなかったが……しかし、次第に理解する。緑色の猫を持ち上げたのは一体の魔物だ。建造物でもなければ兵器でもない、自然にできた地形などでは有り得ない。

最低推奨ランク・3桁上位《500位以内》――登録名称〝大いなる自然の寵愛《グランドフォートレス》〟。

それは、端的に言えば木製の巨人《ゴーレム》だった。泥や粘土、石の類《たぐい》ではなく、蔦《つた》や葉や木のみで構成された100m級の魔物。地面から生えてきたためか、あるいは自重を支え切れていないのか、両足は半分ほど地中に埋まっている。

「わ、わ……とっても、とってもおっきいです!!　上の方が全然見えませんっ！」

片手でベレー帽を押さえながら天を仰ぎ、目を丸くするメア。ただでさえ小柄な彼女だが、巨大なゴーレムと比較すると余計に小さく見える。

――と。

『るーるー♪　みんな、聞こえる～？　うふふ、驚かせちゃってごめんね♡』

瞬間、どこからかヴェールの甘い声が響いた。脳内に直接語り掛けられている、としか形容できない不思議な音響。その姿は既に見えないが、おそらくは巨大ゴーレムの頭か肩あたりに座っているのだろう。

楽しげな声が、耳朶《じだ》……ではなく聴覚野を打つ。

『これが〈落葉《らくよう》の樹林・裏〉の最終ギミック、ワタシを守る〝大いなる自然の寵愛《グランドフォートレス》〟くんだよ。この子を倒してヴェールちゃまを捕まえたら今度こそカルムくんたちの大勝利、なんだけど……一つだけ、追加ルールを説明してもいいかしらん？』

「ほう、最終ギミックだけの特別仕様というわけか。それもまた一興だな」

『わ、喜んでくれるんだ？　るーるー♪　ヴェールちゃま、ますますカルムくんのこと気になってきちゃったかも～♡』

きゃ～、と照れたような反応を（脳内に直接）送り付けてくるヴェール。

そうしてしばし悶《もだ》えてから、彼女は改めて〝追加ルール〟の説明を切り出した。

『あのね？　みんな、今まで三種類の呪いを見てきたでしょ。だけど大いなる自然の寵愛《グランドフォートレス》くんは周りの木をなぎ倒しちゃうから、せっかくの最終ギミックなのに木陰の呪いが使えない。それじゃ寂しいなって思って』

ヴェールの声が歌うように紡がれる。

『大いなる自然の寵愛《グランドフォートレス》くんは木造——だから、この子が作る影も一つの木陰になる』

すなわちそれは、第四の呪い。

最終ギミックにのみ適用される特別仕様、その効果は。

『るーるー♪　木陰《そこ》に入ってる限り、カルムくんたちは一生この子に攻撃できないの♡』

「——!?」

ズドンッッッ、と真上から振り下ろされる腕と、たった一撃で大きく陥没する地面。

それが〝開戦〟の合図となった。

「……すまないな。ひとまずここに隠れていてくれ、メア」

木製の巨人が振るった必殺の拳を間一髪で躱《かわ》した——もとい、狙いがアバウトだったおかげで偶然命を拾ったカルムが最初に取った行動は、肝を冷やしながらもとりあえずメアを逃がすことだった。

「わ、わわ……わたくし、全力で応援しています！　ふれふれカルムさんですっ！」

「ああ、しかと受け取った」

ダンジョン内の探索ならばともかく、戦場にメアを連れ出すわけにはいかない。移動型の〝安全地帯〟こと傘を託し、森の中に隠れていてもらう。

（さて……）

——大前提として、カルムの頭に大いなる自然の寵愛《グランドフォートレス》の知識はあった。

〈落葉《らくよう》の樹林・裏〉の最終ギミックに当たる強大な魔物。ヴェールを守るこの巨人は、大きく分けて二つの〝厄介な要素〟を持っている。

一つは、任意の場所から植物を生むことができるという増殖特性。体表面からも手近な地面からも、際限なく木や蔦《つた》や葉を生成することができる。大いなる自然の寵愛《グランドフォートレス》自身の動きは鈍重だが、植物生成の速度は驚嘆に値するほどだ。奇襲攻撃を得意とするのはもちろん、盾としても機能するため四方八方に隙がない。

そしてもう一つが、無限に近い再生能力を軸とする圧倒的耐久力。

……というか、そもそも大いなる自然の寵愛《グランドフォートレス》の身体《からだ》は植物で構成されているのだ。その上で任意の植物を生み出すことができるのだから、まさしく魔物界の永久機関。攻撃自体は通っても、一撃で滅ぼさない限り再び立ち上がってしまう。

(加えてこの身体《からだ》の大きさ……腕を振り下ろすだけで天災級とは、なかなか強烈だな)

先ほど空いたばかりの大穴を眺めつつ、カルムはそっと眼鏡《めがね》に指を遣《や》る。

――まずは、状況を整理しよう。

目の前に立ちはだかるのは巨大な大いなる自然の寵愛《グランドフォートレス》。この魔物を倒せばヴェールを捕まえることができ、直ちに〈落葉《らくよう》の樹林・裏〉の勝利条件を満たすことになる。

しかし大いなる自然の寵愛《グランドフォートレス》は、ただ躱《かわ》すだけでも最低推奨ランク3桁上位《500位以内》の化け物。撃破された記録は、冒険者ギルド全体でもたった一件しか存在しない。

……つまり。

(相手にするな、ということだ。動きが鈍重なため、躱して先へ進むだけなら手段はないこともない――が、僕たちはこの先に用があるわけではない。それに先ほど、ヴェールは明確に〝倒せ〟と言っていた。ならば、それが正規の道筋なのだろう)

小細工は通用しない。

ほぼ無限に再生できる化け物を、どうにか倒し切らなければならないのだ。

(その上、第四の呪いは〝攻撃不可〟……？　ただでさえ堅牢《けんろう》な盾だというのに、ギミックで更なる強化《バフ》を加えているというのか？)

裏ダンジョン〈落葉の樹林〉に存在する〝木陰の呪い〟ギミック。

これまでに出会った三種類の呪いは、いずれもヴェールを見つけるまでの道中で発現するものだった。だがしかし、第四の呪いは違う。大いなる自然の寵愛《グランドフォートレス》の作る木陰に入っている限り、誰もゴーレムを攻撃できない。

（……いや）

「このッ――……!!」

カルムが呪いの抜け道に気付いたのとほぼ同時。

メアの身長ほどもある大きな杖《つえ》を片手に身体を翻《ひるがえ》したのはクロシェットだ。風に流れる夕陽色《オレンジ》のツーサイドアップ。彼女は一瞬でカルムを置き去りにすると、ゴーレムの作る木陰の外――すなわち、太陽を背にした方角へ回り込む。

そうして振り向いたクロシェットの髪は、既に一部が〝紅蓮《ぐれん》〟に染まっていた。

「〝攻撃不可〟の呪い、だったかしら。確かに無敵に見えるけど、日向《こっち》からなら木陰に入らないまま攻撃だってできるんだから！」

（！　ほう……）

「避《よ》けてよね、カルム。【炎魔法】系統技能・第一次解放――……、って」

張り詰めたような空気が、されど一瞬にして霧散する。

途中までは、昨日の探索で竜爪ウルフの群れを葬り去った時と同じく凄《すさ》まじいエネルギーがクロシェットの元に集まっていたのだ。けれどそれは実を結ぶことなく、まるで幻だったかのように掻《か》き消えてしまう。

「ふぇ!? ちょ、え……な、なんで!?」

技能の制御を苦手とするクロシェットだが、これは制御云々《うんぬん》の問題ではない。

クロシェットの攻撃が不発に終わった理由は、ただ一つ——大いなる自然の寵愛《グランドフォートレス》が身体《からだ》の至るところからぶわっと大量の木の葉を舞わせたからだ。それこそ雨の如《ごと》く、生成されたばかりの木の葉がひらひらと頭上から降り注ぐ。

それ自体に攻撃性能があるわけではない……が、行動の意図は明白だ。

降り注ぐ木の葉は大いなる自然の寵愛《グランドフォートレス》が生み出したものであり、当然ながら〝木陰〟を作る。そして〝木陰の呪い〟は、本体となる木から離れた枝葉《えだは》でも発動する。

つまり木の葉の影に触れただけでも、第四の呪いは実行されるのだ。

(……知能まで高いのか。これは、本当に厄介な魔物だな)

ぺちぺちと葉っぱに顔を叩《たた》かれながら内心でぼやくカルム。

戦力分析はおおよそ済んだ、と言っていい。そもそも大いなる自然の寵愛《グランドフォートレス》はギルド全体を見渡しても一度しか倒された前例のない魔物であり、それが〈落葉の樹林《らくよう》〉の誇る呪いギミックによってさらに手が付けられない存在になっている。

「…………」

カルム・リーヴルは【知識】のみを武器とする《謎解き担当》であり、それが裏ダンジョンの攻略に適しているというのがスクレのお世辞でないことは分かってきたが……とはいえ、やはり【知識】が戦闘に向かないのは事実だ。謎を解くことで有利に立ち回れる場面はあっても、それだけで完封できるほど裏ダンジョンは甘くない。

——だが。

それでもカルムは、思考を止めてはいなかった。

（重要なのは、時間帯か……？）

硝子《ガラス》製のレンズの下で静かに目を細める。

ヴェールを守護する木造の門番。第四の呪いを内蔵するこの巨人は、明らかに木陰があることで強くなっている。たとえば今が夜で、月明かりが一瞬でも雲に遮られれば、舞い上がった木の葉はクロシェットの攻撃を妨害できないはずだ。

加えて、カルムは知っていた。

冒険者ギルドの歴史に刻まれた唯一の大いなる自然の寵愛討伐記録《グランドフォートレス》。それは、他でもなく《烈火の乙女》クラテールが成し遂げた偉業だ。巨人《ゴーレム》を構成する全ての植物を燃やし尽くし、再生を封じて倒し切った——という伝説が残っている。

……故に、おそらく。

クロシェットが十全に技能を使えれば、大いなる自然の寵愛は正面から倒せるはずだ。

「ふむ……」

それを考えれば、ここは一旦引き返すのが得策だろう。木陰の呪いが真価を発揮するのは太陽が出ている時間帯、夜なら影響は最小限に抑えられる。……が、食料は既に使い切っている。長期戦になれば、不利なのはカルムたちの方だ。

（とはいえ、下手に粘ればクロシェットに負担を掛けることになる。ここは――）

「――カルムっ!!」

その時だった。

〈落葉《らくよう》の樹林〉内に轟《とどろ》いたのは願うような、あるいは叩《たた》き付《つ》けるような声。

発したのはもちろんクロシェットだ。彼女はなおも大いなる自然の寵愛《グランドフォートレス》の死角を狙いながら、その上で剛腕の狙いを惹《ひ》き付《つ》けつつ、ただひたすらに杖《つえ》を振るい続ける。

「お願い！　時間なら、あたしがいくらでも稼ぐから――」

その振る舞いは、表情は、カルムの知る偉大な〝英雄〟にそっくりだ。

「手が震えても、足が震えても、今だけは絶対に逃げないで頑張るから……っ！」

カルムを襲わんとする蔦《つた》を燃やし尽くして、地面の陥没に巻き込まれかけていたメアを安全な場所へ逃がして。ツーサイドアップの髪を鮮やかな〝紅蓮《ぐれん》〟に染めた彼女は、力強い紅炎色の瞳でカルムを見つめて叫ぶ。

「だからカルムは、その【知識】で……こいつをどうにかする方法だけ、考えて!!」

(——……、ああ)

それを受けたカルムは、胸がざわつくのを感じていた。

読書家のカルムにとって、重厚な物語を読んで感動することは何も珍しくない。だがこれは、活字に没頭しながら味わうそれとは少し違う。自らに向けられた本気の感情に本気で応えたいと願う、自分でも決して制御できない心の動きだ。

「時間稼ぎは不要だ、クロシェット」

だからこそ、カルムは静かに言う。

呼び出すのは自らの中に潜む大いなる力。呼び掛けるのはそれを司《つかさど》る清らかな存在。バチバヂッ、とカルムの左半身が青白い光に覆われるのと同時、太陽という圧倒的な光源で照らされていた空がじわりと暗くなって。

あとは……ただ、委ねるだけだった。

『「——〝精霊同化〟」』

ᑲᑲ　——《side：クロシェット》——

「っ……!?」

〝それ〟を見るのは生まれて二度目だが、クロシェットにもすぐに分かった。

カルム・リーヴルが精霊と同化している。

最終ギミックまで温存する、という話だったから、ここで使うのは大いに納得だ。とはいえ、肝心の呪いが攻略できていないうちからどうして——と。

思わず疑問の視線をカルムへ向けかけたところで、クロシェットは彼が契約している精霊の〝属性〟を思い出した。

（そっか……【落雷】のティフォン！）

——【精霊同化・落雷】。

身体《からだ》の半分から閃光《せんこう》を迸《ほとばし》らせ、静電気で髪を遊ばせている今のカルムは〝雷〟の属性を有している。それも、ただの雷ではない。〈天雷《てんらい》の小路《こみち》〉の管理精霊であったティフォンが司《つかさど》る属性は【落雷】……つまり、雷雲を操る能力だ。

そして、こと現在の戦況に限って言えば、重要なのは雷よりも〝雲〟の方。

何故《なぜ》ならば。

「太陽が……あっという間に、見えなくなっちゃった」

思わずそんな言葉が口を衝《つ》く。……夜になればいいのに、などと呑気《のんき》に構えていた自分が恥ずかしい。《謎解き担当》のカルムは、一瞬にして〝夜を作った〟のだ。

「みぅっ⁉　ま、真っ暗です！　カルムさんが木陰を消してしまいました……っ！」

メアの大歓声が示す通り――これで、一時的に木陰が消える。

いくら木の葉を撒《ま》き散《ち》らされても、もう大いなる自然の寵愛《グランドフォートレス》への攻撃は妨害されない。

「ギミック攻略完了だ。トドメは任せた、クロシェット」

「！　……う、うん」

いつの間にか隣へ来てくれていたカルム。ぶっきらぼうながら信頼が感じ取れる声音に背中を押され、クロシェットはゆっくりと前に出る。

胸中を占めるのは、不思議な感情だった。

（この人となら……カルムとなら、本物の〝仲間〟になれるかもしれない）

――口には出さないが、確かに思う。

凶悪な魔物との対峙《たいじ》。高威力の技能を使わなければならない戦況は、いつもならば怖くてたまらない瞬間だ。制御に失敗すれば魔物に殲滅《せんめつ》される、どころか自分自身が仲間を巻き込んでしまう可能性もある。そうなれば、また捨てられる。そんな不安がより心拍数を高め、結果として最悪の事故に繋《つな》がってしまうから。

しかし、今回は少し違った。

〈落葉《らくよう》の樹林・裏〉は、決して簡単なダンジョンではない。むしろ、気を抜いたら一瞬で全滅してしまうほどの難易度だ。そんな中でも、カルムはクロシェットと対等な仲間でいてくれた。クロシェットの〝炎〟を活《い》かしてくれた。

だからクロシェットは杖《つえ》を振るえるのだ。

カルムならきっとどうにかしてくれる——と、無意識レベルで信じられるから。

（っていうか……《謎解き担当》って、こんなに凄《すご》かったんだ）

故に、クロシェットとて、その役職が〝無能《ブランク》〟と蔑まれているのを知らないわけではない。

クロシェットとて、図書館裏でリシェス姫の話を聞いた時には耳を疑った。カルムが役職自体を騙《かた》っているか、もしくは活躍を偽っているのだと思った。しかしここまで来たら、もはや疑う余地などない。カルムはただ、あまりにも優秀な《謎解き担当》だった。

この人に付いていけば、自分は疫病神じゃなくなるかもしれない、と思う。

いつか、大きな武勲を手に入れられるかもしれない、とも思う。

（でも……）

だからこそ怖い、というのがクロシェットの本音だった。

もしカルムにも捨てられてしまったら、今度こそ居場所がなくなってしまう。本物の仲間と武勲を求めるクロシェットにとってカルムは特別な相手だが、その逆は決して成り立たないのだ。残酷な事実に、きゅっと胸が締め付けられる。

（っていうか……〝このダンジョンを無事に切り抜けて、それでもまだあたしを誘ってくれるなら〟って言ったんだもの。捨てられるも何も、きっと選んでもらえない）

両手で杖を構えるクロシェット。ふわり、と長い髪が風に巻き上げられる。

（あたしがダンジョンに挑むのは、今回で最後……だ）

自然と涙が零《こぼ》れていた。

平地では完璧に使いこなせるはずの【炎魔法】系統技能。荒れ狂うエネルギーを必死で押さえつけながら、クロシェットは歯を食い縛る。……こんな時まで緊張している自分が嫌だ。ここで実力を見せられれば、少しは認めてもらえるかもしれないのに。

（どうして、なのかな。なんで、あたしは、こんなにも――……っ）

「――クロシェット」

刹那。

ぶっきらぼうなその声は、クロシェットのすぐ後ろから聞こえた。

＃8

「っ……な、によ？　せっかく、集中してたのに…………ばか」

「……すまない」

カルムの声に振り返った〝紅蓮《ぐれん》〟の髪の少女は、やはり泣いていた。

クロシェットの涙の理由について、カルムには全てを理解するための情報がない。だが
おそらく、真面目《まじめ》過ぎる彼女が無根拠の想像で自分自身を責め、壊れる寸前まで傷付いて

いるのだということは容易に想像できた。

「ただ、これだけは伝えなければならないと思ってな」

……そして、それは。

カルムにとって絶対に許せないことの一つだったのだ。

「君は一つ〝勘違い〟をしている、クロシェット。……君は、僕が例の暴走事故でたまたま君を見つけ、その流れで仲間に誘っているのだと思っているのだろう？」

「！　え、と……違う、の？」

「もちろん違う。何故《なぜ》なら僕は、ずっと前からクロシェットを知っていた」

「ずっと前……って。それ、いつのことよ。先週？　それとも、先月？」

「五年前だ。ミリュー王立図書館――僕は、あそこの常連でな。二階の窓から図書館裏の訓練施設が見えることも、当時から知っていた」

――今から、約五年前。

それはカルムが〈遍在する悪夢〉に遭遇して幼馴染《おさななじ》みのフィーユを失い、現実逃避のために図書館へ通い出してから多少の月日が経《た》った頃の話だ。救いを求めて数多《あまた》の英雄譚《たん》に触れたカルムだが、しかしそこで抱いた感情は現在とは大きく異なっていた。心が満ち足りることはなく、救われることなど決してなかった。

何故なら英雄譚とはあくまで〝物語〟であり、薄っぺらい〝虚構〟でしかないから。

現実との差を突き付けられて、むしろ苦しくなるほどだった。

「嘘《うそ》ばかりだと思った。物語など読んでも仕方がない、と。『英雄クラテールの伝説』だって同じことだ。かつて役立たずと揶揄《やゆ》されていた少女が努力の末に成長し、比類なき英雄に至る物語……？　そんなモノは脚色塗《まみ》れの綺麗《きれい》ごとだ、としか思えなかった」

「…………」

「だがそんな時に、君を見た」

圧倒的な【炎魔法】適性、技能を使う度に〝紅蓮《ぐれん》〟に染まる髪、エタンセル家の杖《つえ》。

彼女は――まだ英雄でなかった頃のクラテールと同じく、泣いていた。

「一目見た瞬間に、英雄クラテールの生まれ変わりだと思った。それは君が、クロシェットが、泣きながらも杖を手放さなかったからだ。……おそらく、父君の事件があった直後だろう。武勲を求めて立ち上がり、技能を制御できない現実に直面した直後だろう。それでも君は挫《くじ》けなかった。泣きながら、立ったんだ。訓練を続けたんだ」

「う……そんなところまで見てたの？　……へ、へんたいめがね」

「すまない。やはり僕には、覗《のぞ》き魔の素質があるようだ」

かちゃりと眼鏡《めがね》に指を触れさせるカルム。

ほんのわずかにだけ口元を緩めて、目の前の少女に言葉を届ける。

「だが、後悔はしていない。何故なら僕は、その時に思ったからだ――ああ、嘘じゃなかったのかと。英雄クラテールは、君のように立ち上がったのかと」

「っ……」

「クロシェット。君に出逢《であ》ってから、僕は〝物語〟を信じられるようになった」

止め処《ど》ない涙で顔をぐしゃぐしゃに濡らしたクロシェット――。

そんな彼女に真《ま》っ直《す》ぐ向き合って、カルムは一番伝えたかった言葉を声に出す。

「君は知らなかっただろうが――僕はかつて、気高い君に救われた。僕が仲間にしたいのは強力な技能の使い手ではない、クロシェット・エタンセルだ」

「――――！」

紅炎色の瞳が大きく、大きく見開かれる。

これで、カルムが伝えたいことは全て伝えた。……というより、普段なら言わないことまで言ってしまった。戦場特有の高揚故か、あるいは【精霊同化・落雷】でティフォンと繋《つな》がっていることが関係しているのか、少し口が滑ってしまったようだ。

(だが、嘘《うそ》は吐《つ》いていない。……だからこそ気恥ずかしいのだが)

バチバチと帯電する指先で誤魔化《ごまか》すように眼鏡《めがね》を弄《いじ》るカルム。

そして――。

カルムの言葉を受けてしばし黙り込み、唇を噛《か》んで何かしらの感情を堪《こら》えていたクロシェットは、やがて服の袖で乱暴に涙の跡を拭った。次いで彼女は、赤く腫《は》れた瞳でカルムを見つめると、やや拗《す》ねたような声音で言う。

「女の子を泣かせたらダメなんだから、ばかカルム。……でも、ありがと」

夕陽色《オレンジ》の髪を再び染めたのは、鮮烈な紅蓮《ぐれん》。

「おかげで覚悟が決まったわ」

くるり、と、クロシェットの手元で大きな杖《つえ》が時計回りに一回転する。

刹那、彼女を中心にして膨大なエネルギーが渦巻いた――喩《たと》えるなら嵐のような、暴風のような、人間では決して太刀《たち》打ちできないと思わせる圧倒的な力の奔流。まさしくそれは、伝説と称される英雄の領域に相違ない。

「【炎魔法】系統技能・第四次解放――【爆裂極災禍《バクレツゴクサイカ》】ッッ!!」

「っ……!?」

――カルムの知識によれば。

【炎魔法】系統・第四次技能【爆裂極災禍《バクレツゴクサイカ》】とは、指定の場所で爆発を起こす技能だ。そしておそらく、その認識は間違っていない。目の前で起きたのは〝爆発〟だ。

ただし、その規模が尋常ではない。

カルムたちの相手は天を衝《つ》くほどの巨体を有する魔物・大いなる自然の寵愛《グランドフォートレス》である。その全身はどれほど空を仰いでも視界に入り切らない——だというのに、クロシェットの放った【爆裂極災禍《バクレツゴクサイカ》】は巨体の全てを容易に呑《の》み込《こ》んでいた。枝が、葉が、蔦《つた》が、文字通り枝葉末節《しようまつせつ》に至るまで悉《ことごと》く燃えている。この世で最も明るいものが太陽だとしたら、その次はきっとクロシェットだろう。

（さて……これで、本当にお終《しま》いか？）

凄《すさ》まじい炎と煙の中、同化状態の切れたカルムは静かに辺りを窺《うかが》う。

何かしら気配を察知したわけではなく、単に冒険小説の定番をなぞっているだけだ。強大な魔物を仕留めて気が緩んだ冒険者たちを別の魔物が襲う、あるいは倒したと思い込んでいた化け物が息を吹き返す、なんて展開は珍しいものでもない。

が——そんな緊張感を跳ね飛ばしてくれたのは、他でもないメアだった。

「か、か、か……格好《かっこ》良かったです、クロシェットさん～っ！！！」

「へ？　……って、きゃぁっ!?」

大歓声を上げながら煙の中心地へ飛び込み、キラキラの笑顔でクロシェットに抱き着くメア。集中力を極限まで高めていたところでタックルされたクロシェットが驚いたような悲鳴を零《こぼ》すが、やがて安堵《あんど》に表情を緩めてメアの頭をぎゅっと抱き返す。

そして——。

『るーるー♪　……おめでとう、みんな♡』

そんな大団円が偽物《にせもの》でないことを証明するかの如《ごと》く、上空からすーっと降りてきたのは猫姿の管理精霊・ヴェールだった。緩やかな着地と共にくるんと揺れる蔓《つる》の尻尾《しっぽ》。茶目《ちゃめ》っ気《け》たっぷりな瞳は真《ま》っ直《す》ぐカルムを見つめている。

『まさか、久しぶりのお客さんが大いなる自然の寵愛《グランドフォートレス》くんまで倒してくれるなんて……ヴェールちゃま、もうカルムくんにメロメロのきゅんきゅんかも♡』

「？　……僕なのか。最後に魔物を倒したのはクロシェットだが？」

『うんうん、クロシェットちゃんもだぁいすき♡　でも、ワタシのギミック《こと》を深く理解してくれたのはカルムくんだから……それが、契約の基準だもん。るーるー♪』

尻尾を〝♪〟の形に曲げて楽しげに囁《ささや》くヴェール。

最終ギミックは既に攻略したのだから、残るは最後の儀式だけだ。せっかくだからティフォンにしたように、技能を使って握手をするのも一興か——などと考えていると、当のヴェールが不意に悪戯《いたずら》っぽい視線を傍《かたわ》らへ向けた。

『あ、でも……そんなことより、クロシェットちゃんとのちゅーが先かしらん？』

「——ふにゃっ⁉」

尻尾を踏まれた猫のような——大人猫《ヴェール》がいるとややこしい比喩だが——悲鳴を上げるク

ロシェット。【炎魔法】の如く頰《ほお》を染めた彼女は上擦った声音で続ける。

「な、ななな、なに言ってるのよいきなり!?」

『るーるー♪　だってカルムくん、さっき真面目《まじめ》な顔でクロシェットちゃんに告白してたでしょ？　ヴェールちゃま、甘酸《ず》っぱくてドキドキしちゃったぁ♡』

「こ、告白……やっぱり、そうなのかしら」

『うんうん。ヴェールちゃまが可愛《かわい》い女の子の精霊だったら契約でキスしてもらおうと思ってたんだけど、ここはクロシェットちゃんに譲ってあげる。るーるー♪』

「！　ゆ、譲るって、そんなの――……」

「はい、はい！　ヴェールさん、クロシェットさん！　カルムさんのファーストキスを貰《もら》ったのは、わたくしです！　それだけは絶対に譲れません！」

「ひゃわっ!?」

「……？　いいや、メア。僕は幼い頃（生後一ヶ月《かげつ》）に最愛の人（母親）と口付けを交わしていたと聞く。ファーストキス、というと語弊があるかもしれない」

「な、なんと！　実はモテモテだったのですか、カルムさん!?」

「～～～！　あ、あんなに意味ありげなこと言ってたくせに……もう知らないっ！　ばかあほまぬけ!!　へんたいめがねーっ！！！」

全力で叫ぶクロシェット。知らない、と言いながら、その杖《つえ》はぺしぺしとカルムの背中を叩《たた》いている。お茶目《ちゃめ》なヴェールだけでなく負けじとメアも口を挟んできたことで、もはやカルムにも制御できないほどにカオスな状況となっていた。

「ん……」

——一つ、言うのであれば。

カルムたちが混沌《カオス》と言いつつも和やかな会話を交わしていたのは、偏《ひとえ》に安堵《あんど》の気持ちが強かったからだ。既に危機は去ったものと疑っていなかったから、ここまでの苦難を癒やし、互いの健闘を称《たた》えるつもりで気を緩めていた。

その時だった。

どこからか、耳障りな異音が鳴り響いたのは。

「な……!?」

カルムの見た光景が冒険小説に採用されるなら、それは〝空間を引き裂くような〟と描写されたことだろう。〈落葉《らくよう》の樹林・裏〉は広大な森を舞台にしたダンジョンであり、外壁というものはどこにもない。だが、侵入ギミックを介さなければ入れない裏ダンジョンであるからには、おそらく〝表〟との境目《さかいめ》に当たる場所がどこかにある。

それを易々《やすやす》と突き破って——。

〝何か〟が、カルムたちの目の前に現れた。

「……っ……」

空間の裂け目からゆっくりと降下してくる二つの影。

彼らは何か言葉を発したわけではない。攻撃してきたわけでもない。だがしかし、その悍《おぞ》ましさはダンジョン経験の浅いカルムでもはっきりと痛感した。

目の前にいるのは、災厄だ。

「ッ……みんな、伏せて！　【炎魔法】系統技能・第二次解放【赤円環《セキエンカン》】っ!!」

真っ先に硬直から復帰したのはクロシェットだった。

【炎魔法】系統・第二次技能――【赤円環《セキエンカン》】。環状に生成した炎を魔物の周囲に配置することで〝拘束〟に、あるいは仲間を囲うことで〝盾〟としても使える優秀な技能だ。

今回の【赤円環《セキエンカン》】は、おそらく後者のつもりで使用された……が、

「――……、きゃぁっ!?」

いくら大いなる自然の寵愛《グランドフォートレス》を燃やし尽くしたとはいえ、クロシェットの技能制御が完璧になったというわけでは全くない。解き放たれた【炎魔法】はカルムやメアを守るのではなく、不運にも――否《いな》、幸運にも闖入者《ちんにゅうしゃ》へと叩き付けられた。

意図せず放たれることになった烈火の奇襲。

――が、しかし。

「みうっ!? む、む……無傷、なのですか～!?」

瑠璃色の瞳を丸く見開いたメアが驚いた声を上げる。

彼女の言う通り、だ。クロシェットの炎は、二人の闖入者《ちんにゅうしゃ》を拘束する直前で煙のように消滅した。それは彼らのうち一人が腕を、いや、虚空より取り出した剣を軽く振るったからだ。禍々《まがまが》しい闇色の輝きを放つ大剣、あるいは魔剣。そんなものが振り下ろされた瞬間に【赤円環《セキエンカン》】の拘束が断ち切られ、さらにそれだけでは終わらなかった。

「!? あ、ぐっ……!?」

「クロシェット!?」

何が起こったのかはカルムにもまるで分からない。

分からないが、それでも禍々しい魔剣が【赤円環《セキエンカン》】を破ったのとほぼ同時、クロシェットの身体《からだ》が軽々と後ろへ吹き飛ばされていた。

「っ……う、ぅ」

少し離れた大樹に背中を打ち付け、微《かす》かに呻《うめ》くクロシェット。……すぐに復帰するのは難しいだろうが、少なくとも命に別状はなさそうだ。

（ふむ……）

それを確認したカルムは、改めて二人の闖入者へ身体を向け直すことにした。

いや――そもそも〝二人〟と称するべきかも怪しい。何故《なぜ》なら一人は上等なスーツを着こなした骨だからだ。シルクハットを被《かぶ》り、華美な装飾の錫杖《しやくじよう》を持った骸骨紳士。風体は魔物そのものだが、立ち振る舞いには明らかな知性が感じられる。

——そして、

（あ、れは……）

そんな骸骨紳士の後ろに立つもう一人の人物を見て、カルムは小さく喉を鳴らす。

骸骨紳士と違って、こちらはおそらく人間だ。……おそらくというのは、その人物が顔を隠すようにフードを被っているからに他ならない。膝下まで丈があるロングコート。人相はほとんど分からないが、無表情の口元だけが窺《うかが》える。先ほど虚空《こくう》から取り出した魔剣も、切っ先だけがコートの裾から覗《のぞ》いている。

「………」

その人物が一体何者なのか、カルム・リーヴルは知っていた。

何故なら彼女はカルムの幼馴染《おさななじ》みだからだ。ずっと、ずっと会いたいと願っていた少女だからだ。……いや、違う。残念ながら、それは〝身体《そとがわ》〟の話でしかない。

今の、名前は——

「——……魔王」

――《side：過去回想》――

「見て、カルム！」

――フィーユ・ロワンタンは、手先が器用な少女だった。

大陸共通冒険者ギルドでは、チームを識別するための記号および結束の象徴として〝共通の隊章《シンボル》〟を身に着けることになっている。デザインに縛りはなく、他のチームと被《かぶ》っていなければ何でも構わない。

カルム隊のそれは、フィーユが作ってくれた手描きの紋章だった。

「これ、わたしたちの隊章《シンボル》だよ！　カルムとわたしの二人組だから、剣とペン……っていうか、羽ペン？　二つを斜めに重ねてみたの。どう、カッコいいでしょ？」

「そうだね、カッコいいと思う。……でも、なんで羽ペン？」

「え、だってカルムはわたしより勉強が得意だから。習ったこととか、いつも手帳に書き込んでるし。もしかして、イヤだった？」

「イヤじゃないけど……」

冒険者なんだから斧《おの》とか弓とか、そういう武器がいい――と思いながらも、カルムは幼《おさな》馴染《なじ》みがデザインした隊章《シンボル》を気に入っていた。ダンジョン攻略の心得を書き連ねた手帳の表紙にそれを刻んだカルムと、兄からお下がりで貰《もら》ったというコートの胸元に刺繍《ししゆう》を入れたフィーユ。まだぶかぶかだったが、隊章《シンボル》も相まってとてもよく似合っていた。

「これからいっぱい活躍しようね、カルム！」

そんな約束をした。指切りをした。

だが――それからたった数日後にフィーユは特級ダンジョン〈遍在する悪夢〉に呑《の》み込《こ》まれ、必死の捜索も空《むな》しく〝死亡〟の判定が下されることになる。

……だから。

だから、もう二度と会えないものだと思っていた。

＃9

「…………」

無言のまま記憶を辿《たど》って、懐から取り出した手帳にぐっと力を込める。

お守り代わりに持ち込んでいたこの手帳の表紙には、もう随分と薄くなってしまったものの、羽ペンと剣が交差する隊章《シンボル》が描かれている。七年前にフィーユが作ってくれた、カルム隊に所属する証《あかし》。いつか大活躍を重ねてミリューどころか大陸全土へ轟《とどろ》かせてやろうと誓い合って、結局ほとんど使われることのなかった隊章《シンボル》。

そんなものが。

視線の先の闖入者《ちんにゅうしゃ》――〝魔王〟が着ているコートの胸元にも刺繍されている。

（まさか、こんな形で再会することになるとはな……）

感情を処理し切れずに小さく俯《うつむ》くカルム。

クロシェットによる大いなる自然の寵愛《グランドフォートレス》の撃破から骸骨紳士たちの登場までがシームレスに発生したため状況が混乱しているが……現在、たった数歩分の彼方《かなた》に立っているのは骸骨紳士と魔王の二人だ。対するこちらも、カルムとメアの二人のみ。クロシェットは未《いま》だに後方で悶《もだ》えていて、すぐ近くには猫姿の管理精霊《ヴェール》がいてくれている。

と、そこで——カカッ、と。

どこぞの骨を打ち鳴らしながらシルクハットを取って慇懃《いんぎん》に一礼してみせたのは、魔王の前に立つ骸骨紳士の方だった。

「ご機嫌麗しゅう！　私は元魔王軍四天王、アンデッド族の盟主・ジルウェットと申す者ですぞ。ぶしつけな登場に汗顔（※ない）の至りですが、実はカルム殿——【祓魔《ふつま》】を目覚めさせた貴方《あなた》にご挨拶をば、と思いまして」

「……ほう？　挨拶にしては手荒だが」

「カカッ！　何しろ、まだ〝それ〟がろくな力を取り戻していないうちに片付けられれば最善！　魔王様の覇道が早くも保証されるものでありますれば！」

「みぅっ!?　わ、わ……わたくしは〝それ〟ではありませんっ！　メアなのです！」

カルムの背に隠れて反論するメアだが、その声はおそらく届いていない。

何せ——元魔王軍四天王と名乗った骸骨紳士、ジルウェット。彼がカルムへ向けているのは、明確な〝殺意〟だ。頭蓋骨の形状から笑っているようにも見えるが、その声音や発言は決して友好的なものではない。

（目覚めたばかりの【祓魔】……まだ力を取り戻していないうちに片付ける、か）

……今回の襲撃の意図はまさしくそれ、なのだろう。

【祓魔】の大精霊・メイユール。１０００年前の大戦で勇者と手を取り、魔王を討ったという伝説級の特級精霊。骸骨紳士たちにとって【祓魔】は圧倒的な脅威だが、それは過去の話であって、現在のメアは力を失っている。討つなら今、なのだ。

——ただ。

カルムが声を掛けたのは骸骨紳士ではなかった。

「フィーユ」

「…………」

コート姿の少女に、魔王に視線を向けて震える声を絞り出す。……が、案の定応答はない。フードの隙間から窺《うかが》える口元は無感情に引き締められていて、全身から禍々《まがまが》しいオーラが滲《にじ》んでいて、いずれもカルムの知る幼馴染《おさななじ》みとは大きく異なっている。

それでもカルムには、彼女が間違いなくフィーユなのだという確信があった。

（本当に、生きていたんだな……）

実に複雑な心境だ。

とっくに失ったと思っていた幼馴染《おさななじ》み。メアのおかげで〝生きている〟ことは知っていたが、こうして再会できて初めて実感が湧いてくる。安堵《あんど》と歓喜が第一感だ。しかし、カルムの言葉は全く届いていない。

「……おや？」

そこで骸骨、もといジルウェットが怪訝《けげん》な声を上げた。

「もしやカルム殿、偉大なる魔王様の素体――この少女と知り合いで？　カカッ、これは数奇な運命だ！　このジルウェット、脇腹が痛くなってまいりましたぞ！」

「……脇腹があるのか、君に？」

「おぉ！　私の骸《むくろ》ギャグを理解してくださるとは有り難《がた》い。あまりの嬉《うれ》しさに頬骨《ほおぼね》が赤くなってくる次第……カカッ」

陽気に骨を打ち鳴らすジルウェット。

慇懃《いんぎん》な骸骨紳士は、続けて再びシルクハットに指骨を遣《や》りながらニタリと笑う。

「お喜びください、カルム殿！　この少女は我らの魔王様が復活する礎《いしずえ》となったのですから。身体《からだ》を賭して魔王様のお役に立てるなど、望外の喜び……！　たかが人間風情《ふぜい》には身に余る名誉と言えるでしょう」

「魔王復活の礎……やはり、転生の秘術を使ったのか」

「ご存知《ぞんじ》でしたか、これは重畳《ちょうじょう》！　その通り、見た目はカルム殿のお知り合いでも、中身はもう魔王様の偉大なる魂です。素体の意識などほとんど残ってはいませんよ」

「………………」

「まぁ、残っていた方が辛《つら》かったかもしれませんがね。カカッ！」

「……んむぅ？」

意味深な発言に首を傾《かし》げたのはメアだ。彼女はカルムの後ろからちょこんと顔だけ出して、ジルウェットの風貌に怯《おび》えながらも尋ねる。

「ど、どういうことですか、骸骨さん？」

「我々が〝虐殺〟に近い過程を踏んでいるからですよ、幼い【祓魔《ふつま》】殿？」

空洞の瞳でメアを見つめて、ジルウェットが錫杖《しゃくじょう》を鳴らす。

「偉大なる魔王様は最速で全盛期の力を取り戻すべく、ダンジョンに隠された精霊たちの力を吸収しているのです。本来の同化契約ではなく無理やり〝自我を殺す〟形になりますれば……人間には辛いものがあるでしょう。心（※ない）が痛みますなぁ」

「ひぅっ!? そ、そんなことを……！」

「カカッ！　なんとでも言えばいいのです【祓魔】殿！　おかげで忌《い》まわしい貴女《あなた》とその契約者《マスター》を歴史から葬り去ることができるのですから――魔王様ァッ!!」

暴力的な宣戦布告と共に身体を反転させ、自らの主《あるじ》に傅《かしず》くジルウェット。

「――――」

瞬間、魔王が……フィーユが静かに一歩だけ前へと歩み出た。続けてもう一歩、さらにもう一歩。カルムたちとの間にあった距離を平然と詰める。フードの下から窺《うかが》えるのは無表情な口元——だけではなく、どこか支配的な金色の瞳が覗《のぞ》いている。

フィーユであって既にフィーユではない誰か。

伝承の中の〝魔王〟が近付いてくる。

（これは、マズいな……）

端的に言って絶体絶命だった。

先ほどクロシェットが簡単に吹き飛ばされたことを踏まえても、コートの裾から覗く魔剣の禍々《まがまが》しさを考えても、目の前の魔王はカルムの手に負える相手ではない。何せ【精霊同化・落雷】の制限時間はとっくに使い切っている。

……《謎解き担当》役職の辛《つら》いところだ。

戦闘系の技能を持たないことが改めて悔やまれる。確かに精霊の力は手に入れたが、カルムのそれはまだまだ発展途上もいいところだ。このままでは絶望する間も諦める間もなく、ただ無造作に命を刈り取られてしまう。

せめて、メアだけは守らなければ——……と。

そんな思考が最後まで辿《たど》り着《つ》いたかどうかも怪しいうちに、魔王は動いていた。

「————」

長いコートの内側から逆袈裟《ぎゃくけさ》に振り上げられた一閃《いっせん》。

カルムが〝それ〟を認識したのは、攻撃が終わった後のことだった。闇色の斬撃……いや、捉えられたのは軌跡だけだ。回避や防御など、選択する暇さえなかった。

そうして、次の瞬間。


「――カルムさんっっ！」


衝撃と轟音《ごうおん》は、ほとんど同時にやってきた。

魔王の放った黒塵《じん》の一撃――それがカルムの身体《からだ》を捉えることはなかった。しかし、魔王が狙いを外したわけではない。無論、カルムの秘めたる力が突如解放されて魔剣を受け止めたというわけでもない。

「メ、ア……？」

スローモーションの如《ごと》く眼前に広がったのは、キラキラと輝く虹色の長髪――。

メアが身体を投げ出して自分を庇ったのだ、とカルムが悟ったのは、魔王の攻撃が彼女を貫いた直後だった。いつもの可愛《かわい》らしい悲鳴ではなく引き潰されたような呻《うめ》き声《ごえ》が辺りに響き、小さな身体がボロ雑巾のように投げ出される。同時にぶちまけられるリュックの中身。バラバラに破れた探索図《マップ》の欠片《かけら》が、残っていた水が幻想的に宙を舞う。

「――、メア!!」

不意に恐ろしさを感じた。

ダンジョンで大切な人を失ったことがあるカルムだからこそ、かもしれない。喪失は圧倒的にリアルだ。跳ね飛ばされたメアの傍《かたわ》らに膝を突き、その上に彼女の頭をそっと乗せる。幼い肢体が普段よりもか弱く感じるのは、気のせいなどではないだろう。

「み、ぅ……ご、ごめんなさい、カルムさん」

寝転んだメアが途切れ途切れに口を開く。

「全盛期のわたくしなら、もっと華麗にカルムさんを助けられたはずなのですが……しょんぼりです。今は、こんなことしかできないみたいで」

「喋《しゃべ》るな、メア。傷に障《さわ》る」

「大丈夫です、カルムさん。わたくしは、こう見えてとっても偉い大精霊ですから。美味《おい》しいご飯を食べれば、すぐに元通りです！　へっちゃらです！」

ふにゃりと口元を緩ませるメア。

「…………」

そんな彼女の胴体には大きな穴が空いている。普通の人間ならばとっくに死んでいるはずの重症――けれど、確かに傷は塞がり始めているように見える。動揺しているとはいえカルムはカルムだ、冷静な判断を下すことはできる。

それでも。

「……だが、痛いだろう？」

膝に乗せたメアの頭を撫《な》でながら、カルムは静かに言葉を紡ぐ。

「君の好物である唐辛子の辛《から》さは刺激成分、味というより〝痛み〟の一種だ。人一倍辛さに敏感なメアが痛みを感じないはずはない」

「ふわ！　ば、バレちゃいましたか、カルムさんは鋭いです」

困ったように眉を顰《ひそ》めるメア。……いや、違う。痛みに顔をしかめただけだ。これまではカルムに気を遣わせないよう必死に我慢していたのだろう。

「痛いです。……とっても、痛いです」

「身体《からだ》を両断されたのだから痛いに決まっている。メア、君は何故《なぜ》こんな無茶《むちゃ》を……？」

「それは――わたくしが【祓魔《ふつま》】の大精霊だからです」

メアがはっきりとそう告げる。

次いで、瑠璃色の瞳が確かな信頼を湛《たた》えてカルムを見上げた。

「【祓魔】は他の精霊が司《つかさど》る属性とは少し違って、ただただ〝魔を祓《はら》う〟ためだけの属性です。だから、勇者様が魔王と対峙《たいじ》するなら、それを支える義務があるんです。……本当のわたくしならもっと強い力を使えるのですが。盾くらいは、お任せくださいっ！」

「勇者を、支える……だがメア、僕は勇者などではない」

「んむぅ？　……いいえ、カルムさん。そんなことはありません。だってわたくし、言われているんです。1000年前の勇者様に！」

「……？　何を、だ？」

「わたくしを起こすのが次の勇者だ、と。その人ならきっと魔王を祓えるから、と！」

寝転んだまま両手を伸ばしてカルムの頭を抱え込むメア。

抵抗せずに顔を近付けて額と額が触れ合った瞬間、カルムの頭の中に再び〝何か〟が流れ込んできた。


（――ずっと、待っていました）

長い間、彼女は独りで待っていた。

【祓魔《ふつま》】の属性を司《つかさど》る大精霊・メイユール。彼女は人間のことが大好きな精霊だ。ただしこの世に生を受けてからただ一人――伝説の中の勇者としか心を通じ合わせることができなかった、ひどく孤高な精霊でもある。

非常に強い力を持っているからこそ、深い部分まで通じ合うのは難しい――。

だからこそ、もう誰も〝起こして〟くれないと思っていた。もう二度と、目覚めることなどないのかもしれないと思っていた。

勇者と呼ばれた少女との絆《きずな》が特別なものだからこそ、大精霊メイユールと契約を交わすのは……すなわち〈祓魔の大図書館〉を攻略するのは難しい。

故に彼女は、ずっと独りぼっちだった。

（でも、カルムさんが見つけてくれたんです。わたくしを起こしてくれたんです）

本当に嬉《うれ》しかった。

また誰かと、人間と心を通わせられることがたまらなく嬉しかった。通じ合う誰かがいることが嬉しかった。孤独でなくなったことが嬉しかった。

やっと、見つけてもらえたのだ。手を取ってもらえたのだ。

だから――【祓魔】のメイユールは、メアは、もう一度〝勇者《あなた》〟と物語を紡ぐ。


（ああ、そうか……やっと分かった）

不思議な感覚に支配されながら、カルムは静かに目を開いた。

視界の真ん中にいるのは、もちろん一瞬前まで額を突き合わせていたメアだ――が、その容姿は何故か幼女のそれではなくなっている。たった今、脳内のイメージに現れた〝成長後〟の姿。この世のものとは思えない美しさと力強さを同時に秘めたダイヤモンドの煌《きら》めき。崇高で神秘的で、けれど確かな信頼をこちらへ向けた乙女。

――【祓魔】の大精霊・メイユール。

『へ……？　あれって、勇者様の……⁉⁉』

その顕現に最も大きな反応を零《こぼ》したのは、意外なことに【深緑】のヴェールだった。メアに対して〝見覚えがある〟と言っていたが、おそらく本来の姿の方を知っていたのだろう。あまりに虚を突かれたのか、尻尾《しっぽ》がへたりと垂れている。

が、それも無理はない。

「今さらながら随分と雰囲気が違うな、メア」

自身の膝に頭を預けたままの大精霊を改めて見つめ、カルムはそっと問い掛ける。

「実際のところ、どちらが本当のメアなんだ？」

『どっちもわたしです。……というか、中身はあんまり変わってないんですよ？』

ダイヤモンドのような髪を微《かす》かに揺らしてメアが言う。

『今だって、本当ならカルムさんに飛びつきたいくらいなのですが……せっかく神秘的な大精霊の姿になっているので。我慢に我慢を重ねています』

「ふむ。確かに、今そんなことをされたら照れてしまうかもしれないな」

『わたしもです。……みぅ』

幼女の頃より静謐《せいひつ》かつ大人びた声音で、やや気恥ずかしそうに喉を鳴らすメア。

（これが【精霊同化・祓魔《ふつま》】……なのだな）

――一つ、疑問があったのだ。

【祓魔】の大精霊・メイユール。特級精霊というだけあって不明なことは多いが、それでも彼女が一切の力を使えないという点だけは明確におかしい。何しろカルムは曲がりなりにも〈祓魔の大図書館〉を攻略し、管理精霊であるメイユールと契約を交わしたのだ。にも関わらず、メアは【祓魔】の力を使えなかった。

（だがそれは、メアが一人で力を使おうとしていたからだ）

あの時のカルムに足りなかったのは偏《ひとえ》に〝知識〟だ。

スクレに裏ダンジョンの秘密を聞き、実際にティフォンと契約して力を使った今は知っている。精霊たちの持つ力とは〝同化〟能力。心を通じ合わせた人間と一体化し、文字通り一つにならなければ力を使うための準備が整わない。

【落雷】のティフォンならば、カルムと溶け合った〝半人半雷〟が同化形態。

そして【祓魔】の場合、カルムは何も変わらない――ただメアと手を取り合って寄り添うだけ。これがかつて魔王を滅ぼした【精霊同化・祓魔】の本来の姿なのだ。同化形態に移行したことで、メアは一時的にかつての姿と能力を取り戻している。人間離れした美しさを持つ彼女と指を絡めるのは少しばかりくすぐったいが、繋《リンク》がりのおかげか、触れ合った部分から伝わってくる鼓動のおかげか、圧倒的な自信が湧き上がってくる。

そして。

「――メア」

瑠璃色の瞳を真《ま》っ直《す》ぐ見つめて、カルムはそっと口を開いた。どうしても彼女に伝えなければならないことがある。……いや、必要か否《いな》かで言えば後者かもしれない。だがメアの信頼に応えるためには重要なことだと、本能的にそう思った。

だからカルムは、言葉を紡ぐ。

「白状しよう。ミリュー王立図書館の最奥で……〈祓魔《ふつま》の大図書館〉で君と初めて出逢《であ》った時、僕は君に見惚《みと》れた。美しいと思った」

『！　わたしに……ですか？』

「ああ、君にだ。……あの時、僕は君となら立ち上がれると思ったんだ」

恥ずかしがることなく、隠すことなく、心の中を曝《さら》け出す。

「七年前にフィーユを失ってから、僕は亡霊のようだった。そんな僕は数多《あまた》の英雄譚《たん》がもたらしてくれる〝非現実〟で救われて、今度は〝現実〟と向き合う必要があった。物語の中の英雄のように、悲劇を書き換える力を求めていたんだ」

――今だから分かる。

フィーユを失って、カルム・リーヴルという人間は一度壊れた。生きる意味を完全に失っていた。そんな〝心〟をギリギリで繋《つな》ぎ止《と》めてくれたのがクロシェットなら、図書館を飛び出す〝力〟を与えてくれたのは他でもないメアだったのだろう。

彼女と出逢わなければ、カルムは今ここにいなかった。

「――もう一度訊《き》かせてくれ、メア」

衣服すら神秘的な羽衣《ヴェール》に変わったメアの背を右手で支え、空いた左手でそっと彼女の手を取りながら、カルムはいつかの問いを……あの時にはなかった実感と覚悟と、それからメアという精霊に対する絶対的な信頼を込めて、繰り返す。

「君となら、僕はフィーユを救えるか？　魔王を祓《はら》えるか？　君は、僕に……僕に力を貸してくれるか？」

『はい、もちろんです。――【祓魔】の大精霊《メイユール》が、全身全霊で保証します！』

手を繋いだままそんな言葉を交わすカルムとメア。

瞬間、カルムに背中を預けたままだったメアの全身が眩《まばゆ》い閃光《せんこう》に包まれる……ような錯覚を得た。実際には何かが起こったわけではない。それでも幻想的で神聖な存在であるメアと一体化するような、心と心が通じ合うような不思議な感覚が確かにある。

きっとこの時、本当の意味で二人の契約は交わされた。

――と。

「むぅ……？」

そこでカルムたちの異変に気付いたのか、骸骨紳士ことジルウェットが眉（※ない）を顰《ひそ》めた。彼はシルクハットに手を遣《や》ると、苛立《いらだ》ち紛《まぎ》れに骨を鳴らす。

「これはこれは、驚きましたねぇ！　どうやら本当に【祓魔《ふつま》】の精霊を目覚めさせてしまった様子……私も思わず青褪《あおざ》めてしまうというものです」

「ほう？　ならば、全ての武器を置いて投降してもらえるとありがたいのだが」

「カカッ！　異なことを。〈祓魔の大図書館〉の第一層を制覇した程度の力で偉大なる魔王様が倒せると思ったら大間違いッ！　まさに片腹（※ない）痛いですなぁ！」

「……第一層？」

不意に飛び込んできた単語に目を眇《すが》めるカルム。

だがその問いには答えることなく、ジルウェットが高らかに錫杖《しやくじよう》を打ち鳴らす。

「さぁ魔王様、この不届き者に慈悲なき天誅《てんちゆう》を！　……はて、魔王様？」

「────」

魔王が言葉を発さなかったのは、先ほどと何ら変わらない。

が、その様子は大きく違う──端的に言えば、少女は頭から水を被《かぶ》っていた。相変わらずフードを深く被っているが、前髪から水が滴っているのが見て取れる。

何も【水魔法】技能の使い手が参戦したわけではない。

それは、他でもない魔王自身がメアを攻撃した際に破壊した水筒の中身である。

「〝転生の秘術は流水に弱く、一時的に効果が弱まる可能性がある〟──」

……無論、ここまで狙っていたわけではない。

魔王が水を被ったのは偶然だ。メアが持っていたリュックの中にたまたま水筒が入っていて、紙くずのように破壊されたそれが辺りに水を撒《ま》き散《ち》らしただけ。

ただ、スクレから借りた資料で魔王の伝承を調べ尽くしていたカルムは、その有効性を知っていた。簡単なことだ、使える情報《モノ》は全て使う。

「君は先ほど、フィーユの意識が〝ほとんど〟残っていないと言ったな？　その口振りから察するに、どこかしらフィーユの意識が戻るタイミングがあるのだろう。おそらくそれは、湯浴みの際だ。シャワーを浴びる時、魔王の中身はフィーユに戻る」

「な……何故《なぜ》、そこまで⁉」

「ふむ。礼を言おう、今の返答で確信に変わった。……一杯の水を被った程度でどれだけ影響があるのかは知らないが、普段と違うタイミングで意識が切り替われば混乱もするだろう。今の魔王は、フィーユは動けない」

一息でそこまで言い切って。

「……行けるか、メア？」

『はい。任せてください、カルムさん！』

カルムは隣の少女と合図を交わした。慣れ親しんだメアとは随分と違う容姿だが、それでも確かに面影は感じる。純粋無垢《むく》な信頼と好意、深い部分での繋《つな》がりを感じさせる瑠璃色の瞳。思わず微《かす》かに口元を緩めて、それから握った手を前に突き出す。

カルムは左手を、メアは右手を。

決して離さないようぎゅっと指先に力を込めながら、二人で一緒に口を開く。

「『【精霊同化・祓魔《ふつま》】――第一顕現【送還の光彩《エクスクルージョン》】!!』」

――それは、あらゆる魔を撃退する力だ。

殺戮《さつりく》でも殲滅《せんめつ》でもなく、一時的に追い払うだけの簡易的な力。けれど彼らが〝魔〟である以上、それを防ぐ術《すべ》はない。だからこその【祓魔】なのだ。だから、彼女は勇者の相棒としてかつての魔王を祓《はら》ったのだ。

（いや、正しくは違う――）

……【祓魔】の大精霊・メイユール。

彼女は確かに勇者と共に魔王を倒した大精霊だが、それでは少し時系列が違う。魔王を討ち果たした勇者は、彼女に選ばれたからこそ後に〝勇者〟と呼ばれたのだ。

すなわち――メアに見初められた者こそが、勇者となる。

「ぐッ……!?」

メアが、正確にはカルムとメアが放った圧倒的な煌《きら》めきは、瞬く間にこの戦闘を終わらせようとしていた。【祓魔《ふつま》】の光に呑《の》み込《こ》まれ、既に半身を消滅させている骨姿のジェントルマン。それでも彼はシルクハットを取り、慇懃《いんぎん》に礼をする。

「なかなかやりますねぇ、新たな【祓魔】の契約者殿《マスター》。……近いうちに、また相まみえることになるでしょう。私の代わりに首でも洗って待っていてくださいい、カカッ！」

そんな捨《す》て台詞《ぜりふ》を吐いて姿を消すジルウェット。

……そして。

「————————」

魔王、あるいはフィーユが被《かぶ》ったフードの口元がわずかに覗《のぞ》く。

消えゆく過程で音はほとんど聞こえなかったが……読唇術を習得しているカルムの目には、幼馴染《おさななじ》みの少女が『ありがとう』と零《こぼ》したのがはっきり見えて。

「……必ず、だ」

だからこそ。

メアの手を強く握り締めたまま、カルムは静かに呟《つぶや》いた。

「フィーユ。——僕は、必ず君を助けに行くぞ」

エピローグ　伝承の続き

＃＃1

◆〈落葉《らくよう》の樹林・裏〉――攻略完了◆

魔王、それから骸骨紳士の両名を【精霊同化・祓魔】の力で撃退した後――。

『るーるー♪　……えへへ、いっぱい撫《な》でてもらっちゃったぁ♡』

ティフォンの時と同様、ヴェールとの接触の儀式は大盛況（？）だった。

緑色の綺麗《きれい》な毛並みやくるくる巻かれた蔓《つる》の尻尾《しっぽ》に群がったのはクロシェットと、それからメアの二人だ。例の戦闘が終わってすぐ、メアは再び〝幼女〟の姿に戻っていた。同化の際は、あくまで一時的に容姿が戻るという寸法らしい。

魔剣で吹き飛ばされたクロシェットも幸い重大な怪我《けが》はしておらず、これにて〈落葉の樹林・裏〉は完全に攻略完了。まだ詳細は確認していないが、管理精霊であるヴェールから〝秘宝〟も託された。

そして現在、王都へ戻る道すがら。

「……ね、ねえ、カルム？」

カルムの服を後ろからちょこんと摘《つま》んだのはクロシェットだ。

彼女はカルムが振り返ったことを確認すると、やや上目遣いの体勢で尋ねてくる。

「それで、その……どうなの？」

「？　どうとは何だ、クロシェット？」

「惚《とぼ》けないでよ、ばか。……無事に、攻略できたじゃない。切り抜けられたじゃない」

夕陽色《オレンジ》の髪を指先で弄《いじ》って、消え入りそうな声で囁《ささや》くクロシェット。ちらちらとカルムに視線を向けながら、彼女は遠慮がちに続ける。

「まだ、あたしが欲しい？　今なら、その、本気で考えてあげても……ぅ、ぁ……」

「──ああ、チームの話か」

数拍遅れて得心する。

というのも、当たり前すぎて意識の中になかったからだ。カルムにとっては〝ダンジョンを無事に抜けられればクロシェットと仲間になれる〟という図式が成り立っており、既に条件は満たされたものだと思っていた。

故に。

「何ならもう、新生チームの隊章《シンボル》について考え始めていたところだが？」

「ふぇっ⁉　な、ななな、なんで⁉　はやくない⁉」

「早いかもしれないが、必要なモノだろう」

かちゃり、とカルムは指先を眼鏡《めがね》に触れさせる。

「何故《なぜ》なら僕たちは〈落葉《らくよう》の樹林〉の攻略を果たし、秘宝を手に入れた。冒険者チームとして申請しなかった場合、この功績は誰のものになる？　僕自身はさほど武勲に興味がないが、君はエタンセル家を再興させたいのだろう」

「！　……それは、そうだけど」

「というより……逆に訊《き》きたいのだが。クロシェット、君はまだ僕と組みたくないのだろうか？　少しは気心も知れたと思っていたのだがな」

紅炎色の瞳を真《ま》っ直《す》ぐ見つめて尋ねる。

ダンジョンに潜った経験がほとんどないカルムには、他のチームと比較して語ることなどできない。だがそれでも、クロシェットと歩んだ〈落葉の樹林〉での道のりは存外に心地良いものだった。胸の内に抱えていた思いも全て、余さず伝えた。

（これで首を横に振られたら、もう僕には打つ手がないのだが……）

そうなったらさすがに枕を濡らす外ない。

――が、しかし。

「っ……そんなこと訊かないでよ、ばか」

精霊感度の高さからか微《かす》かに頬《ほお》を染めたクロシェットは、ほんの少しだけ拗《す》ねたように唇を尖《とが》らせて、それからこくりと小さく頷《うなず》いた。

「あなたと組みたくない、なんて一度も思ってないんだから。……今まで何度も断っちゃってごめんなさい。あたし、もう逃げないわ」

「ほう。それは、つまり……」

「これからは本物の仲間、ってこと。……でも、か、勘違いしないでね？」

ちら、とカルムを見つめながら、上擦った声音で続けるクロシェット。

「あたし、きっとカルムと会う度にドキドキすると思うけど、それは〝体質〟のせいなんだから。異性として好き、なんて、これっぽっちも思ってないわ」

「？　ああ、それはそうだろう」

「ダンジョンにもいっぱい誘うけど、それは武勲のためだから。普段もなるべく一緒にいるけど、そっちは精霊に慣れるためだから。……分かった？」

「元より理解している。君の鼓動は恋愛感情に由来するものではない、確定事項だ」

「……鈍感めがね」

「何故《なぜ》怒られる」

意味が分からない。

「全くもう、カルムはこれだから……」

そう言って、クロシェットは何故か溜《た》め息《いき》を吐《つ》いていた。が、やがて首を横に振り、それからおずおずと手を伸ばしてくる。

「まあいいわ。どっちにしても、その……これからよろしくね、カルム？」

「ああ。……歓迎する」

頭の中の対戦表にようやく白星を刻みながら、カルムはその手をしっかりと握る。

これこそが、新生カルム隊がこの世に誕生した瞬間だった。

##2

「うんうん、なるほどね～……うひゃぁ、大変だったねメガネくん」

オルリエール城内、リシェス姫の私室にて。

〈落葉《らくよう》の樹林・裏〉内で起こった諸々《もろもろ》の出来事——魔王との遭遇も含めた諸々——を共有する場、ではあるのだが、呼ばれているのはカルム一人だった。

怪我《けが》をしたクロシェットやメアには休息の方が必要だから、という話だったが、それよりクロシェットには〝気《ス》を抜《ク》いた姿《レ》〟をまだ見せていないため逃げの一手を打った、と説明された方がしっくりくるような気もする。

まあ、とにもかくにも。

豪奢《ごうしゃ》な椅子の肘掛けに寄り掛かって頬杖《ほおづえ》を突きながら、スクレが驚嘆の反応を零《こぼ》す。

「わたしも〝ユナイト〟の一員として魔王関連の情報は集めてるけど、直接やり合ったなんて初めて聞いたよぅ。よく大怪我しなかったね、みんな？」

「？　いいや、メアの腹はざっくりと抉《えぐ》られたぞ。胴体が千切れんばかりに――」

「すとっぷすとっぷ！　……うぅ、虐《いじ》めるなんてひどいじゃないかぁ、メガネくん」

耳を塞いで縮こまり、椅子の上で体育座りをするスクレ。姫仕様のドレスではなく丈の短いホットパンツを着用しているため、素肌の面積が圧倒的に広くなる。

「……すまない」

色々な意味で謝っておいた。

スクレに報告を行ったのは義理というのもあるが、大きくは〝事後処理〟の関係だ。カルムたちが裏ダンジョンを攻略して秘宝を手に入れたことで〈落葉《らくよう》の樹林〉はダンジョンとしての機能を失った。これは放っておいても冒険者たちに知られてしまうため、具体的な経緯を隠して――もとい、捻《ね》じ曲げてもらう必要があったのだ。

「ま、処理に関しては安心していいよ、メガネくん」

隠れ巨乳と噂《うわさ》の胸をぽむっと叩《たた》いてスクレが自信満々に口を開く。

「そういうの、大得意だからさ。……ダフネが」

「お言葉ですが、我が姫。私が事務作業を得意としているわけではなく、我が姫があまりに不向きなだけです。絶望的、とすら言えるでしょう」

「ひどいっ⁉」

さらりと紺色の髪を揺らす従者・ダフネと、それを受けて頬《ほお》を膨らませるスクレ。やはり不思議な主従だが、これはこれで良いのだろう。

そしてスクレは、くるりと身体《からだ》をこちらへ向け直した。

高貴な色を隠し切れていない翡翠《ひすい》の瞳が、楽しげにカルムの顔を覗《のぞ》き込《こ》む。

「とにかく！　これで古《いにしえ》の伝承が本格的に始動したわけだよね。『ダンジョンには魔王を討ち払う鍵が眠り、次なる勇者がその鍵を手に入れる』……やっぱり、メアちゃんがその鍵だった。で、これまたやっぱり、次なる勇者はメガネくんだった！」

「ふむ。……やっぱり、というのは？」

「私からお答えしましょう、カルム様」

スクレの隣に控えたダフネが穏やかな口調で切り出す。

「我が姫は数年前から司書としてミリュー王立図書館へ潜入し、長きに渡ってカルム様に目を付けておられました。合鍵を渡していたのもそれが理由です」

「えっへん！　どう、ダフネ？　わたしの直感も結構当たっちゃうんだから。そろそろ始まる気がしたんだよね。１０００年の時を超えて、物語が！」

「お見事です、我が姫――ですが、不法行為ですので始末書は書くべきかと」

「えぇっ!?　うぅ……い、いいじゃないかぁ、それくらい見逃してくれたって。メガネくんもそう思うでしょ？」

「そう思うも何も、僕は共犯の類《たぐい》だが……」

うるうると見つめてくるスクレに曖昧な返事を告げておく。……おそらく、ダフネは主《あるじ》であるスクレの反応を楽しんでいるだけなのだろう。でなければ図書館の深夜利用が今後できないことになり、カルムの人生に大幅な狂いが生じてしまう。

「あ、そうだ！　ちなみにね、メガネくん」

——と。

そこでスクレが不意に話を変えた。誤魔化《ごまか》しのつもりなのかもしれないし、意外と重要な話題なのかもしれない。ボブカットの金糸がさらりと揺れる。

「メガネくんにも教えてあげる。あのね、さっきの伝承には〝続き〟があるんだ」

「ほう……？　伝承の続きか」

「うむ！　曰《いわ》く——『勇者は真なる花嫁により目覚める』！」

どどん、と効果音が付きそうな声音でスクレが言う。清楚《せいそ》でお淑《しと》やかな姫ではなく、自由で距離が近くて時に不敵な少女として。心から楽しげに口角を緩めた彼女は、翡翠《ひすい》の瞳をカルムに向けて続ける。

「この〝勇者〟はメガネくんのことだとしてさ。……さっきの話だと、キミは英雄の代名詞であるクロシェットに救われて、特級精霊のメアちゃんに見初められて、そして幼馴染《おさななじ》みのフィーユを助けるために戦うんだよね。じゃあ〝花嫁〟は誰になるの？」

「？　……それが、何か重要なのか？」

「そりゃそうだよぅ！　だってお嫁さんだよ？　いくら朴念仁《ぼくねんじん》のメガネくんだって、誰が好きとか気になるとか、それくらいはあるんじゃないのかな？」

「ふむ……」

挙げられた三人の顔を順に思い浮かべて、数秒後に小さく首を捻《ひね》る。

「……全員、好ましく思っているが？」

「そういうことじゃないんだけどなぁ。……ま、メガネくんらしくていいけどさ」

微《かす》かに唇を尖《とが》らせてから、一転して気心の知れた笑みを浮かべるスクレ。

そうして彼女は、悪戯《いたずら》っぽいウインクと共にこう言った。

「なら、それも一緒に探すといいよ。どうせ、時間はたっぷりあるんだから！」

##3

「な、な……なんっだ、こりゃぁあああああ!?!?」

冒険者ギルド中央国家王都支部《ミリユー第1》――。

とある張り紙を見たモルソーという名の青年が、大声を上げて瞠目《どうもく》する。

が……今日に限っては、それは珍しい光景でも何でもなかった。

仰天しているのは彼だけではない。新たに生まれた一つのチームの名が一夜のうちに王都中へ知れ渡り、歴戦の冒険者たちを驚愕《きょうがく》させていた。

その名は、カルム隊――。

所属している冒険者は〝無能《ブランク》〟のカルム・リーヴルと〝仲間殺し〟のクロシェット・エタンセルの二人だけ。モルソーでなくとも思わず鼻で笑ってしまうほど、冒険者チームとしての体裁を為《な》していないような組み合わせだ。……だがしかし、彼らは決して役立たずと疫病神による底辺チームとして笑いものになっていたわけではない。

むしろ、逆だ。

上位の冒険者チームが詰めかけていた〈落葉《らくよう》の樹林〉から鮮やかに秘宝を持ち帰り、結成当日にして異例の〝3桁入り〟を果たした新進気鋭のチームとして――一切の誇張抜きに、ギルド全体を激震させていたのだ。

「…………」

そして、同じくその張り紙を忌々《いまいま》しげに眺めていた包帯姿の男が一人。

彼の名はディニテ。……ディニテ・ロワンタン。

特級ダンジョン〈遍在する悪夢〉に呑《の》み込《こ》まれたフィーユ・ロワンタンの兄であり、カルムに冒険者としての手ほどきを行った師であり、現在はアン隊と並んで〝1桁《トップ》〟の一角を為すディニテ隊のリーダーは、明確な怒りを孕《はら》んだ声で囁《ささや》く。

「言ったはずだよな、カルム。……テメーは、もう二度とダンジョンに近付くなって」

――ダンッ、と、乱暴に振り下ろされた黒斧《アックス》が、易々《やすやす》と張り紙を引き裂いた。

おまけ【精霊のいる日常】

◆ ──《メアの場合》──

〈天雷《てんらい》の小路《こみち》・裏〉の攻略から数日が経《た》ったある日のことだ。

冒険者カルム・リーヴルの住む家には立派な寝室があり、今は王都を離れている両親と妹の分も含めて四つのベッドが並んでいる。

その中の一つに深く腰掛けたカルムが就寝前の読書を楽しむ最中、隣のベッドでは二人の（二霊の？）精霊が膝を突き合わせていた。

「質問です、ティフォンさん！」

先に口火を切ったのは虹色《プリズム》の長髪をシーツの上にふわりと広げるメアだ。素足で正座をした彼女は、身を乗り出すようにしながら言葉を継ぐ。

「ティフォンさんはどうして枕に抱き着いているのでしょうか？　わたくし、気になってお昼寝もできません！」

『心配《きゆきゆ》……眠れないのは、大問題。ちゃんと教えてあげるかも、かも？』

ふわふわと捉えどころのない声音──。

メアの疑問に応えたのは同じくベッドに座る精霊だ。【落雷】のティフォン……二頭身の白い身体《からだ》にぺたりと垂れる薄紫の長い耳、加えて全身に纏《まと》う稲妻が特徴的な白うさぎである。そしてメアの言う通り、常に枕を抱いている。

『説明《きゅう》。ティフォンは、いつも放電《バチバチ》してるから眠い……枕を持ってると、よく寝れる』

「持ってると……ですか？　わたくし、枕は頭に敷くものだと思っていました」

『疑問《Q》。それは、ティフォンにも分からない……けど、けど？』

「――ふむ。いわゆる〝抱き枕〟というスタイルだな」

メアが首を、ティフォンが耳を傾《かし》げたところで、カルムは初めて口を挟んだ。かちゃりと眼鏡《めがね》を押し上げながら隣のベッドへ視線を向ける。

「頭の下に敷く枕は首や肩への負担を減らすためのものだが、抱き枕を使うと就寝時の姿勢が楽になり、安眠効果を得られると本で読んだことがある」

「だきまくら！」

カルムの解説を受け、メアが瑠璃色の瞳をキラキラと輝かせた。

「わたくし、やってみたいです！　ティフォンさんとお揃《そろ》いになるのです……っ！」

「む……だがメア、残念ながらこの家に抱き枕はない」

普通の枕を抱えるだけでも似たような効果は得られるだろうか、と代案を練り始めるカルム。そんなカルムの傍《かたわ》らで、メアは再びティフォンに視線を向けていた。

「じぃー……」

『……きゅきゅ、きゅあ？』

「それなら名案があります、カルムさん！　抱き枕を持っているティフォンさんをわたくしが抱っこして、そのわたくしをカルムさんが抱っこするんです！　まさにいっきょりょうとく、いっせきにちょう！　抱き枕大作戦です！」

ずずい、と、メアが正座のままティフォンに詰め寄る。

「ティフォンさん、どうでしょう？　わたくしにモフモフされるのは、嫌《イヤ》……ですか？」

『……？　否定《きゅう》。ティフォンは抱き枕になるのも大得意……かも、かも？』

「わ、わ！　ありがとうございます、ティフォンさん！」

大はしゃぎで両手を上げ、それからワクワクとした表情をカルムへ向けてくるメア。知っての通り、精霊《ティフォン》と触れ合うためには【知識】系統技能が必須なのだ。

（いつの間にか僕も巻き込まれているような気がするが……）

——抱き枕の安眠効果に全く興味がないと言えば嘘《うそ》になる。

ちょうどいい機会か、と、カルムは読んでいた本をパタンと閉じるのだった。

◆　——《クロシェットの場合》——

〈落葉《らくよう》の樹林・裏〉の攻略後、カルムとクロシェットが正式に手を組んですぐのこと。

「そ、それで……その、話は変わるんだけど」

体質由来のそれとは少し異なる恥じらいを表情に交え、そわそわしながら口を開いたのはクロシェットだ。くるんと毛先だけ外に跳ねた夕陽色《オレンジ》のセミロング。眩《まばゆ》い意思を秘めた紅炎色の瞳が近い位置からカルムを覗《のぞ》き込《こ》む。

「ヴェールちゃんとの契約はもう済んだのよね。じゃあ、あの子は〈落葉《らくよう》の樹林・裏〉の管理精霊じゃなくなって、もうカルムの仲間になった……ってこと？」

「む？　ああ——……」

『——るーるー♪　ワタシのこと、呼んだかしらん？』

「ひゃっ!?」

空間から滲《にじ》み出《で》るように顕現した半透明の大人猫・ヴェール。前触れのない登場にクロシェットが大きく目を見開く。対するヴェールはと言えば、軽やかな所作でカルムの肩に飛び乗ると、蔓《つる》の尻尾《しっぽ》で綺麗《きれい》な〝♡〟を作ってみせた。

「……肩に？」

それを見てカルムは小さく首を傾《かし》げる。

「乗れるのか、ヴェール。今は【解析《アナライズ》】も【明滅《スイッチ》】も使っていないが……」

『るーるー♪　ワタシたちだって物《モノ》には触れるんだよ、カルムくん♡　ダンジョンの中でも枝とか岩に座ってたでしょ？』

「言われてみれば、確かにそうか」

でないと地面に立っていられない。やはり、人間と精霊の関係が特別なのだろう。

「……ね、ねえ、カルム？」

と――。

そんな風に得心するカルムの隣で、クロシェットがおずおずと言葉を継いだ。遠慮がちな視線はちらちらとヴェールに向けられている。

「別に、深い意味はないんだけど……さっきの【知識】技能を使うと、誰でもヴェールちゃんに触れるようになるの？」

「その通りだ、クロシェット。……ふむ」

瞬間、カルムの脳裏を閃光《せんこう》のように駆け抜けたのは、クロシェット勧誘作戦を成功に導いた（？）名著――『異性の気持ちを知るには』の一節だ。急な話題転換、微《かす》かに紅潮した頬《ほお》。これらが示す感情は一つしかない。

「――時にヴェール。クロシェットが君に触れたくて仕方ない、と言っているのだが、構わないだろうか？」

「ふにゃっ!?」

クロシェットの顔がぼふっと耳まで真っ赤に染まった。

「そ、そそ、そんなこと言ってないじゃないっ！　ぎゅって抱き着いたり、尻尾に触ってみたり、頬《ほ》っぺにすりすりしたり……そんなの、全然憧れてないんだから！」

「……そうか、すまない」

やはり女心とは難しいものだ、と反省するカルム。

「では、モフモフしたいのは僕だけか」

「………、へ？」

『るーるー♪　そっかぁ、残念……ヴェールちゃま、クロシェットちゃんのことも大好きなんだけどな～。でも、無理強いするのは良くないもんね♡』

「あ、う……あうぅ」

クロシェットの肩に飛び移って悪戯《いたずら》っぽく囁《ささや》くヴェールと、目を白黒させて悶《もだ》えるクロシェット。彼女の視界では蔓《つる》の尻尾《しっぽ》がくるくると愛らしく揺れ、花飾りの乗った可愛《かわい》い顔がここぞとばかりに大写しになっていることだろう。

「……………したい」

故に、陥落は時間の問題だった。

「あ、あたしも……モフモフしたいわ。今からじゃ、もうダメかしら……？」

『るーるー♪　ヴェールちゃまの答えは……大・歓・迎♡』

突き出した尻尾を器用に〝○〟の形に変えるヴェール。

阿吽《あうん》の呼吸でカルムが【知識】技能を使った刹那、ヴェールはクロシェットの肩から腕の中へとダイブした。ぱぁああ、と顔を輝かせたクロシェットがその毛並みに触れ、尻尾を撫《な》で、ぎゅっと抱き締めた辺りでカルムの視線に気付く。

「……な、なによ」

言葉としては不服そうなそれだが、口元が緩み切っているため迫力は一切ない。

「馬鹿にしたいなら勝手にすればいいじゃない、もう」

「いいや、そういうわけではない。ただ……」

可愛《かわい》らしいと思ってな、と。

クロシェットとヴェールの双方に向けて、臆面もなく素直に告げるカルムであった。

◆ ――《ダフネの場合》――

「それにしても……」

オルリエール王城にて諸々《もろもろ》の報告を全て済ませた後のこと。

微《かす》かな溜《た》め息《いき》と共に紺色のショートヘアを揺らしたのは、リシェス姫の付き人であるダフネだった。可憐《かれん》さと実用性を兼ね備えたクラシックな従者服《メイド》に身を包んだ彼女は、何やらジト目でカルムを見つめている。

「【祓魔《ふつま》】のメア様に【落雷】のティフォン様、そして【深緑】のヴェール様……数日間でこれだけの精霊を篭絡《ろうらく》してしまうとは。本当に手が早いですね、カルム様」

「……妙に引っ掛かる言い回しだな、ダフネ？」

「いえ、全身全霊で褒めています」

静かに首を横に振るダフネ。

「それに、表現としては間違っていません。裏ダンジョンの攻略は〝管理精霊を惚《ほ》れさせる〟ことに等しいので……カルム様は、存外にプレイボーイかと」

「ふむ。確かに、精霊に関してはそうかもしれないが」

「本当に精霊だけでしょうか？　あのクロシェット様をチームに引き入れるその手管、このままでは我が姫もいつご懐妊なさることやら」

「……ご解任？」

「うえ⁉　きゅ、急に何言ってるんだよぅ、ダフネ！」

眉を顰《ひそ》めるカルムの傍《かたわ》らで微《かす》かに頬《ほお》を染めたのはこの部屋の主《あるじ》、スクレだ。彼女は王女モードを解いたボブカットを揺らして懸命に主張する。

「変に勘繰ってるみたいだけど、わたしとメガネくんはただの図書館友達《ともだち》だよ？」

「いいや、図書館の司書と利用客だが？」

「まあまあ、細かいことはいいじゃないかメガネくん。どっちにしても男女の関係とかじゃないんだってば。わたしは今も昔も清らかなお姫様だもん！」

ぽむ、っと自信満々に（隠れ巨乳と囁《ささや》かれる）胸を叩《たた》くスクレ。

そんな主に対し、ダフネが疑わしげな視線を向ける。

「認識としてはそうかもしれませんが……我が姫は、大変にちょろくあらせられます」

「丁寧に言えばいいってものじゃなくない⁉」

「たとえば、図書館で我が姫の体調が崩れてしまった場合。カルム様が真顔で『こうすれば治るんだ』と嘯《うそぶ》きながら唇を奪おうとしたら、恥じらいながら『……うん』とか言っちゃうタイプのちょろ姫なのです、我が主は」

「言わないけど⁉　ダフネってば、わたしのことどう思ってるんだよぅ！」

「攻略難度：G」

「よく分かんないけど絶対バカにされてる！　わたし、ミリューのお姫様なのにぃ～！」

「ご安心ください。馬鹿にしているのではなく、心から愛《め》でていますので」

「そ、それもそれでよく分かんないけど……まあいっか、うん。ダフネだし」

（いいのか……）

謎の理屈で丸め込まれるスクレを横目に内心で呟《つぶや》くカルム。……ただ、主を弄ぶダフネに親愛の情しか感じられないのは事実だ。そういうもの、なのだろう。

「そんなことより、カルム様」

「……ねえダフネ？　わたしで遊んでたくだり、閑話休題《そんなことより》で片付けようとしてない？」

「軽い前菜のようなものでしたので」

しれっと告げるダフネ。

「ここからが本題なのですが……メア様以外の精霊を、私に見せていただけませんか？」

「精霊を？　それは、どういう――……」

「もちろん、あくまでも業務上の興味関心です」

表向きはリシェス姫の側近、それでいて従者《メイド》服のスカートには大量の暗器を忍ばせている護衛ことダフネが静かに紺色の瞳を持ち上げる。

「精霊秘匿機関〝ユナイト〟としては、カルム様の抱える戦力を正確に見積もる必要がありますので……報告だけでなく、実際に見ておきたいのです。ティフォン様は以前もお見掛けしていますが、どうもバタバタしていましたから」

「ああ、そういうことなら喜んで協力しよう」

得心に一つ頷《うなず》いてから、カルムは自身の〝内側〟へ意識を向ける。

自らの頭に呼び掛けているような不思議な感覚……だが、もはや慣れたものだ。カルムの感情に呼応して〝契約済み〟の精霊たちが顕現する。

『――登場《きゅきゅ》。呼ばれて、飛び出る……感じかも、かも？』

王家仕様の上質なソファにはぺたんと長い耳を持つ【落雷】のティフォンが。

『るーるー♪　こうやってカルムくんの肩に乗るの、気に入っちゃった♡』

カルムの肩には優雅な大人猫、もとい【深緑】のヴェールが座っているような状態だ。

「さて……」

そんな中、カルムはかちゃりと眼鏡《めがね》を押し上げた。

「ティフォン、ヴェール。ここにいるのはこの国の王女・リシェス姫と、その従者であるダフネだ。僕たちの味方だと思ってくれればいい」

『既知《きゆー》。〈天雷《てんらい》の小路《こみち》・裏〉にも来てくれた……とっくにマブダチなの、なの？』

『そうなんだ♡　じゃあワタシともお友達《ともだち》だね、るーるー♪』

「！　か、かわ…………………こほん。ダフネ・エトランジェと申します。なるほど、ティフォン様は紫電を纏《まと》い、ヴェール様は身体《からだ》の一部が植物に…………」

真面目《まじめ》に精霊たちの観察を始めるダフネ。……ただ、どこか心ここにあらずといった様子で、そわそわしているのが窺《うかが》える。

と――そこで、スクレが不意に「あ！」と声を上げた。

「そういえば、メガネくんに渡すものがあるんだった。一緒に来てくれない？」

「？　構わないが、ならば全員で――……」

「いいから、いいから！」

意味深なウインクの後にカルムの背をぺちぺちと叩《たた》き、強引に部屋を出ていこうとするスクレ。肩に乗っていたヴェールは身軽な身のこなしでソファへと移り、非力なカルムは為《な》す術《すべ》もなくスクレの私室を追われてしまう。

「……さて、と」

そのまま廊下に出たところで、スクレは得意げな笑顔と共に振り返った。続けて彼女は閉めたばかりの扉をほんの少しだけ開く。

すると、そこでは。

「か、か……かんわいぃいいいい…………～～～っ!!」

甘さダダ漏れの第一声――。

カルムたちの退室を見て取ったダフネが、両膝を突いてティフォンとヴェールに思い切り顔を近付けていた。その表情はふにゃふにゃに蕩《とろ》けている。

「くうう、可愛《かわい》さの次元が違っていますね。さてはここが天国だったのでしょうか」

『推薦《きゆきゆ》。多分、ご主人様《マスター》に頼めば撫《な》で撫でもできる……かも、かも？』

「だ、ダメです、ティフォン様。私はクールなメイドキャラを貫くつもりですので。我が姫にもカルム様にも、このような姿はお見せできません」

『るーるー♪　うふふ、ワタシたちにはバレちゃってもいいんだ？』

「うっ……あ、あまりの可愛さに理性がぶっ飛んでしまいまして……不覚です」

ふるふると首を横に振るダフネ。

「ですが確かに、何とか触る口実を作るというのも……いえ、実際にモフモフなどしたら腑《ふ》抜けた顔をしてしまうに決まっています。ただでさえ我が姫の起床前、可愛すぎる寝顔の鑑賞&悪戯《いたずら》タイムが日に日に長くなっているというのに……」

「えっ――……って、はぷっ！」

思わず反応しそうになったスクレが慌てて自らの口を両手で押さえる。

実際に漏れた声は些細《ささい》なものだったが……。

「――……我が姫？」

「「！」」

それを聞き逃すダフネ・エトランジェではなかった。すぐに勢いよく扉が開かれ、紺色の瞳がカルムとスクレを順に見つめる。

「全く……気付いていないとでも思ったのですか、二人とも？　今のは全て、我が姫とカルム様を騙《だま》すための演技です」

「ほう？　……最初から全て、か？　君は可愛いもの好きではなく、スクレの寝顔を鑑賞する趣味もなく、今現在の緩んだ顔も演技だと？」

「！　…………ゆ、緩んでなどいませんが。他に、何か指摘でも？」

わずかに言葉に詰まりながら頑《かたく》なに否定するダフネ。両手でむにっと頬《ほお》を挟むが、すぐにデレデレと緩んだ顔に戻ってしまう。

「……ね、メガネくん？」

そんな従者を見つめながら、背伸びしたスクレが嬉《うれ》しそうに耳打ちしてきた。

「ダフネはね、世界一可愛いんだよ！」

あとがき

こんにちは、もしくはこんばんは。久追遥希《くおうはるき》です。

この度は『謎解き勇者の精霊無双1　～大図書館で本ばかり読んでいたら世界最強の勇者になりました～』をお手に取っていただき、誠にありがとうございます！

いかがでしたでしょうか？　今回は、最弱系統【知識】だけを極めたメガネ主人公が謎解きギミックだらけの裏ダンジョンで無双する話！　ファンタジー世界での大冒険と『ライアー・ライアー』のような頭脳バトルを掛け合わせた結果、めちゃくちゃワクワクする感じになりました。気に入ってもらえたら嬉《うれ》しいです！

続きまして、謝辞です。

最高に素敵なイラストで作品世界を具現化してくれた緒方《おがた》てい先生。雰囲気のある表紙も躍動感たっぷりの挿絵も全部大好きです。精霊たち、モフモフしたい……！

担当編集様、並びにMF文庫J編集部の皆様。普段とは少し経緯の違う書籍化という形でしたが、今回もお世話になりました！　引き続きよろしくお願いします。

そして最後に、この本を読んでくれた皆様に最大限の感謝を。

今作も超気合い入ってますので、ＳＮＳ等で気軽に推していただけたら幸いです！

久追遥希

MF文庫J

謎解き勇者の精霊無双1
～大図書館で本ばかり読んでいたら世界最強の勇者になりました～

2025年 4月25日　初版発行

著者　久追遥希

発行者　山下直久

発行　株式会社 KADOKAWA
〒102-8177 東京都千代田区富士見 2-13-3
0570-002-301（ナビダイヤル）

印刷　株式会社広済堂ネクスト

製本　株式会社広済堂ネクスト

Printed in Japan　ISBN 978-4-04-684721-8 C0193

◇◇◇

【ファンレター、作品のご感想をお待ちしています】
〒102-0071 東京都千代田区富士見2-13-12
株式会社KADOKAWA　MF文庫J編集部気付「久追遥希先生」係「緒方てい先生」係

黒幕ゲーム

著：久追遥希　イラスト：たかやKi

1〜2好評発売中!

コミック1巻　2025年5月9日発売!

漫画：八角シキミ